Ines Vitouladitis, 1987 geboren, Kinderpflegerin und vierfache Mutter, verfasste schon früh Gedichten und Kurzgeschichten und schreibt seit ihrem dreizehnten Lebensjahr mit viel Herzblut und Leidenschaft Manuskripte unterschiedlichen Genres. Ihre bisherigen Veröffentlichungen sind die mitreißende Romantasy-Trilogie *Nilah Taro*, erschienen im Wortschatten Verlag sowie *Mitbewohner küsst man nicht, Liebe in Sicht, Marry me Santa* und *Das Geheimnis der MacLains*, erschienen im dp Verlag. Die Kaffee liebende 35jährige lebt mit Mann, Kindern und einer kleinen Tierschar im ländlichen Elsdorf, wo sie jede freie Minute zum Schreiben neuer Geschichten nutzt.

INES VITOULADITIS

MITBEWOHNER

küsst

MAN DOCH

Erstausgabe Oktober 2022

Copyright © 2022 dp Verlag, ein Imprint der
dp DIGITAL PUBLISHERS GmbH
Made in Stuttgart with ♥
Alle Rechte vorbehalten

Mitbewohner küsst man doch

ISBN 978-3-98778-754-6
E-Book-ISBN 978-3-98778-310-4

Covergestaltung: Anne Gebhardt
Umschlaggestaltung: ARTC.ore Design
Unter Verwendung von Abbildungen von
shutterstock.com: © cve iv
stock.adobe.com © kengmerry, © czibo, © Paansaeng, © Vector
Tradition, © Anchalee, © Sensvector
depositphotos.com: © sumbajimartinus
elements.envato.com: © DesignSells
Lektorat: Astrid Rahlfs

Satz: dp DIGITAL PUBLISHERS GmbH
Druck und Bindung: Books on Demand GmbH, Norderstedt

Kapitel 1

Von viel Chaos und noch mehr Liebe

„Ich kann das nicht, Josephin. Es ist zu kompliziert, es … es funktioniert einfach nicht!" Die dunklen Schatten unter Leonards Augen trugen nur ansatzweise nach außen, wie müde er tatsächlich war. Ich musste es wissen, denn ich war mit ziemlicher Sicherheit mindestens doppelt so müde. Das dunkle Haar länger als gewöhnlich, unrasiert, mit Flecken auf dem weißem Shirt und leiser Verzweiflung im Blick sah mein Ehemann mich an.

„Entspann dich, Leonard. Es ist doch nur ein Wickelbody." Ich verdrehte die Augen, reichte ihm das Baby, das gerade getrunken hatte, und beugte mich über das andere Baby, um dessen rosa Wickelbody richtig anzulegen. „Baby A hat noch kein Bäuerchen gemacht", fiel mir ein. „Meine Güte, das kommt doch nicht über den Kopf. Armes Baby B!" Ich musste lachen.

„Warum ändert man überhaupt Bodys? Ist doch Blödsinn", fragte Leonard zu seiner Verteidigung und tätschelte Baby A den Rücken, bis dieses leise aufgestoßen hatte. „Ich mag das normale Konzept. Kopf rein, Arme rein, unten zuknöpfen und gut." Kopfschüttelnd bettete er das kleine Mädchen, das er auf dem Arm trug, neben dessen Zwillingsschwester und drückte mir einen Kuss auf die Wange. „Kaum zu glauben, dass die beiden schon sechs Wochen alt sind.“

„Hmm“, machte ich zustimmend, ein Paar Söckchen aus der Wickelkommode kramend.

„Wir müssen echt allmählich damit aufhören, sie Baby A und Baby B zu nennen“, merkte Leonard an.

Ich nickte.

„Ja, unbedingt. Nachher denken sie noch, sie heißen so“, stimmte ich ihm zu.

Irgendwie hatte es sich, angefangen mit einem Scherz im Kreißsaal, einfach so bei uns eingebürgert. Selbstverständlich hatten die beiden auch richtige Namen. Ella Mary und Mina Elaine. Sie waren die ungeplante doppelte Überraschung, die unsere Familie gute eineinhalb Jahre nach Jacksons Geburt komplett gemacht hatte. Manchmal konnte ich selbst noch nicht so richtig glauben, dass ausgerechnet ich, die immer geplant hatte, exakt zwei Kinder – idealerweise einen Jungen und ein Mädchen, versteht sich – zu bekommen, nun fünf hatte. Vier leibliche und meine inzwischen achtjährige Bonustochter Maddie, die mein Mann Leonard mit in die Beziehung gebracht hatte.

In unserer Patchworkfamilie war es laut, oftmals chaotisch und ziemlich verrückt. Mein Streben nach Perfektion und durchorganisierten Tagen war auf unserem Weg irgendwo zwischen Windeln wechseln, Elternabenden, Lunchboxen und durchwachten Nächten auf der Strecke geblieben – was nicht hieß, dass ich mich nicht hin und wieder äußerst stark danach sehnte. Ich mochte Ordnung. Ich mochte Sauberkeit, hübsch arrangierte Dekoration und Kalender, in denen alle Termine fein säuberlich in schnörkeliger Schrift eingetragen waren. In meinem neuen Alltag jedoch war all dies hinfällig oder kontraproduktiv. Deko wurde von unserem knapp Zweijährigen mit Genuss zerstört, den Kalender hatte ich in all dem Chaos verlegt und Ordnung war eine Art Fremdwort geworden.

Knappe drei Jahre waren vergangen, seit Leonard und ich uns nach einigem Hin und Her, einer Menge Drama und einer Fast-Hochzeit mit anderen Partnern füreinander entschieden hatten. Fast zwei, seit Maddie darum gebeten hatte, mich ebenfalls Mama nennen zu dürfen – wie Elliot, mein nun siebenjähriger Sohn aus erster Ehe. Und dann gab es da noch unseren Mittleren, der just in diesem Moment mit einem lautstarken Poltern aus dem Nebenraum auf sich aufmerksam machte.

„Jackson!", riefen wir synchron.

„Hat er nicht gerade noch seinen Mittagsschlaf gemacht?", seufzte ich.

„Theoretisch ja. Praktisch wohl nicht. Bleib bei den Babys, ich gehe schon!" Leonard sprintete los und ließ mich allein vor dem Wickeltisch zurück. Angestrengt atmete ich ein und wieder aus. Jackson war anders, als Elliot in diesem Alter gewesen war, ja, er war tatsächlich anders als alle Kleinkinder, die ich zuvor kennengelernt hatte. Hatte ich auch zu meiner Zeit als Einzelkind-Mutter fest daran geglaubt, dass es bloß auf die Erziehung ankäme, so bewies mein zweitgeborener Sohn mir nun tagtäglich, dass dem nicht so war. Jackson war ungestüm und laut und man musste ihn nahezu ständig vor sich selbst retten. Er kam auf die wahnwitzigsten Ideen und hatte keine Angst vor nichts. Wenn er nicht gerade auf den Möbeln herumsprang oder -kletterte, Legoteile verspeiste oder Toilettenpapierrollen aufwickelte und die Treppe herunterließ, ärgerte er mit Vorliebe seine beiden älteren Geschwister.

Nachdem ich die Mädchen angezogen hatte, erschien Leonard im Türrahmen, Jackson, dessen kleines Gesicht rot vor Wut war, angestrengt unter den Arm geklemmt. Weitaus auffälliger als sein vor Wut gerötetes Gesicht war jedoch, dass Jacksons gesamter Schlafanzug sowie auch seine Locken so triefend nass waren, dass sie dort, wo Leonard nun mit ihm stand, eine kleine Pfütze auf dem Boden hinterließen. Sichtlich zornig wehrte er sich gegen den Griff seines Vaters und warf dann, als er bemerkte, dass seine Kraft nicht ausreiche, mit einem wütenden Brüllen den Kopf in den Nacken.

„Was ist denn passiert?", erkundigte ich mich, als er kurz Luft holte, um zu einem neuen Schrei anzusetzen.

„Ach, er hat sich bloß einen Stuhl an die Arbeitsfläche herangerückt, ist hochgeklettert und hat, nachdem er die gesamte Spülmittelflasche auf dem Boden ausgeleert und hinterher durch die Gegend geworfen hat, beschlossen, im Waschbecken ein Bad zu nehmen", erklärte Leonard, als wäre es das Normalste der Welt.

Ich seufzte. „Schon wieder?"

„Jap."

„Und das *so* leise?"

„Bemerkenswert leise, ja."

„Mit oder ohne Überschwemmung?"

„Anfängerfrage. Was glaubst du wohl?"

„Selbstverständlich *mit*. Puh." Ich griff nach dem Tragetuch, das neben der Wickelkommode lag, schlang es mir um den Körper und setzte erst die dunkelhaarige Mina und dann Ella hinein, auf deren Kopf sich nur ein wenig zarter blonder Flaum befand. „Ich gehe dann mal putzen. Holst du die Großen von der Schule ab?"

„Okay. Ich ziehe mir nur schnell etwas Trockenes an. Was mache ich mit ihm hier?" Leonard streckte mir den immer noch triefenden Jackson entgegen. „Fesseln? Knebeln? Exorzismus vielleicht?"

„Kekse!", schrie Jackson. Sein Lieblingswort.

„Ach, er ist doch noch nicht mal zwei", versuchte ich Leonard zu besänftigen. „Die frechsten Kleinkinder werden später die liebsten Schulkinder. Ich meine … sieh dir Maddie an." Mit dem linken Arm angelte ich einen Schnuller von der Wickelkommode und steckte ihn der quengelnden Ella in den Mund, während ich mit der rechten Hand beruhigend ihren Rücken klopfte.

„Wie meinst du das mit Maddie?", fragte Leonard gespielt entrüstet. Er setzte Jackson ab und ging neben ihm in die Knie, um ihm die nasse Kleidung auszuziehen.

Ich grinste wissend. Als ich Maddie damals, kurz nach dem Tod ihrer leiblichen Mutter kennengelernt hatte, war sie ein ungekämmter und lauter Wirbelwind gewesen, der in meinen Augen viel zu viel Zucker und Medien konsumiert hatte, während Elliot zu diesem Zeitpunkt eher verschüchtert und ausgesprochen brav gewesen war. Inzwischen war Maddie ruhiger geworden, ein pflegeleichtes, hilfsbereites Mädchen, das gute Noten schrieb und allseits beliebt war.

Nachdem Leonard – wie so oft in den letzten Wochen – verspätet aufgebrochen war, um die beiden Großen von der Schule abzuholen, lief ich mit den inzwischen schlafenden Babys im Tragetuch hinter Jackson her, der, bloß mit einer Windel bekleidet, durch das ganze Haus flitzte und sich weigerte, sich etwas anziehen zu lassen. Ich stolperte über ein Polizeiauto im Miniformat, das daraufhin mit Sirenengeräuschen und blinkenden Lichtern reagierte. Die Babys zuckten zusammen, wohl eher wegen des Stolperns, denn Lärm waren sie gewohnt, und begannen vor Schreck synchron zu schreien. Jackson hingegen schien das Ganze für ein Spiel zu halten. Er tapste kichernd und strahlend auf seinen kleinen nackten Füßen aus dem Raum. Schweißgebadet ließ ich mich auf das Sofa sinken, auf dem noch die Spucktücher vom Vortag sowie eine volle Windel und Maddies Grafik-Tablet inklusive Ladekabel lagen.

„Sch sch sch", machte ich, während ich rhythmisch auf der Sofakante vor und zurück wippte und beiden Babys den Rücken klopfte.

Ich unterdrückte ein Aufseufzen. Die alte Josephin (oder eher gesagt, die alte *Jo*, denn bevor Leonard sich geweigert hatte, mich bei meinem Spitznamen zu rufen, hatte ausnahmslos jeder mich so genannt) hätte bei dem Anblick unseres trauten Heims wahrscheinlich die Hände über dem Kopf zusammengeschlagen und wäre in Ohnmacht gefallen. Nachdenklich ließ ich meinen müden Blick durch das Wohnzimmer schweifen. Jenes Wohnzimmer, das wir damals, zu dem Zeitpunkt noch zu viert, so liebevoll renoviert und eingerichtet hatten. Auf der teuren Couch prangten Flecken, am Fernseher waren es kleine Handabdrücke, die sich auch an den Fenstern und auf dem Couchtisch wiederfanden.

Überall lag irgendetwas herum, das keinen richtigen Platz hatte: hier ein einsames Babysöckchen, dort ein Teddy, da eine leer getrunkene Wasserflasche. Auf dem Couchtisch standen zudem noch ein Teller vom Vorabend und eine Tasse mit einem Rest Kaffee. Es war nicht so, dass ich nicht aufräumte, nein, im Gegenteil – an manchen Tagen hatte ich das Gefühl, Aufräumen wäre das Einzige, das ich tat. Aber kaum war ein Raum halbwegs fertig, da sah der nächste wieder aus, als hätte dort eine Bombe eingeschlagen. Es war ein einziger riesengroßer Frühjahrsputz, der sich Tag für Tag wiederholte.

„Jackson, nein, gib das bitte Mummy!" Alarmiert sprang ich auf, als mein Sohn, der sich inzwischen auch seiner Windel entledigt hatte, mit einer Käsereibe in der einen und einer Nagelschere in der anderen Hand zurück ins Wohnzimmer gehechtet kam. Wusste der Teufel, wie er an beides rangekommen war und vor allem, was er damit vorhatte.

„Gib das Mummy!", wiederholte ich eindringlich und starrte ihm hypnotisierend in die Augen.

Zwar hörte er wie erwartet nicht auf mich, ließ beides aber immerhin fallen und kletterte auf die Fensterbank. Ihm dies abzugewöhnen, hatten wir inzwischen so oft erfolglos versucht, dass wir resigniert hatten und uns lediglich noch hinter ihn stellten, um ihn im Fall des Falles (im wahrsten Sinne des Wortes) auffangen zu können. Seufzend rappelte ich mich wieder auf und gesellte mich zu ihm. Mina schlief inzwischen, Ella weinte noch ein wenig.

„Sch sch sch", machte ich besänftigend, schaukelte auf der Stelle von links nach rechts und legte einen Arm um Jackson. „Na, mein Schatz, wartest du auf deine Geschwister?"

„Addie! Liot!", rief er und applaudierte freudig. Man konnte diesem kleinen Temperamentsbündel viel vorwerfen, aber keine mangelnde Liebe; er war absolut vernarrt in seine großen Geschwister und diese Tatsache war einfach so zuckersüß, dass ich die Aufregung der letzten Stunden fast vergaß.

Als der cyanblaue Minivan, den Leonard gegen seinen geliebten schwarzen Kleinwagen eingetauscht hatte, auf die Einfahrt rollte, jauchzte Jackson vor Freude. Er klopfte mit seinen kleinen Fäusten an die Fensterscheibe und konnte es danach kaum abwarten, von der Fensterbank herunterzukommen, um die Tür aufzureißen und ihnen entgegenzulaufen. Barfuß, nackt. Im Oktober!

Mein Herz machte einen Satz, als er Elliot in die Arme lief. Maddie jedoch schulterte bloß ihren Rucksack, wich ihrem kleinen Bruder Haken schlagend aus und stürmte an mir vorbei.

„Hey, Süße, alles in Ordnung?", erkundigte ich mich erstaunt.

„Ja, Josephin, alles bestens", brummte sie und verschwand mitsamt Jacke, Schuhen und Ranzen in ihrem Zimmer.

„*Josephin*?!", wiederholte ich irritiert und drückte Elliot kurz an mich, während ich Leonard über seinen Kopf hinweg einen fragenden Blick zuwarf. „Seit wann bin ich denn wieder Josephin statt Mama?"

„Es ist meine Schuld. Ich habe völlig vergessen, dass sie heute Training hat", gab Leonard zu, der seine liebe Mühe damit hatte, Jackson durch die Haustür zurück ins Haus zu manövrieren. „Da hätte ich überpünktlich sein und sie direkt am Fußballplatz absetzen müssen."

„Aber sie hat doch freitags Training", murmelte ich.

„Das habe ich auch gesagt", stimmte Leonard mir zu. „Aber heute *ist* Freitag."

„Tatsächlich?"

„Schon den ganzen Tag lang." Elliot schob sich seine Brille mit dem Zeigefinger auf den Nasenrücken, eine Angewohnheit, die er von seinem Vater Marten übernommen hatte, und hängte seinen Schulranzen an der Kindergarderobe auf. „Wieso ist Jackson nackt?"

„Frag mich was Leichteres." Ich lächelte müde. „War die Schule gut? Hast du Hunger? Hausaufgaben?"

„Dreimal ja."

„Wenn heute Freitag ist ...", setzte Leonard an und wandte sich mit einem Augenzwinkern an mich.

„... dann ist heute Pizzatag", beendete ich seinen Satz. Eine Tradition, die wir seit unserer WG-Zeit stets beibehalten hatten. Anfangs hatte ich es befremdlich gefunden, doch inzwischen gehörten Pizza und ein guter Kinderfilm für mich fest zum Freitagabend.

„Aber erst mal gibt es Mittagessen. Und dann werden die Hausaufgaben erledigt", erklärte Leonard. „Soll ich uns eine schnelle Brotplatte fertigmachen?"

„Darf ich helfen?", fragte Elliot eifrig.

„Klar. Sag deiner Schwester Bescheid, wasch dir die Finger und komm in die Küche", bat Leonard ihn, nahm Jackson auf den Arm und zog die Haustür hinter sich zu. Als Elliot tat wie aufgetragen, wandte Leonard sich an mich. „Ich habe ihr angeboten, sie trotzdem noch hinzufahren, aber anscheinend ist es schlimmer, zu spät zu kommen, als gar nicht zu kommen.“ Er zuckte mit den Schultern.

„Oh nein, die arme Maddie. Der Trainer ist aber auch wirklich streng, wenn jemand unpünktlich ist. Ganz gemeiner Kerl.“ Ich seufzte und lächelte Leonard aufmunternd zu. „Soll ich mal mit ihr reden?“

„Du kannst es versuchen. Aber sie ist echt stur momentan.“

„Woher sie das wohl hat?“

„Wenn ich das nur wüsste … ich suche Karate Kid hier mal was zum Anziehen zusammen und dann kümmern wir drei Jungs uns um das Mittagessen.“ Leonard drückte mir einen Kuss auf die Wange und machte sich auf, mit Elliot und Jackson die Brotplatte zum Mittag vorzubereiten. Seit der Geburt der Zwillinge war das zu einem richtigen Standardmittagessen geworden; Brote mit verschiedenen Aufstrichen und Belägen, dazu meist ein wenig Rohkost. Mit fünf Kindern ist man immer froh, wenn man etwas Schnelles zaubern kann, das allen schmeckt und nicht viel Aufwand erfordert.

„Nachdem ich den Boden gewischt habe“, rief er aus der Küche hinter mir her, denn natürlich hatte ich Jacksons spontanes Bad im Spülbecken und die daraus resultierende Überschwemmung, die ich eigentlich vorhin hatte wegputzen wollen, längst vergessen.

Die Mädchen schliefen tief und fest im Tragetuch, ihre kleinen Köpfe sanft an meine Brust gebettet. Ich warf einen Blick die Treppe hinauf. Auf einigen der Stufen lagen achtlos ausgezogene und weggeworfene Kleidungsstücke, zudem eine Tasche mit aussortierter

Kleidung von Elliot, die ich hatte in den Keller bringen wollen, und eine noch eingepackte neue Lampe, die Leonard im Flur anbringen wollte. Aber wie schon so oft in den letzten Wochen war etwas dazwischengekommen.

Langsam stieg ich die Treppe empor, sammelte dabei die Kleidungsstücke auf und entdeckte sogar die verschwundene Windel.

Oben angekommen klopfte ich leise an Maddies Tür. Sie reagierte nicht. Vorsichtig drückte ich die Klinke herab und warf einen Blick in ihr Zimmer. Ihre ausufernde Pink- und Rosaliebe hatte vor einem guten halben Jahr abrupt geendet und auf ihren Wunsch hin hatten wir aus dem einstigen Prinzessinnenzimmer einen Traum in Mintgrün gezaubert. Ihr Puppenhaus war durch einen Schreibtisch, ihr kleines Kinderbett durch ein spacig aussehendes Hochbett ersetzt worden, unter dem eine Minicouch und ein Bücherregal Platz fanden. Überall hingen Wimpel- und Lichterketten und hier und da einige Fußballposter.

Maddie lag bäuchlings auf dem Teppich, ihren Rucksack offen neben sich, aus dem einige Schulhefte und die Brotdose herauslugten.

„Was machst du da?", fragte ich freundlich, stützte die Köpfe der Kleinen und setzte mich im Schneidersitz neben sie.

„Hausaufgaben", antwortete sie einsilbig.

„Grammatik?" Ich warf einen Blick auf das Heft, in dem sie arbeitete. „Soll ich dir helfen?"

„Nicht nötig, das ist total babyleicht." Maddie wandte den Blick nicht von ihrer Arbeit ab und schrieb nun fein säuberlich ein Wort in eines der leeren Felder. „Kümmere dich ruhig um die Babys."

„Die Babys schlafen, Süße." Ich wartete, bis sie mich ansah und deutete auf das Tragetuch. „Es tut mir leid, dass wir dein Fußballtraining heute vergessen haben."

„Schon gut." Maddie zuckte mit den Schultern. „Ich bin nur sauer auf meinen Dad. Ist ja nicht deine Aufgabe."

Erstaunt schüttelte ich den Kopf. „Was willst du damit sagen? Natürlich ist es auch meine Aufgabe."

„Na ja, ich meine ... du hast jetzt zwei richtige Töchter", erklärte sie gedehnt und setzte ein leises *leibliche* hinzu.

„Du hast recht", stimmte ich ihr zu.

Sie hob verwundert den Blick.

„Mina und Ella sind meine ganze Welt. Mein ganzes Herz."

Maddie nickte, eine Gefühlsmischung aus Erstaunen, Traurigkeit und gespieltem Verständnis auf dem hübschen schmalen Gesicht, das das Kindliche allmählich verlor.

„Aber ...", fuhr ich fort und strich ihr eine dunkle Haarsträhne hinter das Ohr, „... auch du, Elliot und Jackson sind meine ganze Welt. Mein ganzes Herz. Ich liebe euch alle fünf wie verrückt. Und es spielt keine Rolle, ob du in meinem Bauch warst oder nicht. Ich bin deine Mutter, du bist meine Tochter. Meine erste Tochter. Daran wird sich niemals etwas ändern."

Maddies Mundwinkel zuckten verdächtig.

„Versprichst du das?", fragte sie mit zitternder Stimme.

„Hoch und heilig."

Ein Ruck ging durch ihren Körper, sie ließ die Hausaufgaben Hausaufgaben sein und fiel mir um den Hals. Ganz behutsam, um ihre kleinen Schwestern nicht aufzuwecken.

Sanft strich ich ihr über den Rücken. Oh Maddie. Wie hatte diese wilde und ungekämmte kleine Seele mich damals überfordert. Sie hatte mein Leben völlig auf den Kopf gestellt. Und wie schnell hatte ich mich dann doch Hals über Kopf in sie und ihren Vater verliebt. Hätte mir das damals jemand prophezeit, hätte ich ihn für verrückt gehalten.

***

Als wir an diesem Abend völlig erschöpft ins Bett fielen, die Zwillinge nach einer ausgiebigen Stillmahlzeit tief schlafend neben mir im Beistellbettchen, zog Leonard mich unerwartet an sich.

„Wenn ich nicht so unfassbar müde wäre …", flüsterte er mir ins Ohr und strich mit seinen Lippen sanft über meinen Hals.

„Ich weiß nicht, wann ich zum letzten Mal duschen war", gab ich zu bedenken.

„Josephin McEvans, Sie wissen wirklich, wie man einen Mann verführt."

Ich kicherte.

„Man kann mir viel vorwerfen, aber nicht, dass ich meinen Sexappeal verloren habe", scherzte ich.

„Das hast du auch nicht." Leonard, plötzlich ganz ernst, stützte sich auf seinen Ellbogen ab, legte das Kinn in die Hände und sah mich an. „Und das wirst du nie. Nicht für mich."

„Du hast gut reden mit deinem Astralkörper." Neidisch deutete ich auf seinen Bauch, an dem sich nicht einmal ansatzweise Fett befand. Leonard war noch genauso durchtrainiert und braungebrannt wie an jenem Tag, an dem ich ihn kennengelernt hatte. Dabei aß er ständig ungesundes Zeug, trieb in letzter Zeit wenig Sport und war auch nicht öfter in der Sonne als jeder Otto Normalverbraucher – ganz schön unfair, Mutter Natur, ganz schön unfair. Unwillkürlich berührte ich meinen Bauch, der von der Schwangerschaft noch ein wenig gewölbt und mit dem einen oder anderen Dehnungsstreifen versehen war, und zog mein Shirt weiter nach unten.

„Josephin." Leonard strich mir eine Haarsträhne hinter das Ohr. „Du hast achtunddreißig Wochen lang zwei Babys in deinem Bauch wachsen lassen. Du siehst toll aus. Genauso toll wie am ersten Tag ... wobei, nein ... besser als am ersten Tag."

Ich hob fragend eine Augenbraue.

„Ich meine, du warst hübsch, als du da mit Klein Elliot vor der Tür der WG standst, ohne Frage ... aber du warst so ... steif. Und ängstlich. Und penibel."

„Und du erst, Mr Jede-Nacht-eine-andere-Frau-im-Bett." Mit einem Kopfschütteln erinnerte ich mich an unser erstes Aufeinandertreffen zurück, bei dem Leonard zwar unverschämt gut ausgesehen hatte, aber mir mit seinem Machogehabe auf Anhieb sehr unsympathisch gewesen war.

„Es war nicht gerade Liebe auf den ersten Blick", stimmte Leonard mir zu.

„Auch nicht auf den zweiten oder dritten."

„Aber der vierte ... da hat's dann gefunkt."

„Und wie." Grinsend streckte ich mich ihm entgegen und küsste ihn.

„Du hast innerlich geleuchtet damals, nachdem du endlich eine Weile ohne Marten verbracht hattest", schwelgte Leonard in Erinnerungen. „Und genau in dieses Leuchten habe ich mich verliebt. Solange du das hast, wirst du immer schön für mich sein. Sogar mit neunzig Jahren noch."

Und als ich so dalag, die schlafenden Zwillinge und meinen Ehemann neben mir, die anderen drei Kinder glücklich und zufrieden mit den Bäuchen voller Pizza in ihren eigenen Zimmern und Betten, da wurde mir über alle Müdigkeit und Erschöpfung hinweg bewusst, dass ich, Josephin McEvans, angekommen war. Ich war genau dort, wo ich immer hatte sein wollen.

Kapitel 2

Aufregende Neuigkeiten

„Tschüss, habt einen schönen Tag, ich habe euch lieb!",
rief ich Elliot und Maddie nach, nachdem ich sie an jenem Montagmorgen an der Grundschule abgesetzt
hatte.

Es war kein gewöhnlicher Montagmorgen, nein, es
war ein ganz besonderer. Leonard ging das erste Mal
seit der Geburt der Zwillinge wieder arbeiten und ich
war mit allen fünf Kindern auf mich gestellt, was mir
im Voraus weitaus mehr Angst gemacht hatte, als ich
nun, im Nachhinein betrachtet, hätte haben müssen.
Elliot und Maddie waren äußerst selbstständig,
Jackson ausnahmsweise einigermaßen kooperativ und
Mina und Ella schliefen selig in ihren Babyschalen.

Zwar hatte es nicht mehr dafür gereicht, mir selbst
die Zähne zu putzen, Jackson trug einen Turnschuh
und einen Gummistiefel an den Füßen sowie eine Unterhose auf dem Kopf, aber ich war dennoch stolz auf
mich. Die Brotdosen waren gefüllt und in den beiden
Ranzen verstaut, die Schulkinder sauber angezogen,
die Babys gestillt und der Tag noch jung. Von so viel Organisationstalent hätte selbst die alte Jo sich noch eine
Scheibe abschneiden können.

Zurück zu Hause trug ich zuerst die Sitzschalen mit den Mädchen ins Schlafzimmer und holte anschließend Jackson aus dem Wagen, der sich derweil des Schuhs und Gummistiefels entledigt hatte. Die Unterhose auf seinem Kopf schien ihn jedoch nicht weiter zu stören.

Beim Versuch, die Babys aus den Sitzschalen in den Stubenwagen zu legen, wachte Mina auf und sah mich mit großen Augen an. Um zu vermeiden, dass sie ihre Schwester aufweckte, bei der das ganze Prozedere geglückt war, nahm ich sie schnell auf den Arm, zog ihr den roséfarbenen Fleeceoverall aus und trug sie mit in die Küche, in der Jackson bereits auf sein Frühstück wartete. Die Ellbogen auf der Kücheninsel abgestützt, das Kinn in der offenen Hand abgelegt und mit strampelnden Beinen saß er dort auf seinem erhöhten Stuhl und sah mich abwartend an. Mit seinen grau-grünen Augen und den braunen welligen Haaren, die sich strähnenweise sogar stark lockten, sah er aus wie eine Miniaturversion seines Vaters.

„Kekse!", rief er fröhlich.

„Müsli", entgegnete ich. „Oder Brot. Wie du magst."

„Kekse!" Jackson trommelte mit den Füßen gegen die Kücheninsel, das kleine rundliche Gesicht zu einer herausfordernden Grimasse verzerrt.

„Kekse sind kein Frühstück, Jackson." Ich schüttelte entschieden den Kopf und legte das Baby an, um stillend zum Vorratsschrank zu gehen. Eins dieser Dinge, die man als Mehrfachmutter irgendwann automatisch macht, da es sich nicht vermeiden lässt – Stillen beim Herumlaufen. „Brot oder Müsli, Jackson?"

„Kekse."

Gut. Dass er leicht beeinflussbar war, konnte man ihm schon mal nicht vorwerfen. Das würde er irgendwann sicher zu seinem Vorteil nutzen können.

„Wie auch immer – Mummy braucht erst mal einen Kaffee." Ich schaltete unseren Kaffeevollautomaten an und ließ mir einen extragroßen Milchkaffee in die Tasse laufen, die ich zum letzten Muttertag bekommen hatte. Die Kinder hatten sie mit Keramikstiften bunt bemalt und waren nach wie vor unheimlich stolz auf ihr Werk.

Kaum hatte ich Zucker in den Kaffee gerührt, Mina auf die Spieldecke gelegt und die Tasse an die Lippen gesetzt, begann Ella im Schlafzimmer lautstark zu schreien.

„Kekse!", brüllte Jackson mir fordernd hinterher, als ich aufsprang, um Ella zu holen.

Irgendetwas sagte mir, dass ich diesen Kaffee nicht mehr trinken würde, solange er noch heiß war.

Ich hatte Recht behalten. Nachdem ich Elliot und Maddie von der Schule abgeholt hatte und in der Küche damit begann, das Mittagessen vorzubereiten, fiel mir die noch volle Tasse in die Hände. Seufzend öffnete ich die Mikrowelle, um den Kaffee aufzuwärmen und während des Kochens zu trinken, nur um festzustellen, dass sich darin noch eine volle Tasse mit Kaffee vom Vortag befand. Schlussendlich goss ich beide ins Waschbecken und beschloss, mir Kaffee fortan nur noch im Thermobecher mit ins Auto zu nehmen. Da hatte ich zumindest an jeder roten Ampel kurz die Hände frei und somit die Gelegenheit, einen großen Schluck zu nehmen.

Maddie lief mit Ella im Arm auf und ab und summte ihr ein Lied vor, während Elliot oben Jackson unterhielt und Mina zufrieden auf der Spieldecke strampelte. Einer von den rar gesäten Augenblicken, in denen ich kurz durchatmen und meine Gedanken sortieren konnte. Ich versuchte, einen groben Plan in meinem Kopf zu stricken, der den Rest des Tages strukturieren sollte – zumindest soweit wie möglich. Heute stand immerhin kein Fußballtraining an, das ich hätte vergessen können. Also musste ich bloß kochen, mit Elliot für den Mathetest lernen, den Termin für die Impfung der Zwillinge endlich vereinbaren und ...

„Mama?" Maddie unterbrach meine Gedanken und streckte mir die strampelnde Ella entgegen. „Sie hat mich angepinkelt."

„Sie hat was?" Schnell nahm ich ihr das Baby ab. Tatsächlich, Ellas Strampler war völlig warm und durchnässt. „Oh nein! Na dann gehen wie euch beide mal schnell umziehen. Ich mache Baby A frisch, du ziehst dir auch etwas Trockenes an und ..."

„Kannst du Jackson aus meinem Zimmer holen? Er wirft meine ganzen Sachen rum!", rief Elliot aus dem Obergeschoss herunter. Es folgte eine rasche Abfolge von lauten, scheppernden Geräuschen. „Mann, Jackson, das ist *meine* Autosammlung! Das geht doch alles kaputt!"

Just in dem Moment begann auch Mina alias Baby B auf der Krabbeldecke zu weinen und unzufrieden zu zappeln. Ich unterdrückte ein Aufseufzen. So viel zum Sortieren meiner Gedanken.

***

Als Leonard am Abend nach Hause kam, hatte ich die Kinder bereits ins Bett gebracht und stand gerade im abgedunkelten Schlafzimmer, um abzuwarten, ob die Babys tatsächlich schliefen oder ob ich noch einmal einen Schnuller reichen und sie ein wenig tätscheln musste. Ich war dermaßen müde, dass ich am liebsten sofort mitgeschlafen hätte, doch dass ich Leonard den ganzen Tag nicht gesehen und ihn aufrichtig vermisst hatte, war mir in diesem Moment wichtiger. Ich hatte im Voraus gewusst, dass er am ersten Tag recht lange würde arbeiten müssen und doch war es nun weitaus später geworden als ich erwartet hatte.

Leonard sah müde, aber ziemlich zufrieden aus, als er ins Schlafzimmer kam. Ein kleiner Lichtstrahl fiel aus dem Flur in den Raum hinein, ließ die Babys in Dunkelheit gehüllt und beleuchtete nur die Stelle am Bettrand, an der ich gerade stand.

„Hi." Leonard küsste mich sanft. „Wie war dein Tag?", flüsterte er.

„Nun, ich habe alle fünf am Leben erhalten. Ist das genug?"

„Das ist auf jeden Fall genug."

„Und wie war deiner?", erkundigte ich mich, mehr aus Höflichkeit als aus echtem Interesse, denn die Müdigkeit wurde stärker und stärker.

„Josephin?" Leonard räusperte sich und machte eine bedeutungsschwangere Pause. „Ich habe großartige Neuigkeiten. Ted will mich befördern. Ich soll ein ganz neu zusammengestelltes junges Team anleiten."

„Ist das wahr? Oh Leonard, endlich!" Ich fiel ihm um den Hals und drückte ihn überschwänglich. „Das hast du schon so lange verdient."

„Danke, danke." Leonard löste meine Arme von seinem Hals, schob mich ein Stück weit von sich weg und sah mir ernst in die Augen.

„Es gibt ein Aber, richtig?", schloss ich, immer noch flüsternd, bevor er überhaupt etwas sagen konnte.

„Wir müssten umziehen", gab Leonard geradeheraus zu. „Nach Colorado. In die Nähe von Denver."

Vom unscheinbaren, süßen New Greenville in Arizona nach Colorado? Das musste ich erst mal sacken lassen. Schweigend setzte ich mich auf die Bettkante und malte mit dem Fuß Kreise auf den flauschigen Schlafzimmerteppich. Colorado.

„Ich weiß, ich weiß … das ist erst mal ein Schock." Leonard ging vor mir in die Knie und legte seine Hände auf meinen Oberschenkeln ab. Seine grau-grünen Augen sahen mich durchdringend an. „Und niemand verlangt, dass wir das sofort entscheiden. Hör mir nur erst zu, bevor du etwas sagst."

„Okay." Ich nickte.

„Teds Großcousine oder Großtante oder so ist vor Jahren verstorben. Ihr Haus gehört der Familie, steht aber seit ihrem Tod komplett leer. Es ist wohl ein ziemlich riesiges Grundstück und ein großes Gebäude mit zehn Zimmern. Ich wiederhole – *zehn* Zimmer! Und er würde es uns, falls wir es haben wollen, für weitaus weniger verkaufen, als wir für unser Haus hier gezahlt haben."

„Aber wieso?", erwachte die Skeptikerin in mir. „Ein derart großes Haus für so wenig Geld?"

„Nun, es liegt eben recht abgelegen. Viele Menschen leben lieber in der Stadt", wischte Leonard meine Bedenken beiseite. „Ted hat mir Fotos geschickt. Warte kurz.“ Er zog sein Smartphone aus der Hosentasche, tippte kurz darauf herum und zeigte mir anschließend einige Bilder von einem großen, wirklich schönen Haus.

„Es hat eine Veranda“, flüsterte ich. Ich hatte schon immer eine Schwäche für Häuser mit Veranden gehabt.

„Ja.“ Leonard nickte. „Und einen Wintergarten, jede Menge alte Obstbäume, eine Scheune ...“ Er scrollte durch die Fotos und zeigte mir alles, was er benannte. „Sieh dir nur an, wie groß die Zimmer sind. Und es hat *drei* Badezimmer.“

Er ließ das Ganze noch ein wenig auf mich wirken, dann steckte er das Handy zurück in seine Hosentasche. „Der Ort heißt Oldmallow, ein abgelegenes Dorf, das etwa fünfzehn Fahrminuten von der Stadt entfernt ist, in der ich arbeiten werde ... ich meine, arbeiten *würde*. Und ich würde aufgrund der Führungsposition fast das Doppelte von dem verdienen, was ich aktuell bekomme. Das ist viel, Josephin, das ist *echt* viel. Wir könnten den Kindern ein Pferd kaufen oder irgendetwas anderes Teures, was wir uns sonst nie würden leisten können.“

„Gott, Maddie würde dir die Füße küssen, wenn du ihr ein Pferd kaufen würdest.“

„Ich weiß.“ Leonard strahlte über das ganze Gesicht. „Und Elliot kann auch ein Pferd haben. Oder einen Golden Retriever. Und Jackson ... puh, nein, Jackson bekommt vorerst kein Haustier – das hätte keine lange Lebenserwartung. Aber wenn ...“

„Leonard“, fiel ich ihm so sanft wie möglich ins Wort. „Wir sind hier nicht bei *Unsere kleine Farm*. Das klingt ja alles großartig und romantisch, aber wir sollten da ganz realistisch rangehen."

„Okay." Leonard nickte, das breite Lächeln immer noch im Gesicht. „Und wie?"

„Wir könnten ... eine Pro-und Contra-Liste anlegen."

„Wie die alte Jo?"

„Die alte Jo war hervorragend im Anlegen von Pro- und Contra-Listen."

Ich zog die Nachttischschublade auf, kramte zwischen Fieberzäpfchen, einer Packung Taschentüchern und meinem Geheimvorrat an Marzipanschokolade, die ich vor den Kindern versteckt hielt, um sie nicht teilen zu müssen, einen kleinen Block und einen Kugelschreiber hervor.

„Contra: Die Kinder haben all ihre sozialen Kontakte hier", begann ich und schrieb meine Bedenken im Lichtstrahl des Flurs sogleich auf.

„Pro: Wir hätten ein größeres Haus, sodass jedes Kind ein eigenes Zimmer haben könnte. Es ist sogar noch Platz für ein Arbeitszimmer für mich, einen Ankleideraum und einen Raum für dich ganz allein." Leonard setzte sich neben mich und tippte mit dem Zeigefinger auf das Wort Pro.

Ich ergänzte seine Worte.

„Und was soll ich mit einem Raum für mich ganz allein?", fragte ich, während die Mine über das Papier kratzte.

„Keine Ahnung. In Ruhe atmen oder so."

„Klingt gut." Ich musste grinsen. „Marten."

„Ich heiße Leonard."

„Weiß ich doch. Marten ist ein Contra-Punkt."

„Oh, das ist er definitiv."

„Jetzt sei doch mal ernst", verlangte ich, ein Lachen unterdrückend. „Marten würde Elliot nicht mehr so oft sehen können, und ja ...", ich streckte Leonard, der den Mund öffnete, um etwas zu entgegnen, die Hand entgegen, „... mir ist klar, dass er ihn auch hier nicht sehr oft sieht. Aber Elliot ist sein Sohn. Ich kann das nicht einfach tun, ohne mir Gedanken um die Bindung zwischen den beiden zu machen."

Leonard atmete tief ein und wieder aus. Die Beziehung zwischen meinem Mann und meinem Ex-Verlobten hatte sich glücklicherweise inzwischen etwas entspannt, auch weil Marten selbst inzwischen geheiratet und einen kleinen Sohn mit seiner neuen Frau bekommen hatte. Dennoch würde er Leonard nie ganz verzeihen, dass dieser ihm vor Jahren mal ein blaues Auge geschlagen und dass ich seinetwegen die unfassbar teure und über Monate hinweg geplante Traumhochzeit in letzter Sekunde abgesagt hatte. Er war auf allen Kosten sitzengeblieben. Und auch Leonard war nie ein Marten-Fan geworden, da er wusste, dass er mir damals das Herz gebrochen hatte und ich dennoch zu ihm zurückgegangen war.

„Und Elinor", ergänzte ich. „Und Maddies Großeltern. Und dein Vater. Leonard, wir haben so viele Menschen in der Nähe, die wichtig für unsere Kinder sind. Das können wir ihnen nicht antun."

„Du hast recht." Leonard sah zerknirscht aus. So zerknirscht, dass es mir leidtat, ihm seine Euphorie genommen zu haben.

Familie schrieb ich in Großbuchstaben in die Contra-Spalte und reichte die Liste und den Stift an Leonard weiter.

Er betrachtete sie einen Moment lang, dann ergänzte er einige Worte in der Pro-Spalte, die ich erst erkennen konnte, als er seinen Arm beiseiteschob.

„Größerer Garten, gute Schulen, ein teures Pferd", las ich leise. „Leonard! Das sind keine Pro-Punkte, das sind Träumereien. Wie sollen wir uns denn noch um ein Pferd kümmern?"

„Maddie kann das tun", antwortete Leonard schlicht. „Oder die Zwillinge. Die helfen ja sonst nie bei irgendwas."

Ich prustete ein unterdrücktes Lachen hervor. Unerwartet nahm Leonard mein Gesicht zwischen seine Hände und strich mir mit den Daumen sanft über die Wangen. Das hatte er ewig nicht gemacht. Das Lachen blieb mir im Hals stecken. Ein Gefühl von Vertrautheit, Sehnsucht und Sentimentalität stieg in mir auf.

„Josephin, ich glaube, dass das eine riesengroße Chance für uns ist. Für unsere Familie", sagte Leonard leise. In seiner Stimme lag etwas Beschwörendes.

Nachdenklich sah ich ihn an. „Aber ich liebe das Haus", wendete ich wispernd ein.

„Ich liebe das Haus auch." Leonard lächelte sanft. „Hier hat sich einfach ein Großteil unserer Zeit als Familie abgespielt. Aber seien wir ehrlich ... auf kurz oder lang müssen wir uns sowieso nach etwas Größerem umschauen. Ich glaube nicht, dass Baby A und Baby B sich auf ewig ein Zimmer mit uns teilen wollen. Und wer sagt, dass wir nicht auch ein anderes Haus lieben können?"

Ich seufzte schwer und ließ meinen Blick über die Zwillinge gleiten. Wie tief sie schliefen, wenn sie so dicht beieinanderlagen. Die Vorstellung, dass sie in absehbarer Zeit ein ganzes Stück wachsen, laufen und viel mehr Platz benötigen würden, war noch so fern … nahezu surreal. Die Erinnerung daran, dass auch Elliot und Jackson einst so winzig und hilflos gewesen waren, hingegen verschwommen.

Leonard nahm meine Hände in seine. Wie immer waren seine viel wärmer als meine.

„Ich will dich auf keinen Fall drängen, Josephin. Und ich werde das nicht alleine entscheiden. Ich möchte nur, dass du darüber nachdenkst. Denk darüber nach, dass jedes Ende auch für einen Anfang steht. Okay?"

„Okay", nickte ich, ohne den Kopf von den Babys abzuwenden. Ella hielt ein Stück von Minas Schlafsack in ihrem Händchen, als hätte sie Sorge, dass ihre Schwester in der Nacht von ihrer Seite verschwinden könnte.

„Danke, mein Schatz." Leonard drückte mir einen Kuss auf die Stirn, dann reckte und streckte er sich und suchte sich frische Kleidung im Schrank zusammen. „Ich springe noch schnell unter die Dusche. Wollen wir danach zusammen einen Film ansehen?"

„Klar, gern", antwortete ich, obwohl wir beide nur allzu gut wussten, dass wir nach den ersten zehn Minuten tief und fest schlafen würden.

Unwillkürlich begann ich, über das nachzudenken, was Leonard über Anfänge gesagt hatte und ich erinnerte mich nur allzu gut daran, dass mein letzter Neuanfang mein Leben um ein Vielfaches besser gemacht hatte. Was, wenn ich hier eine ungeheuer große Chance verpasste? Wenn wir als Familie eine Chance nicht wahrnahmen? Was sollte schon geschehen, immerhin hatte ich Leonard an meiner Seite. Und das Haus … ich hatte selten ein so tolles Haus gesehen wie das auf den Fotos. Die Veranda, der Wintergarten, die alten Obstbäume und die vielen Zimmer tauchten vor meinem inneren Auge auf und all die Räume füllten sich in meinen Gedanken mit Leben. Mit unserem Leben.

„Warte", verlangte ich, als Leonard an der Tür angelangt war.

„Ja?" Mit fragendem Gesichtsausdruck wandte er sich um.

Ich atmete tief ein und wieder aus.

„Lass es uns wagen", sagte ich dann langsam.

„Ernsthaft?"

„Ja, ernsthaft."

Mit wenigen schnellen Schritten war er wieder bei mir, wobei sein Gesicht sich sichtlich erhellte.

„Wir werden also umziehen?", schloss er, als wollte er sichergehen, dass wir beide von derselben Sache sprachen.

Ich nickte bedächtig. „Ja, Leonard. Wir werden umziehen."

Kapitel 3

Von Vorfreude und Bedenken

„Sag jetzt bloß nicht, dass du schon wieder schwanger bist!"

„Nein, Elinor, ich bin nicht schwanger."

„Gott sei Dank!" Meine Mutter, die ich von klein auf nur bei ihrem Vornamen rief, fächelte sich übertrieben theatralisch Luft zu und wandte sich an William, Leonards Vater, der es sich auf unserem Sofa bequem gemacht hatte und Jackson auf dem Schoß hielt. „Man stelle sich das nur mal vor – sechs Kinder!", plapperte sie drauflos. „Fünf sind ja schon eine Unmenge. Und das in der heutigen Zeit. Eine Katastrophe! Auch wenn die jungen Leute heutzutage alle sagen, Verhütung sei Teufelszeug."

William lächelte unsicher, sichtlich damit überfordert, was er darauf antworten sollte, während Jackson unsanft mit einem Spielzeugtraktor über seinen Kopf fuhr.

„Elinor, eindeutig *niemand* sagt so etwas." Ich musste meine Augen kurz zukneifen und tief durchatmen. „Wir bekommen nicht noch ein Kind. Wirklich nicht. Wir sind definitiv komplett."

„Marten ist auch komplett, glaube ich“, meldete sich Tess, Martens Schwester zu Wort, die ihn anstelle seiner Frau begleitet hatte. Gina, Martens neue Frau, war wieder mal auf irgendeinem Yoga-Kongress und hatte den gemeinsamen Sohn, der ein gutes halbes Jahr jünger war als Jackson, bei ihm gelassen. Marten nickte zustimmend, während er angestrengt versuchte, dem kleinen August, Oggy genannt, unsere Fernbedienung zu entreißen.

Tess trug ein schreckliches neongrünes Kleid, das über und über mit bunten Pailletten besetzt war, dazu eine braune Strumpfhose und einen übergroßen Hut. Nachdem sie sich gerade in der Küche ein Brot geschmiert hatte, saß sie desinteressiert dreinblickend auf dem Wohnzimmerteppich und aß. Ich hatte keine Ahnung, weshalb Marten sie mitgebracht hatte – wohl kaum als Babysitterin. Tess konnte weder besonders gut mit Kindern umgehen, noch schien sie sie sonderlich zu mögen.

Maddies Großeltern Sally und Paul, die die Eltern von Leonards verstorbener Frau Cassidy waren, saßen etwas steif am Tisch, tranken mit abgespreizten Fingern Kaffee und blickten sich unauffällig um. Scham stieg in mir auf, als ich bemerkte, dass Sally eine volle Windel entdeckt hatte, die zwischen Couchtisch und Couch klemmte – wie auch immer sie dort hingelangt war. Mit Mina auf dem Arm beeilte ich mich, diese so diskret wie irgend möglich aufzusammeln und im Windeleimer zu entsorgen.

Leonard, der die schlafende Ella trug, kam aus der Küche und reichte seinem Vater eine Tasse mit dampfendem schwarzen Kaffee.

„Sind jetzt alle mit Kaffee versorgt?“, fragte er fröhlich in die Runde, dann nickte er mir zu. „Josephin und ich haben euch heute alle hierher eingeladen, weil wir euch etwas mitzuteilen haben.“ Er machte eine bedeutungsschwangere Pause, bis ihn alle ansahen.

„Man hat mir in der Agentur einen höheren Posten angeboten, aufgrund dessen ich in die Nähe von Denver, Colorado versetzt werde.“

„Mannomann, dann hast du aber einen weiten Arbeitsweg“, murmelte Tess und biss kopfschüttelnd von ihrem Erdnussbutter-Marmeladen-Brot ab. Als sie sich mit meinem Exmann den Mutterleib geteilt hatte, war wohl ein Großteil der Gehirnkapazität an ihn übergegangen.

„Er wird den Weg nicht täglich fahren, Tess“, erklärte ich ruhig. „Wir werden umziehen.“

„Nach Colorado? Aber da gibt es doch nichts als Elche und Forellen!“, empörte Elinor sich.

„Es gibt sehr wohl viel Schönes in Colorado“, entgegnete Leonard bemüht freundlich. „Wunderbare Landschaften und ein perfektes Klima zum Beispiel. Wir werden nach Oldmallow ziehen, ein kleines Dorf in der Nähe von Denver.“

„Marshmallow?“, nuschelte Jackson undeutlich, der sich bisher damit begnügt hatte, William an den Ohren zu ziehen, und war mit einem Male sehr aufmerksam.

„Oldmallow, Schatz. Nicht Marshmallow“, erklärte ich.

Jackson runzelte die Stirn, dann riss er die Arme hoch, wobei er William versehentlich einen Kinnhaken verpasste, und brüllte inbrünstig: „Kekse!“

„Das ist eine ganz schöne Strecke, Jo. Knappe sechs Stunden, wenn ich mich nicht irre", merkte Marten an, der es inzwischen aufgegeben hatte, Oggy die Fernbedienung abnehmen zu wollen. Elliots kleiner Halbbruder sah ihm unfassbar ähnlich. Martens Gene hatten sich bei beiden durchgesetzt. Einzig die strahlend blauen Augen, die Marten und Elliot miteinander teilten, hatte der kleine Oggy nicht, stattdessen waren seine dunkelbraun und mit dichten dunklen Wimpern besetzt. Ein Sabberfaden verband seinen Mund mit der Fernbedienung.

„Ja, ich ... ich weiß. Das wissen wir." Ich riss mich vom Anblick Oggys los und pustete mir eine dünne Locke aus dem Gesicht, die sich aus meinem achtlos zusammengebundenen Dutt gelöst hatte. „Selbstverständlich werden wir dafür Sorge tragen, dass die Kinder weiterhin regelmäßigen Kontakt zu euch allen halten können. Das ist uns genauso wichtig wie euch. Wir haben uns diese Entscheidung wirklich nicht leicht gemacht. Aber es ist eine große Chance für Leonard. Für uns alle. Ein größeres Haus, mehr Zeit für die Familie, mehr finanzielle Sicherheit ..." Ich suchte seinen Blick und als ich sah, wie dankbar und liebevoll er mich anlächelte, konnte ich nicht anders, als zurückzulächeln.

„Also, ich finde die Idee gelungen", meldete sich überraschenderweise Sally zu Wort. Cassidys Mutter trug einen Pelzmantel und spreizte den kleinen Finger, mit dem sie ihre Kaffeetasse hielt, immer noch weit ab. „Paul und ich haben unsere Flitterwochen in Denver verbracht. Ein herrliches Fleckchen Erde. Dorthin kommen wir doch gern zu Besuch, um unsere Enkeltochter zu sehen."

Ich schenkte ihr ein dankbares Lächeln. Die beiden hatten sich in den letzten Jahren wirklich zum Positiven gewandelt, auch wenn sie nach wie vor ein wenig überkandidelt und zum Teil pikiert rüberkamen – dennoch, sie gaben sich die größte Mühe. Wer sie nun so sah, hätte im Leben nicht daran gedacht, dass sie vor gar nicht allzu langer Zeit einen Sorgerechtsstreit mit Leonard vom Zaun gebrochen hatten, um Maddie bei sich wohnen zu lassen. Mir lief immer noch eine Gänsehaut über den ganzen Körper, wenn ich an jenen Abend dachte, an dem Leonard mir das Ganze unter Tränen erzählt hatte. Glücklicherweise hatten sie das Kriegsbeil zum Wohle des Kindes und im Sinne der verstorbenen Cassidy schlussendlich begraben können.

„Und wie haben die Kinder das Ganze aufgefasst?", erkundigte William sich und drückte Jackson an sich.

Immer wenn ich ihn ansah, hatte ich das Gefühl, einen Blick in die Zukunft zu werfen, denn William und Leonard glichen einander sowohl in der Optik, als auch in Mimik und Gestik.

„Nun ... so semi-gut", gab Leonard die Reaktion der beiden Großen sehr milde wieder.

Wir tauschten einen Blick miteinander und ich war mir ziemlich sicher, dass Leonard – wie ich – an zuknallende Türen, Tränen und den Vorwurf, ihnen ihr liebstes Haus auf der ganzen Welt und all ihre Freunde wegzunehmen dachte. Mein Herz schmerzte, wenn ich an ihre Worte dachte. Ein Umzug war nicht leicht, schon gar nicht, wenn so viele Meilen zurückgelegt werden sollten. Es tat mir in der Seele weh, die Kinder entwurzeln zu müssen, weil Leonard und ich über ihre Köpfe hinweg eine Entscheidung gefällt hatten, die sie eigentlich genauso sehr betraf wie uns. Das schlechte Gewissen nagte daher ständig an mir.

„Ach, das wird schon", versprach William liebevoll. Er tätschelte Jacksons kleine speckige Hand. „Kinder fassen viel schneller Fuß als wir Erwachsenen. Ich verwette meine Insulinpumpe darauf, dass sie schon nach zwei Tagen neue Freunde haben werden."

„Und es gibt heutzutage so viele Möglichkeiten, in Kontakt zu bleiben", erklärte nun auch Marten zu meiner Überraschung. „Telefon, Mail, Videoanrufe, Sprachnachrichten", zählte er an den Fingern ab. „Das bekommen wir schon irgendwie hin. Man könnte sich vielleicht einmal im Monat in der Mitte treffen und die Ferien aufteilen."

Überrascht und erleichtert über seine Kooperation fühlte ich eine Welle der Zuneigung, die über mich hereinbrach. Zwar war es nun undenkbar für mich, dass ich diesen Mann einst unbedingt hatte heiraten wollen, doch Marten bemühte sich wirklich, ein guter Kerl zu sein. Manchmal glaubte ich fast, dass es ihm eine Art positiven Schock versetzt hatte, dass ich ihn kurz vor der Eheschließung, ausgerechnet während der Probetrauung, Hals über Kopf verlassen hatte.

„Will den Pudding im Kühlschrank noch jemand essen?" Tess stand auf und klopfte sich die Brotkrümel vom Schoß. Ihr aktuell schulterlanges dunkles Haar hatte sie zu zwei ungleichen Zöpfen geflochten.

„Ähm ... nein, tu dir keinen Zwang an. Fühl dich wie zu Hause." Leonard machte eine einladende Handbewegung Richtung Küche.

„In Denver gibt es erstklassige Schulen", merkte Paul, ein untersetzter Mann mit einem auffälligen

Schnurrbart an, der neben seiner grazilen Frau umso gewaltiger wirkte.

Bloß Elinor sagte gar nichts. Mit versteifter Haltung und aufeinandergepressten Lippen saß sie da und beobachtete alles, was um sie herum geschah mit Missfallen. Meine Mutter hatte noch nie einen Hehl daraus gemacht, dass sie sich für etwas Besseres hielt als den größten Rest der Weltbevölkerung. Außerdem – und dessen war ich mir ziemlich sicher – warf sie mir insgeheim immer noch vor, dass ich Marten verlassen hatte. Einen gut verdienenden, höflichen und angepassten Mann, der wusste, wie man eine Krawatte band und sehr für traditionelle Rollenverteilung war. Leonard hingegen hatte sie nie wirklich etwas abgewinnen können. Sein lässiges Erscheinungsbild und der humorvolle Charme hatten sie nicht so überzeugen können wie mich damals – nach einer ganzen Weile, in der ich ihn als anstrengend, arrogant und faul empfunden hatte.

„Und Elliot wird dort eine anständige Ausbildung erhalten?", erkundigte sie sich nun unnötigerweise.

„In vielen Jahren, wenn es soweit ist, mit Sicherheit", antwortete ich trocken. „So lange werden er und unsere Tochter erst mal in eine vernünftige Grundschule und danach zur Junior High gehen. Alles andere wird sich dann ergeben."

Ich wusste, dass es ihr ein Dorn im Auge war, dass ich Maddie als meine Tochter bezeichnete und dass es ihr lieber gewesen wäre, wenn ich ihr einen konkreten Karriereplan für Elliot auf den Tisch geknallt hätte. Da sie es nicht geschafft hatte, ihre eigenen Träume durch mich zu leben, schien nun Elliot als mein Erstgeborener ihr neuer Hoffnungsträger zu sein. Nach einer gescheiterten Ballett- und Modelkarriere, die ich nie hatte haben wollen, war ich für sie mit meiner siebenköpfigen Patchworkfamilie und einem Mann wie Leonard an der Seite offensichtlich eine bodenlose Enttäuschung.

„Ihr könnt doch nicht einfach so die Kinder nehmen und sie entwurzeln!" Elinor verschränkte die Arme vor der Brust und schüttelte heftig den Kopf.

„Doch, tatsächlich können wir das, Elinor. Es sind nämlich unsere Kinder", entgegnete Leonard mit scharfem Unterton in der Stimme, der mit Sicherheit niemandem verborgen blieb.

Elinor schnappte nach Luft, als hätte er ihr nicht widersprochen, sondern sie geschlagen. Sie sprang auf und klopfte sich ein paar imaginäre Krümel von der Kleidung. Anstatt ihn anzusehen, fixierten ihre zu schmalen Schlitzen verengten Augen nun mich.

„Nach allem, was ich für dich getan habe, lässt du zu, dass er so mit mir redet?", schoss sie los.

„Elinor, ich ...", setzte ich an, doch Leonard unterbrach mich.

„Was hast du denn für sie getan?", erkundigte er sich. Seine Stimme war ruhig, beinahe freundlich, und doch schwang ein unausgesprochener Vorwurf darin mit.

„Ich habe sie zum Beispiel großgezogen!" Die Stimme meiner Mutter war nun ziemlich schrill. Auf einmal durchquerte sie mit weit ausholenden Schritten das Wohnzimmer, um zur Haustür zu gelangen. „Ihr seid dermaßen undankbar! Das werdet ihr noch bereuen!"

Als die Tür hinter ihr ins Schloss fiel, zuckte ich zusammen. Leonard bedachte mich mit einem kurzen, prüfenden Blick.

„Mit geht's gut", versicherte ich ihm. Es war nicht das erste Mal, dass Elinor es persönlich nahm, dass ihr die Kontrolle über mein Leben entglitt. „Sie kriegt sich schon wieder ein."

„Noch jemand, der einen dringenden Termin hat?", versuchte Leonard, die Stimmung mit einem Scherz aufzulockern. Glücklicherweise schien niemand der anderen das Ganze ebenso zu sehen wie Elinor. „Wann soll es denn losgehen?", erkundigte William sich lächelnd und ignorierte sowohl ihren dramatischen Abgang als auch recht stoisch, dass Jackson ihm an den Haaren zog.

„Ende, vielleicht Mitte November schon", antwortete Leonard.

Obwohl ich das Datum bereits kannte, jagte es mir, genau wie beim ersten Mal, einen Schauder über den Rücken. Zwei Wochen waren vergangen, seit Leonard mir erstmals davon berichtet hatte.

Ende November war *so* nah. Vorfreude, Sorge und auch ein wenig Traurigkeit vermischten sich in meinem Inneren zu einem Kloß, der mir schwer im Magen lag. Leonard empfand, wenn ich das richtig wahrnahm, nichts als die pure, große Euphorie beim Gedanken an unser neues Leben. Für mich jedoch waren auch leise Bedenken daran geknüpft. Es ging schließlich nicht nur um eine Entscheidung, die mich und mein eigenes Leben betraf. Was, wenn die Kinder wider Erwarten keinen Anschluss finden würden oder wenn Leonards neuer Job doch zeitintensiver sein würde, als man es ihm zugesagt hatte? Das Gedankenkarussell in meinem Kopf drehte sich, seit wir diesen Entschluss gefasst hatten, unaufhörlich.

„Das heißt, zu Weihnachten …", setzte William an und ließ den Satz unbeendet stehen. Er musste ihn nicht vollständig aussprechen, damit er verstanden wurde. Drückend wie eine nahende Gewitterwolke schienen seine Worte über uns allen im Raum zu schweben.

Ich schluckte. Mein Herz wurde schwer, schwerer als Stein, und pochte von innen schmerzhaft gegen meine Brust. Seit Leonard und ich ein Paar waren, hatten wir Weihnachten immer mit den Kindern und William in dessen Haus verbracht, wo er ziemlich schlecht, aber voller Liebe für alle gekocht, gebacken und lustige Geschichten aus Leonards Kindheit zum Besten gegeben hatte.

„Dann hole ich dich Heiligabend ab und du feierst mit uns in Oldmallow", schlug Leonard ganz pragmatisch vor.

„Ja, mal sehen." William lächelte und tätschelte Jackson, der auf seiner Armbanduhr herumdrückte, den Kopf. Ich wusste bereits, dass dieses *mal sehen* eigentlich ein *Nein* war. Er würde das Fest der Liebe nicht meilenweit entfernt von jenem Haus verbringen, in dem seine Frau, Leonards Mutter, gelebt hatte und gestorben war. Wieso war mir das klar, Leonard aber nicht? Der Kloß in meinem Hals wurde größer.

Nachdem am Abend alle nach Hause gefahren waren und allmählich Ruhe einkehrte, wandte ich mich mit meinen Bedenken an meinen Mann. Ich lag im Bett und stillte die noch etwas unruhige Ella in den Schlaf, während Mina mit einem Schnuller im Mund längst im Beistellbettchen schlief.

„Ach, die werden schon alle klarkommen", wischte Leonard jegliche Gedanken daran beiseite, hob die

Schultern und ließ sie wieder sinken und entfernte ein ferngesteuertes Auto sowie einen schmutzigen kleinen Kinderstrumpf von seinem Kopfkissen.

„Und wenn nicht?", merkte ich leise an. „Was ist, wenn Elinor recht hat?"

„Damit, dass sie so viel für dich getan hat und wir undankbar sind?" Leonard lachte rau. „Das glaubst du doch wohl selbst nicht."

„Nein, das meine ich nicht." Ich seufzte und suchte nach den richtigen Worten. „Was, wenn sie damit recht hat, dass wir es bereuen werden?"

Leonard verdrehte die Augen. „Du hast doch Ja zu der Idee gesagt!", warf er mir jäh mit Ungeduld in der Stimme vor.

„Weil du so enthusiastisch warst und mich mitgerissen hast!", hielt ich dagegen.

„Ach, jetzt war es also meine Idee und ist demnach auch mein Fehler, wenn es nach hinten losgeht?"

„Das habe ich nicht gesagt! Du verdrehst mir die Worte im Mund!"

Von einer Minute auf die andere befanden wir uns mitten in einem Streit. Bis auf die gewöhnlichen kleinen Meinungsverschiedenheiten, die es in einer Ehe nun einmal so gab, gerieten wir selten aneinander. Seit der Geburt der Mädchen und durch den stets hohen Stresslevel und Schlafmangel knallte es aktuell jedoch öfter. Ich holte tief Luft und versuchte mich auf das Wesentliche zu konzentrieren.

„Ich will jetzt nicht mit dir streiten", erklärte ich besänftigend.

„Ich doch auch nicht. Aber, Josephin ...", Leonard ließ seine Hose und sein Shirt achtlos auf den Boden neben das Bett fallen und legte sich, nur mit Boxershorts bekleidet, neben mich. Die Wut aufeinander schien mit einem Mal verpufft. „... es ist nur ein Umzug in einen anderen Staat. Wir wandern nicht aus. Wir treten keine Weltraummission an. Hör endlich auf, dir ständig Sorgen um alle zu machen." Er gähnte langgezogen und zog sich die Decke bis zum Kinn. „Erinnerst du dich an die Frage, die ich dir damals in der WG gestellt habe?"

„Die, ob ich den Stock aus meinem Hintern ziehen kann?"

Leonard kicherte verhalten. „Das habe ich so nie gesagt."

„Nicht wortwörtlich."

„Ich meine die Frage, als du weinend nach Hause kamst und deinen Kopf auf ein Kissen auf meinen Schoß gelegt hast", erinnerte er mich. Auf einmal lag etwas Sanftes, fast schon Sentimentales in seiner Stimme. „Ich habe deinen Kopf gestreichelt und dir Taschentücher gereicht und wir haben darüber gesprochen, ob Marten wirklich der richtige Mann für dich ist."

„*Was will Josephin Carter?*", wiederholte ich die Frage, von der er gesprochen hatte.

„Genau." Leonard nickte. „Wobei es inzwischen natürlich heißen muss: Was will Josephin McEvans?"

Behutsam nahm ich die inzwischen schlafende Ella hoch und legte sie neben ihre Schwester ins Beistellbett. Beide trugen den gleichen altrosafarbenen Schlafsack über einem weißen Schlafanzug. Gähnend zog ich mir die Decke bis zum Kinn und sah Leonard in die Augen.

„Was will Josephin McEvans?", wiederholte er im Flüsterton. „Wisch mal alle Bedenken und Sorgen beiseite, die du für alle anderen um dich herum gerade empfindest. Möchtest *du* nach Oldmallow ziehen?"

Ich versuchte, nicht an William zu denken, wie er Weihnachten ganz allein in seinem Haus saß und trockenen Fertigkuchen aß, während er ein Bild seiner verstorbenen Frau anstarrte und darauf wartete, dass wir ihn zumindest anriefen. Nicht an Elliot und Maddie, die ihre Schule, ihre Freunde und ihre Vereine hier lassen und neuen Anschluss würden knüpfen müssen. Nicht an Marten, an Elinor und dieses Haus, das wir zurücklassen würden, obwohl es uns ein so wunderbares Zuhause gewesen war.

„Ich will diesen Umzug", antwortete ich dann beinahe erstaunt. „Ich möchte dieses riesige Haus einrichten und mit den Kindern in dem gigantisch großen Garten unter den alten Obstbäumen spielen. Und wenn es stimmt, dass wir dann mehr Geld und auch mehr Zeit füreinander haben werden ... dann wird unser Leben durch den Umzug noch besser, als es jetzt schon ist."

Leonard lächelte und beugte sich vor, um mich sanft zu küssen.

„Ich verstehe, dass das nicht leicht ist", sagte er mit gedämpfter Stimme. „Und weißt du, wir müssen dieses Haus hier nicht sofort verkaufen. Wir können uns ja erst mal ansehen, wie es uns in Oldmallow gefällt. Ich kläre das mit Ted. Es steht schon so lange leer, da macht es wohl recht wenig aus, wenn er es erst einige Monate später offiziell an uns verkauft. Und wenn wir nicht ... nicht wirklich dort *ankommen*, wenn sich auch nur einer deiner Zweifel als wahr herausstellt, dann packen wir alles wieder ein und fahren zurück."

„Wirklich?"

„Wirklich." Er streckte mir mit geschäftsmäßigem Gesichtsausdruck die rechte Hand entgegen. „Heiliges Müder-Fünffachvater-Ehrenwort."

Grinsend ergriff ich seine Hand und schüttelte sie.

Es waren kaum zwei Tage vergangen, als mein Vertrauen in den bevorstehenden Umzug erneut erschüttert wurde. Anstatt beider Kinder stolperte an diesem Tag bloß Maddie mit ihrem Ranzen auf dem Rücken und hochroten Wangen zur Haustür herein. Bevor ich bemerkte, dass Elliot ihr nicht mit einem Sicherheitsabstand folgte, was öfter vorkam, da die beiden sich auf dem Heimweg regelmäßig in die Haare bekamen, wurde mir klar, dass etwas nicht stimmte.

„Maddie, was ist passiert?", fragte ich betont ruhig. „Wo ist dein Bruder?"

„Ihr habt ihn doch abgeholt!" Maddie schob das Kinn vor. „Wieso holt ihr ihn ab und ich muss trotzdem mit dem Bus fahren? Das ist unfair!"

„Maddie … wir haben Elliot nicht abgeholt. Ich war den ganzen Tag mit den Kleinen zu Hause und Dad ist bei der Arbeit. Wie kommst du darauf, dass er abgeholt wurde?" Unwillkürlich begann mein Herz zu rasen. „Wo ist er?"

„Ich weiß es doch nicht." Maddies enttäuschte Haltung wich just einer unsicheren. „Er kam nicht an die Bushaltestelle, also habe ich John und Tyler gefragt und die haben gesagt, dass er abgeholt wurde."

„Haben sie nicht gesagt, von wem?", drängte ich weiter.

„Nein." Maddie schüttelte den Kopf. „Ich habe gedacht, ihr hättet ihn abgeholt und ... mich nicht." Ein Schatten fiel auf ihr Gesicht.

„Ach, Schatz ..." Ich zog sie in meine Arme und stellte fest, dass ich zitterte. Mit klammen Fingern nahm ich mein Handy aus der hinteren Hosentasche, während im Hintergrund Jackson mit irgendwelchen Gegenständen um sich warf, und rief Leonard an. Zu meiner Erleichterung nahm er sofort ab.

„Hast du Elliot heute von der Schule abgeholt?", überfiel ich ihn ohne eine Begrüßung oder dergleichen.

„Was? Nein. Ich dachte, die beiden kommen mit dem Bus." Leonard schien kurz nachzudenken. „Sollte ich ihn abholen?"

„Nein, solltest du nicht." In wenigen Sätzen erklärte ich ihm, was Maddie mir erzählt hatte. Auch er wirkte daraufhin beunruhigt.

„Ich fahre zur Schule", entschied er sofort. „Da suche ich ihn und frage die Lehrer, falls noch welche dort sind. Mach dir keine Sorgen, es gibt sicher eine logische Erklärung dafür. Vielleicht spielt er uns einen Streich."

„Elliot?" Ich lachte unfroh. „Elliot spielt doch keine Streiche."

„Vielleicht doch. Er war ziemlich wütend, als wir ihm von dem Umzug berichtet haben und das Thema ist nach wie vor ein wunder Punkt bei ihm." Im Hintergrund schlug eine Tür zu. „Ich bin schon auf dem Weg. Vielleicht rufst du mal die anderen Mütter an, eventuell weiß eine von ihnen etwas." Er legte auf und ließ mich mit einem flauen Gefühl im Magen zurück. Obwohl ich versuchte, es nicht zuzulassen, musste ich an Entführungen, nächtliche Suchaktionen mit Spürhunden und Lösegeldforderungen denken. Ich spürte, wie mir jegliche Farbe aus dem Gesicht wich.

Maddie betrachtete mich mit einer Mischung aus Unsicherheit und Schuldbewusstsein im Blick.

„Ist es meine Schuld?", fragte sie leise.

„Nein, natürlich nicht", beeilte ich mich zu sagen. „Mach dir keinen Kopf, sicher ist alles gut."

„Ich hätte wissen müssen, dass ihr nicht nur ihn, sondern uns beide abholen würdet", murmelte sie mit gesenktem Blick. „Das war dumm von mir. Ich war so wütend."

In der Küche erklang plötzlich lautes Geschrei. Aus einer Art Trance erwachend, stürmte ich los und stellte fest, dass Jackson mit den Fingern in einer Schublade steckte, während er sich unbewusst dagegen lehnte und sich so einklemmte. Schnell hatte ich ihn aus der Situation befreit und hielt seine Hand zum Abkühlen unter den kalten Wasserstrahl im Waschbecken. Mein Herz schlug mir bis zum Hals. Wo mochte Elliot bloß sein? Ob Leonard damit Recht behalten sollte, dass er uns bloß an der Nase herumführte, weil ihm der Umzug zuwider war?

Jackson nutzte meine gedankliche Abwesenheit aus und begann, nachdem seine Finger offensichtlich nicht mehr wehtaten, das Wasser in alle Richtungen zu spritzen. Binnen Sekunden waren er, die Küche und ich nass.

„Jackson!", tadelte ich, setzte ihn am Boden ab und fuhr mir mit dem Ärmel über das nasse Gesicht. Im selben Moment klingelte es an der Tür. Noch während ich mich beeilte, an meinem Sohn vorbeizukommen, der sich an meinem Bein festklammerte und dies für ein lustiges Spiel zu halten schien, hörte ich, wie Maddie die Haustür öffnete, dicht gefolgt von Elliots fröhlicher Stimme. Mein Herz machte einen Satz. Hastig eiste ich mich von Jackson los und lief in den Flur.

Dort erwarteten mich nicht nur eine erleichtert wie überfordert dreinblickende Maddie und ein unschuldig lächelnder Elliot, sondern zu meiner Überraschung auch meine Mutter. Mit einem selbstgefälligen Grinsen nickte sie mir zu, ihre Hand auf Elliots Schulter.

„Na, sieh dir das Gesicht deiner Mutter an – ich habe doch gesagt, dass es ein lustiger Scherz wäre." Elinor lachte. „Sie hat bestimmt schon alle Kommissare der umliegenden Städte und ein Medium angeheuert, um dich wiederzufinden."

Plötzlich traten mir Tränen in die Augen. Absolut unfähig, etwas zu sagen, schnappte ich nach Luft, ging in die Knie und zog Elliot an mich. Eine gefühlte Ewigkeit lang hielt ich ihn fest, dann nahm ich ihn an den Schultern, hielt ihn ein Stück weit von mir weg und sah ihn an. Erleichterung und allmählich aufkommender Zorn rangen in meinem Inneren miteinander. Das Lächeln entwich Elliots Gesicht. Mir fiel auf, dass er einen nagelneu und teuer aussehenden Basketball in den Händen hielt.

„Bist du sauer?", fragte er.

„Wie oft haben wir darüber gesprochen, dass du zu niemandem ins Auto steigen sollst?" Meine Stimme war wieder da, wenn auch sehr wacklig und rau.

„Aber das ist doch ...", setzte er an.

„Zu niemandem!", donnerte ich. „Geh auf dein Zimmer."

Ohne weitere Widerrede senkte Elliot den Blick und ging an Maddie vorbei, um hochzugehen. Vorher nahm ich ihm noch den neuen Ball aus der Hand.

„Übertreib doch nicht, Jo." Elinor verdrehte die Augen. „Als ob du nie jemandem einen Streich gespielt hast."

„Das war kein Streich." Ich ärgerte mich darüber, dass mir eine Träne über die Wange lief. „Maddie, geh und ruf deinen Dad an. Sag ihm, dass Elliot zu Hause ist."

Als Maddie sich beeilte, meiner Aufforderung nachzukommen, drückte ich meiner Mutter unsanft den Basketball in die Arme.

„Elliot mag gar keinen Ballsport!"

„Er ist groß und schlank, vielleicht könnte er beim Basketball etwas erreichen", schloss sie mit Unschuldsmiene. „Willst du mich nicht reinbitten? Ich könnte einen Kaffee gebrauchen."

„Nein, will ich nicht."

Zu sehen, wie sich in ihrem Gesicht allmählich etwas veränderte, war auf paradoxe Art und Weise befriedigend für mich. „Ich will, dass du verschwindest. Sofort! Und denk nie wieder daran, meine Familie oder mich auf irgendeine Art zu kontaktieren. Du hast es dir mit uns verscherzt. Als Mutter mit mir schon lange. Als Schwiegermutter sowieso. Und jetzt auch noch als Großmutter." Ein wenig grob schob ich sie zur Haustür heraus, nahm zufrieden ihren vor Entsetzen offen stehenden Mund wahr und knallte die Tür zu. In diesem Moment fiel mir ein riesiger Stein, wenn nicht gar ein Felsen, vom Herzen.

„Daddy will mit dir sprechen." Maddie, immer noch
ein wenig blass um die Nase, stand vor mir und streckte
mir unsicher das Telefon entgegen.

„Leonard?" Ich hielt es mir ans Ohr und lächelte Maddie beruhigend zu. „Er ist hier. Alles ist gut."

Alles ist gut. Und ich meinte jedes Wort so.

Kapitel 4

Von Selbstfindung und Kinderkotze

Der Oktober neigte sich dem Ende zu und der November kam schneller, als mir lieb war. Mit einem plötzlichen Kälteeinbruch und morgendlichem Frost auf den Autoscheiben hielt er eines Mittwochmorgens Einzug und als ich das Kalenderblatt in der Küche umschlug und den Monatsnamen schwarz auf weiß sah, wurde mir ein wenig flau im Magen. Wir hatten bisher nicht ein einziges Teil eingepackt und wenn ich mich hier so umsah, dann erweckte das Haus den Eindruck, dass es eher ein halbes Jahr als einen Monat brauchen würde, um all das in Kisten zu packen. All dieses Chaos. All dieses Leben.

Mit Jackson auf dem Arm, der bereits seit fünf Uhr wach und untypischerweise sehr anhänglich war, versuchte ich, möglichst zügig die Frühstücksboxen der Großen herzurichten. Mit drei Kindern unter zwei Jahren wird man schnell Profi darin, Dinge mit bloß einer Hand zu erledigen. Leonard erschien gut gelaunt im Türrahmen, startklar für die Arbeit, mit schicker Kleidung und gestylten Haaren, während ich es noch nicht einmal geschafft hatte, mir an diesem Morgen die Zähne zu putzen.

„Wird er krank?“ Leonard nahm mir Jackson ab, damit ich einen Apfel kleinschneiden und zu den bereits geschmierten Broten legen konnte. Es folgten Mandarinen und je ein Müsliriegel. Mit Jackson auf dem Arm schaltete Leonard die Kaffeemaschine an.

„Keine Ahnung.“ Gähnend schloss ich die Frühstücksboxen – grün für Maddie, orange für Elliot – und befüllte die Flaschen der beiden mit Leitungswasser. „Vielleicht zahnt er auch wieder. Er war ständig wach in der Nacht. Und wenn er nicht wach war, dann haben Ella und Mina sich abgewechselt.“

„Oh, habe ich gar nicht mitbekommen.“ Entschuldigend lächelnd reichte Leonard mir meinen morgendlichen Milchkaffee in meiner Lieblingstasse. Ich erinnerte mich daran, dass ich ihn in der Nacht am liebsten getreten hätte, weil er so tief geschlafen hatte, während ich gefühlt nonstop wach gewesen war.

„Warum hast du mich nicht geweckt?“, fragte er ruhig.

„Ach, alles gut.“ Ich unterdrückte ein Aufseufzen und nahm einen großen Schluck Kaffee. Die Wärme, die die Tasse an meine Hände abgab, tat ungemein gut. Sie vertrieb zwar nicht die Müdigkeit aus meinen Gliedern, machte sie aber zumindest ein wenig erträglicher. „Vielleicht lege ich mich mit den Mädchen ein bisschen hin, wenn Jackson seinen Mittagsschlaf macht.“

„Mach das.“ Leonard sah mir nachdenklich in die Augen. „Geht es dir gut, Josephin?“

Ich wusste, wovon er sprach. Der große Schreck, den Elinor mir mit Elliot eingejagt hatte, saß immer noch tief. Dass ich sie aus meinem, aus unserem Leben verbannt hatte, hatte ich bis heute nicht ein einziges Mal bereut. Lieber keine Mutter als eine, deretwegen man sich immer nur schlecht fühlt.

„Alles okay", versicherte ich ihm.

„Sehr gut." Er verschloss seinen Thermobecher, der bis oben hin mit Kaffee gefüllt war, und reichte mir Jackson zurück, der sofort die Arme nach mir ausstreckte und sie um meinen Hals schlang. Er fühlte sich warm an. Zu warm. In Gedanken ging ich all meine Ablageorte im Haus durch, um herauszufinden, wo das Fieberthermometer sein könnte.

„Ich muss leider los", erklärte Leonard bedauernd. „Könnte spät werden heute."

Nun bahnte sich das Seufzen, das ich vorhin noch hatte unterdrücken können, doch einen Weg an die Oberfläche. Ich konnte nichts dagegen tun. In den ersten Lebenswochen der Zwillinge hatte ich mich so sehr daran gewöhnt, dass Leonard immer da war, dass es mir nun schwerfiel, ihn gehen zu lassen, auch wenn die Babys inzwischen elf Wochen alt waren und er bereits schon länger wieder arbeitete. Es war ein gutes Gefühl gewesen, zu wissen, dass man nicht als einziger Erwachsener da war, dass man nicht die alleinige Verantwortung trug und die anfallenden Aufgaben problemlos durch zwei teilen konnte. Dass Leonard gute dreißig Meilen bis zur Agentur fuhr und regelmäßig in den Feierabendverkehr geriet, machte das Ganze auch nicht leichter, denn selbst wenn er einmal keine Überstunden machte, kam er selten früh nach Hause.

„Ich weiß." Leonard drückte mir zum Abschied sanft einen Kuss auf den Kopf. „Bald wird es leichter." Er küsste Jackson ebenfalls und wandte sich zum Gehen.

Kaum fiel die Haustür hinter ihm ins Schloss, erbrach Jackson sich in einem großen Schwall auf mich, sich selbst und den Boden. Fast zeitgleich hörte ich, dass Maddie oben mit weinerlicher Stimme nach mir rief, woraufhin eines der Babys zu schreien begann. Für den Bruchteil einer Sekunde musste ich die Augen schließen, um mich zu sammeln. In Momenten wie diesen fühlte ich mich wie ein Lastenpferd, das mehr und mehr Gewichte aufgeladen bekam, bis ihm schließlich die Beine unter dem Körper versagten. Am liebsten hätte ich die Haustür aufgerissen und Leonard postwendend zurückgerufen, doch ich wusste, dass ich ihn nicht wegen jeder Kleinigkeit darum bitten konnte, zu Hause zu bleiben – gerade jetzt, da die große Beförderung, auf die er so lange gewartet hatte, inklusive Umzug anstand, war es wichtig, dass er zur Arbeit erschien. Ich musste es selbst schaffen.

Nachdem ich einmal tief durchgeatmet hatte, öffnete ich die Augen wieder, stellte meine Kaffeetasse beiseite, trug Jackson oben ins Badezimmer und bat Maddie, zu mir zu kommen. Blass wie ein Gespenst und mit zittrigen Beinen erschien sie schließlich im Türrahmen, kurz geblendet vom grellen Licht, das das Badezimmer flutete.

„Ich habe mich übergeben", brachte sie mit heiserer Stimme hervor. „In mein Bett. Tut mir leid."

„Okay, alles gut, Schatz, das macht nichts." Ich ließ Wasser in die Badewanne laufen, gab schnell etwas wohlriechenden Badezusatz hinzu und zog Jackson den vollgespuckten, säuerlich stinkenden Schlafanzug aus, während im Hintergrund ein zweites Babygeschrei hinzukam und langsam anschwoll.

„Hier, setz dich mit ihm in die Wanne. Ich komme sofort wieder." Ich wartete, bis Maddie bei Jackson im Wasser saß und lief los, um die Babys zu holen.

Ella links und Mina rechts im Arm erreichte ich Sekunden später wieder das Badezimmer. Beide Kinder in der Wanne sahen blass und kränklich aus, doch immerhin spielte Jackson ein wenig mit dem Schaum. Ich setzte mich auf den Badewannenrand und legte die Babys auf den flauschigen rosafarbenen Badezimmerteppich, um sie schon mal zu wickeln und ihnen die Schlafanzüge auszuziehen.

Müde und ebenfalls geblendet vom Licht streckte Elliot seinen Kopf zu Tür herein.

„Was macht ihr hier?", erkundigte er sich verwirrt, setzte die Brille, die er in der Hand trug, auf und fügte gleich darauf hinzu: „Ich habe Bauchweh."

„Oh je, du auch?" Ich lächelte ihm beruhigend zu. „Dann seid ihr jetzt schon zu dritt krank."

Immerhin würde ich mir die Fahrt zur Schule an diesem Tag sparen, versuchte ich mich selbst zu trösten. Nachdem Maddie und Jackson frisch gebadet und angezogen waren, zog ich auch die Babys an und schlüpfte selbst in irgendeine Leggins, ein ausgeleiertes Shirt und eine graue Kapuzenstrickjacke. Ich legte mir das Tragetuch um, setzte die Babys hinein, nahm Jackson bei der Hand und ging mit allen Kindern die Treppe hinunter, wo ich sie vorerst alle auf die Couch vor dem Fernseher verfrachtete. Nachdem ich von der Küche aus in der Schule angerufen und die beiden Großen krankgemeldet hatte, rief ich Leonard an.

„Ich wollte dich auch gerade anrufen", plapperte er munter drauflos. „Ted fragt, ob ich am Wochenende mit ihm nach Oldmallow fahren will, um nach dem Haus zu sehen. Es steht immerhin seit Jahren leer und wer weiß ..."

„Schlechte Idee", fiel ich ihm ins Wort. „Die Kinder sind krank."

„Alle?"

„Alle bis auf die Babys." Ich griff zum Wasserkocher, um Tee zu kochen und riss zeitgleich das Küchenfenster auf. Im Wohnzimmer tat ich dasselbe. Gefühlt das ganze Haus stank nach Erbrochenem. „Scheint ein Magen-Darm-Virus zu sein."

„Shit."

„Ja."

Unwillkürlich erinnerte ich mich an Elliots erste Erkrankung dieser Art. Wir hatten in der WG gelebt, ich war furchtbar besorgt gewesen und Leonard hatte mich in der Nacht abgelöst, um im Badezimmer beim sich übergebenden Elliot zu bleiben. Am Folgemorgen hatte ich Leonard schlafend mit Elliot im Arm vorgefunden und mein Herz hatte auf eine mir damals völlig unvertraute Art und Weise reagiert.

Als Maddie aufsprang, sich eine Hand vor den Mund hielt und aus dem Raum stürmte, landete ich augenblicklich wieder in der Realität. Ich vergewisserte mich schnell, dass Jackson noch wie gebannt auf den Fernseher starrte (meinen Keine-Bildschirmzeit-vor-der-Einschulung-Grundsatz hatte mein Zweitgeborener schon recht früh grandios über den Haufen geworfen) und nicht auf der Fensterbank herumturnte oder Ähnliches tat, und folgte Maddie ins Badezimmer.

Mit einem knappen „Ich muss Schluss machen, Leonard" nahm ich immer zwei Stufen auf einmal.

„Pass auf, dass die Babys sich nicht anstecken“, bat er völlig unnötigerweise.

„Gut, dass du es sagst. Ich wollte die Kinder gerade darum bitten, sie heute besonders oft auf den Mund zu küssen“, zischte ich atemlos.

„Josephin – du weißt, wie ich das meine.“

„Ja, du traust mir nicht zu, dass ich das hier alleine hinbekomme“, hörte ich mich selbst sagen.

Leonards darauffolgendes tiefes Ein- und Ausatmen, das klang, als müsste er sich erst mal selbst gut zureden, bevor er mit mir sprach, regte mich nur noch zusätzlich auf.

„Mein Gott, Josephin, jetzt mach doch nicht schon wieder ein Fass auf.“

„Schon wieder ein Fass auf? Bin ich jetzt die dauernd nörgelnde Ehefrau oder was?“

„Jetzt gerade schon“, antwortete Leonard viel zu schnell.

„Na, dann will ich dich mit meinem Genörgel mal nicht länger stören. Bis später dann“, zischte ich.

Ich legte ohne ein weiteres Wort auf, steckte das Handy in meine hintere Hosentasche und war furchtbar wütend auf Leonard. Als ob ich nicht selber drauf gekommen wäre, die Zwillinge möglichst von den kranken Kindern fernzuhalten! Und sowieso – was bildete er sich überhaupt ein, sich von seinem bequemen Büro aus einmischen zu müssen? Und mich dann noch als nörgelnde Ehefrau zu betiteln? Wo er wahrscheinlich gerade dasaß und einen heißen Kaffee genoss – in seiner fleckenfreien Kleidung und mit dem makellosen Körper, an dem nicht die Spur einer Schwangerschaft haftete. Kaum hatte ich den Gedanken zu Ende gedacht, da tat es mir auch schon wieder leid. Leonard konnte nichts dafür, dass die Kinder krank waren – und dass ich zu Hause bei ihnen sein konnte, hatte ich auch seinem guten Job zu verdanken, bei dem er viele Überstunden machte und täglich sein Bestes gab, um uns allen ein gutes Leben bieten zu können. Unwillkürlich dachte ich an die Worte meiner Mutter, die mich meine Kindheit und die Jugend über begleitet hatten.

Du hast Glück, dass du zumindest schön bist, Jo. Es wird leicht für dich sein, einen Mann zu finden – aber streng dich an, ihn auch halten zu können.

Sofort begannen die Selbstzweifel an mir zu nagen. Es war besser geworden in den letzten Jahren. Weniger. Aber ganz fort waren sie nie. Eine leise kleine Stimme blieb, die mir stetig zuflüsterte, dass ich mich anstrengen musste, um Leonard halten zu können – besonders nach der Trennung von Marten.

Als er am Abend nach Hause kam, bemühte ich mich, besonders freundlich zu ihm zu sein. Irgendwie hatte ich immer noch ein schlechtes Gewissen wegen meiner negativen Gedanken und Worte ihm gegenüber, die er selbst wahrscheinlich schon längst wieder vergessen hatte. Denn so war Leonard – manchmal ein wenig impulsiv, aber niemals vorwurfsvoll. Mit Ella auf dem Arm drückte ich ihm einen Kuss auf die Wange.

„Willst du einen Kaffee?", bot ich an.

„Ähm ... ja gern." Offenbar erstaunt, dass ich ihm nicht einfach wortlos die Kinder in die Arme drückte, nickte er, ging in die Knie und klaubte Jackson vom Boden auf, der, nur mit einem Pulli und einer Windel bekleidet, auf dem kalten Fliesenboden mit ein paar Küchenutensilien spielte. „Geht es ihnen besser?", erkundigte er sich.

„Es geht", antwortete ich, während ich die Kaffeemaschine anschaltete. „Maddie liegt im Bett, trinkt Tee und liest. Elliot sieht fern und Mina ist vorhin in der Babyschaukel eingeschlafen. Jackson, Ella und ich haben hier ein bisschen die Küche aufgeräumt." Mit einer knappen Handbewegung wies ich auf die minimal ordentlichere Arbeitsfläche, auf der in meinen Augen immer noch viel zu viel Kram stand. Aber immerhin hatte ich es geschafft, die Spülmaschine aus- und wieder einzuräumen und den Topf vom Abendessen des Vortages zum Einweichen in die Spüle zu stellen. Auch diverse Cornflakesreste, Brotkrümel und undefinierbare Flecken hatte ich entfernt.

Leonard nahm seine Kaffeetasse entgegen und wartete, bis ich meine ebenfalls gefüllt in der Hand hielt.

„Ist da Gift drin?", erkundigte er sich und rührte mit gespielt skeptischem Blick in seinem Kaffee herum.

„Nein, keine Sorge. Mit wem soll ich mich denn sonst streiten?", neckte ich zurück.

Im Nachhinein kam mir fast jede unserer Streitereien albern vor und oft wusste ich später nicht einmal mehr den echten Grund dafür.

Gemeinsam mit Ella und Jackson setzten wir uns an den schmalen Küchentisch und schoben die gemalten Bilder, die Post der letzten Tage, eine Handvoll Prospekte und eine leere Packung Waffeln beiseite. Kaum hatte ich einen Schluck Milchkaffee genommen, begann Mina in der Schaukel zu weinen. Ich reichte Ella an Leonard weiter und sprang auf, um sie zu holen. Auf dem Rückweg von der Schaukel bat Elliot mich darum, seinen Becher mit Salzstangen aufzufüllen und Maddie rief mich und wollte einen neuen Tee. Ihr schien es schon etwas besser zu gehen, auch wenn sie immer noch recht blass aussah. Als ich zurück an den Küchentisch kam, war mein Kaffee bereits nur noch lauwarm. Stillend und erschöpft nippte ich an der Tasse.

„Alles in Ordnung?", erkundigte Leonard sich.

„Ja klar", winkte ich ab und lächelte.

Als knappe zwei Stunden später alle Kinder im Bett waren und wir im Wohnzimmer wenigstens grob aufräumten, erkundigte Leonard sich erneut nach meinem Wohlbefinden.

„Ist alles in Ordnung mit dir?" Eine Spur Besorgnis schwang in seiner Stimme mit.

„Ja, klar. Wieso?" Ich bemühte mich, breit zu lächeln. „Ich bin doch die ganze Zeit über fröhlich."

„Fröhlich wie ein trauriger Clown." Leonard legte den Kopf leicht schief und musterte mich. „Mir musst du nichts vormachen, Josephin. Ich könnte auch absolut verstehen, wenn du mir nach einem Tag mit drei kranken Kindern und Zwillingsbabys nicht freudestrahlend um den Hals fällst und Kaffee kochst."

Mit einem merkwürdig beklemmenden Gefühl im Bauch legte ich das Lächeln ab. Es rutschte wie eine Maske einfach von meinem Gesicht herunter. Die Haut um meinen Mund herum fühlte sich plötzlich ganz schlaff an. Wie ausgeleiert.

„Das ist es nicht", sage ich leise. „Es geht nicht um die Kinder. Die können nichts dafür."

Leonard musterte mich aufmerksam. „Was ist es dann?", erkundigte er sich.

Einen Moment lang zweifelte ich. Ich wollte ihn nicht mit meinen unnötigen Sorgen und Gedanken belasten, die ich selbst nicht in Worte fassen konnte. Es fühlte sich so undankbar an.

„Josephin McEvans." Leonard sah mir tief in die Augen, eine Spur von Strenge in der Stimme. „Du weißt schon, dass du mit mir über alles reden kannst, oder? Das gehört sogar sozusagen zu deinen ehelichen Pflichten."

„Ach, wirklich?"

„Ja, wirklich. Steht auf Seite 327 des Ehegesetzbuches. Paragraph fünfzehn, Absatz drei."

„Das hast du dir definitiv gerade ausgedacht." Ich musste lachen.

Leonard tat empört. „Für so gerissen hältst du mich?"

„Für noch weitaus gerissener."

Wir grinsten in uns hinein und räumten eine Weile lang schweigend weiter auf.

„Aber mal im Ernst, Josephin ... ich möchte wissen, was dich belastet."

„Ach, ich weiß es doch selber nicht, Leonard." Müde rieb ich mir mit den flachen Händen über das Gesicht. „Ich habe mich selbst erst durch dich so richtig gefunden. Nach all den Jahren. Aber irgendwie ... irgendwie habe ich mich wieder verloren. Durch das alles hier." Ich machte eine weit ausholende Bewegung, die alles im Raum mit einschließen sollte. Das am Boden liegende Handtuch, das achtlos in eine durch einen umgekippten Becher verursachte Wasserpfütze geworfen wurde. Jacksons Hose, die auf links gedreht auf dem Sofa lag, daneben einer seiner beiden mit Disneymotiv bedruckten Socken. Keine Ahnung, wo der andere war.

Eine kleine Schüssel mit trocken gewordenen Gurkenscheiben, Salzstangenstücke auf dem Boden, offene Feuchttücherpackungen an jeder Ecke.

„Du hast ... dich verloren", wiederholte Leonard langsam, als müsste er die Information erst mal verarbeiten. Dann grinste er. „Soll ich dir beim Suchen helfen?"

„Mann, Leonard! Deine ständigen Witze machen es auch nicht gerade besser", schleuderte ich ihm heftiger als gewollt entgegen und bereute es sofort.

Ein bitterer Ausdruck trat in sein Gesicht und ließ ihn aussehen, als hätte er gerade in eine Zitrone gebissen. Schweigend verschränkte er die Arme vor der Brust. Eine unangenehme Stille breitete sich zwischen uns aus.

„Ich dachte, du magst meine Witze", murmelte er dann mit einem leicht gekränkt klingenden Unterton in der Stimme.

„Ich mag deine Witze ja auch", beeilte ich mich zu sagen. „Wirklich! Es ist nur ... ach, ich weiß auch nicht." Seufzend schlang ich die Arme um meinen Körper. „Früher habe ich immer alles unter Kontrolle gehabt, jeden Termin im Blick und ein blitzeblank geputztes Haus."

Na gut, für Letzteres war eigentlich hauptsächlich Rosita verantwortlich gewesen. Ich erinnerte mich an die rundliche, liebenswerte Haushälterin, die Marten damals beschäftigt hatte, und die jedes Mal kräftig ins Schwitzen geraten war, wenn sie unser schmuckes Haus tiefengereinigt hatte.

„Und jetzt mache ich gefühlt tausendmal so viel wie damals, schaffe aber nicht annähernd das, was ich schaffen möchte. Ich vergesse Termine, trage vollgespuckte Kleidung und habe seit Jacksons Geburt nur noch lauwarmen Kaffee getrunken."

Unerwartet öffnete Leonard seine verschränkten Arme und zog mich an sich. Ich lehnte den Kopf an seine Brust.

„Ich liebe unser Leben und unsere Kinder", fuhr ich leise fort. „Aber ich habe das Gefühl, mir wächst das alles über den Kopf. Ich mache so viel falsch und ..."

„Josephin." Liebevoll löste Leonard meine Arme von seinem Hals, nahm mich bei den Schultern und hielt mich ein Stück weit von sich. „Du machst gar nichts falsch. Gar nichts. Du kümmerst dich um fünf Kinder." Zur Veranschaulichung hielt er eine geöffnete Hand mit allen fünf Fingern in die Höhe. „Zwei davon noch ganz klein. Zwei in der Zahnlückenpubertät. Eines völlig durchgeknallt. Und trotzdem sind alle fünf am Ende jedes Tages satt, sauber und glücklich. Das ist so viel mehr, als die meisten Menschen in einem ganzen Leben schaffen."

Ich lächelte milde. Seine Worte waren wie Balsam für meine müde Seele.

„Ich glaube, dass dieser Umzug zum vollkommen richtigen Zeitpunkt kommt", fügte er sanft hinzu und zog mich wieder an sich. Seine Hände strichen beruhigend über meine Haare. „Oldmallow ist ein familiäres Dorf mit einer starken Gemeinschaft, sagt Ted. Ich bin mir ganz sicher, dass dieser Neuanfang uns allen guttun wird."

„Ich hoffe, du hast recht."

„Ich habe immer recht", stellte Leonard klar und fügte gleich darauf hinzu: „*Fast* immer. Aber was diese Sache betrifft, weiß ich es einfach. Es ist ein Gefühl. Eine

Ahnung irgendwie. Genau hier." Er nahm meine Hand und legte sie auf seine Brust. Darunter schlug kräftig und ruhig sein Herz. „Spürst du, was ich meine?"

Eine Weile lang hielt ich meine Hand ganz still und fühlte mit geschlossenen Augen den Takt seines Herzens. Dann lächelte ich.

„Stimmt", sagte ich leise. „Jetzt spüre ich es auch."

Kapitel 5

Tschüss, Haus

„Wo sind denn die Windeln?"

„Schon im Kofferraum, aber ich habe extra noch ein paar als Reserve in den Wickelrucksack gepackt!"

„Okay ... und wo ist der?"

„Ich glaube, im Fußraum vom Beifahrersitz. Zwischen der Tasche mit dem Reiseproviant und den Büchern. Ach, und wenn du schon am Auto bist ... bringst du ein paar Müsliriegel mit? Jackson hat schon wieder Hunger und die letzte Laugenstange hat Maddie vorhin gegessen."

Leonard seufzte tief, dann hörte ich, wie er die Autoschlüssel nahm und zur Haustür herausspazierte. Mit dem Handrücken fuhr ich mir über die schweißnasse Stirn. Obwohl es Ende November war und draußen Minusgrade herrschten, war mir warm. Nein, warm war untertrieben – mir war heiß. Brütend heiß.

Mit Mina im Tragetuch auf dem Rücken und Jackson zu meinen Füßen, der mit einem der letzten verbliebenen Stifte, einem kleinen grünen Wachsmaler, den wir hinter der Küche entdeckt hatten, auf dem Boden herumkritzelte, wies ich Elliot und Maddie an, diverse Dinge zu suchen, während ich selbst die allerletzten

Reste unseres Hab und Guts in Kartons verstaute. Multi Tasking Level 300. Mindestens.

„Ich kann meine Kopfhörer nirgendwo finden", maulte Maddie, zwei ungleiche Socken an den Füßen und mit einer Zahnbürste im Mund.

„Keine Ahnung, Schatz. Ich fürchte, die sind schon im Umzugswagen." Ich schenkte ihr ein zerknirschtes Lächeln und wandte mich an Elliot, der mit verträumtem Gesichtsausdruck und einem Buch in der Hand auf der Treppe stand. „Hast du die Seife und das Handtuch oben aus dem Badezimmer geholt?"

„Ja." Elliot nickte, nach wie vor in das Buch vertieft. „Und unsere Zahnbürsten. Außer Maddies. Die hat mich geboxt, als ich sie einpacken wollte."

Ich bedachte Maddie mit einem tadelnden Blick.

„Weil ich mir noch die Zähne putzen wollte!" Sie verdrehte die Augen und spuckte weißen Zahnpastaschaum in der Küche ins Waschbecken, bevor sie Elliot ihre Zahnbürste entgegenstreckte. „*Jetzt* kannst du sie nehmen."

„Iih, jetzt ist sie voller Sabber!" Elliot wich zurück. „Pack sie doch selber ein, Blödi."

„Elliot!", ermahnte ich ihn.

„Selber Blödi!"

„Maddie!", schimpfte ich.

Im selben Moment kam Leonard zur Tür herein, die zappelnde Ella unter den rechten Arm geklemmt, den Wickelrucksack unter dem linken und die Hände voller Müsliriegel.

„Hilfst du mir mal?", bat ich ihn und warf erst Elliot, dann Maddie einen genervten Blick zu.

„Klar." Leonard nickte ernst. „Also, ihr seid *alle beide* Blödis."

Elliot und Maddie kicherten und Leonard grinste breit.

„Situation deeskaliert", sagte er stolz und warf jedem der Kinder einen Müsliriegel zu, bevor er einen dritten auspackte und ihn Jackson reichte. „Hier, eure Belohnung."

Ich seufzte.

„Sie sind doch keine Hunde, Leonard."

„Das stimmt allerdings. Hunde lassen sich gut erziehen." Er reichte mir die immer noch zappelnde Ella und stellte den Wickelrucksack auf der Arbeitsfläche der Küche ab. „Ich wickle sie gleich", versprach er. „Ich muss nur noch etwas holen, was ich auf dem Dachboden gefunden habe."

Mit diesen Worten verschwand er und tauchte wenig später mit einem ziemlich lädiert aussehenden Karton mittlerer Größe wieder auf.

„Was ist da drin?", erkundigte ich mich.

„Altes Zeug von dir." Leonard stellte den Karton zu meinen Füßen ab und nahm Ella und den Wickelrucksack wieder an sich. „Sieh das doch kurz durch und entscheide, was in den Müll kann. Und ihr beide ...", er deutete auf Maddie und Elliot, „... seid ab sofort zu Geheimagenten befördert, die die ultrageheime Aufgabe haben, dieses Haus auf vergessene Gegenstände zu kontrollieren. Für jedes Teil, das ihr noch findet, gibt es einen Dollar."

Schneller als ich gucken konnte, hatten die beiden sich in Luft aufgelöst, um Leonards Aufforderung nachzukommen. Er warf mir noch einen So-erzieht-man-

Kinder-Blick zu, bevor er mit Ella und dem Wickelrucksack verschwand.

Mit der immer noch tief und fest schlafenden Mina auf dem Rücken ging ich in die Knie, zog den zerknitterten Karton zu mir heran und öffnete ihn. Ich hatte absolut keine Ahnung, was darin sein würde, hatten wir doch damals beim Kauf des Hauses nahezu alles neu angeschafft und vieles weggegeben.

Ein Gefühl von Sentimentalität keimte in mir auf, als ich die wenigen Habseligkeiten sah, die ich vor Jahren wohl in den Karton gelegt hatte – Zeugen meines alten Lebens. Ganz zuoberst lag ein abgegriffen aussehendes Kuscheltier, ein zerzauster blauer Gorilla, der ein Shirt trug und riesige Glubschaugen hatte. Mr. Affe. Elliot hatte dieses Ding geliebt. Als er klein gewesen war, hatte er kaum einen Schritt ohne es getan, doch nachdem Leonard und Maddie in unser Leben getreten waren, hatte Mr. Affe, wie so vieles andere, allmählich ausgesorgt.

Ich drückte das hässliche Kuscheltier kurz an mein Herz, dann legte ich es auf den Boden und widmete mich der nächsten Sache: meinem Familien-Wochenplaner. Zu Zeiten von Marten, unserem gepflegten Haus in der Vorstadt und dem Leben zu dritt war dieser Planer beinahe ein Familienmitglied gewesen. Ich hatte jede kleinste Kleinigkeit darin notiert: Termine, Geburtstage, Verabredungen, die Leerungen der Mülltonnen und sonstige Verpflichtungen. Ich seufzte. Die Josephin, zu der ich geworden war, hatte weder die Zeit, noch die Muße, einen solchen Planer zu führen und zu pflegen.

Ein Gefühl von Nostalgie stieg in mir auf, als ich einige Seiten davon durchblätterte und die fein säuberlichen Zeilen darin überflog.

16:30 Uhr: Professionelle Zahnreinigung Marten
10:00 Uhr: Mutter-Kind-Turnen
11:45 Uhr: Logopädie
13:00 Uhr: Rosita

„Wer ist Rosita?" Leonard hatte sich unbemerkt genähert und mir über die Schulter geschaut.

Ertappt klappte ich den Wochenplaner zu. „Sie war unsere Haushälterin", antwortete ich.

„Du hattest eine Haushälterin?"

„Ja." Ich nickte und legte den Wochenplaner neben Mr. Affe. Rosita war fantastisch gewesen. Man hatte sich in den Fliesen spiegeln und vom Boden essen können, wenn sie fertig gewesen war. Und in der Luft hatte der süße Geruch ihres Blumenparfums gelegen.

„Ich erinnere mich an das Ding." Leonard nickte gen Familien-Wochenplaner, während Jackson sich Mr. Affe schnappte. „Wieso hast du es aufbewahrt?"

„Das frage ich mich selbst gerade." Ich zuckte mit den Schultern und klaubte einen luxuriös anmutenden Flyer aus dem Karton. *Hochzeitsplanerin Denise Durand* prangte in leicht hervorstehenden goldfarbenen Lettern darauf. *Von der Kleiderwahl über den Junggesellinnenabschied bis hin zu den Flitterwochen – lass dich von mir an die Hand nehmen und genieß es, die Braut zu sein.* Mit toupierten Haaren, ellenlangen Wimpern und grellem Lippenstift strahlte Denise mir wie ein Honigkuchenpferd entgegen.

„Kann weg", erklärte ich, während ich den Flyer zerknüllte. „Kann definitiv weg."

Mit Grausen erinnerte ich mich an die auffallend große Hochzeitsplanerin mit dem französischen Akzent, die Marten für mich eingestellt hatte. Abgesehen davon, dass die Chemie zwischen ihr und mir nie gestimmt hatte, hatte sie mir nicht wie geplant unter die Arme gegriffen, sondern jeglichen Bestandteil der Planung an sich gerissen, das Kleid für mich ausgesucht, mir gesagt, dass ich abnehmen sollte, um in Kleidergröße 34 zu passen und mir zudem eingeredet, dass ich negative Schwingungen ausstrahlte. Meine Locken waren geglättet und über den Geschmack unserer Hochzeitstorte entschieden worden. Zudem hatte sie an Elliot herumgenörgelt und sich auf meinem Junggesellinnenabschied ganz unprofessionell dermaßen betrunken, dass der Fahrer der Limousine um seine Polster gebangt hatte.

„Schade, dass sie unsere Hochzeit nicht geplant hat", merkte Leonard mit gespieltem Bedauern an.

Ich hatte mich damals bei ihm des Öfteren über Denise und deren Übergriffigkeit ausgelassen. Seine Reaktion war meistens ein herzhaftes Lachen gewesen, weil die ganze Situation so absurd gewesen war, dass sie wie aus einem schlechten Film gewirkt hatte.

Neben dem Flyer, dem Plüschtier und dem Familien-Wochenplaner fanden sich meine alten Ballettschuhe, eine getrocknete Rose, deren Herkunft mir unbekannt war und einige alte Bilder von Marten und mir. Verrückt, dass ich diese aufbewahrt hatte. Ich warf einen Blick auf das glücklich wirkende hübsche Paar darauf, das mir aus vielen Ländern der Welt, aus teuren

Restaurants und angesagten Clubs heraus zulächelte. Wer war diese schlanke, irgendwie perfekt wirkende Frau mit den Locken? Es schien unwirklich, dass es sich dabei um mich handelte. Mit einem leisen Bedauern wurde mir bewusst, dass ich in jenem Moment rein optisch absolut keine Ähnlichkeit mehr mit dieser Frau hatte. Meine Locken waren aufgrund von mangelnder Pflege wegen des Zeitmangels trocken und wie an jedem Tag zu einem unordentlichen Dutt auf dem Kopf zusammengeknotet, mein Gesicht ungeschminkt und meine Haut durch die Hormonumstellung nach der Geburt immer noch nicht porentief rein. Ich hatte einige Babykilos zu viel auf den Hüften und trug weit fallende graue Kleidung, die nicht viel können musste, außer bequem und stilltauglich zu sein.

„Oh, an das hier kann ich mich sogar noch sehr gut erinnern." Leonard zog ein klein zusammengelegtes Kleidungsstück aus dem Karton, das sich beim Entfalten als mein ehemaliges Lieblingskleid entpuppte. Was hatte ich dieses Kleid geliebt – ein apricotfarbener knielanger Traum aus Seide, mit halblangen Ärmeln, weich fallendem Faltenrock und einem Reißverschluss am Rücken. Letzterer war das einzige Manko des Kleides, denn es war zwar kein Problem, ihn alleine zuzuziehen, aber das Öffnen hatte sich jedes Mal als sehr problematisch erwiesen und Hilfe von einer außenstehenden Person erfordert. Eine heiße Röte stieg mir in die Wangen, als ich mich daran erinnerte, wie Leonard mir zum ersten Mal aus dem Kleid geholfen hatte.

„Meine Güte, warst du betrunken", amüsierte er sich geradeheraus, als hätte er meine Gedanken gelesen, und wog das Kleid in den Händen hin und her. „Und einen Nervenzusammenbruch vom Allerfeinsten hattest du auch."

„Zum Glück warst du da, um mir zu helfen", erinnerte ich ihn.

„Ja, zum Glück. Sonst hätte ich ja nie bemerkt, wie sehr du in mich verknallt warst – und vollgekotzt worden wäre ich auch nicht."

Bei der sehr bildhaften Erinnerung grinste ich verschämt in mich hinein. Schon damals hatte ich Gefühle für Leonard gehegt, doch es hatte lange gedauert, bis ich sie mir selbst hatte eingestehen können.

„Also kann das alles weg?", riss Leonard mich jäh aus meiner Erinnerung.

Ich bemerkte, dass er alles, bis auf Mr. Affe und das Kleid, von dem ich sicher war, nicht mehr annähernd hineinzupassen, zurück in den Karton gelegt und diesen aufgehoben hatte.

„Ähm ... ich weiß nicht. Ich weiß nicht einmal, weshalb ich das alles aufbewahrt habe." Ich hob die Schultern und ließ sie wieder sinken. Das war nicht gelogen. Ich vermisste mein altes Leben, mein altes Ich nicht. Höchstens ein, zwei Bestandteile davon. Mein Organisationstalent zum Beispiel. Meine Figur. Aber sonst? Nein. Josephin McEvans war um Welten glücklicher, als Jo Carter es zu ihren besten Zeiten gewesen war. Mit einem Lächeln nickte ich Leonard zu.

„Klar. Wirf es weg."

Leonard beugte sich zu mir herunter und gab mir einen Kuss.

Erst als wir wenig später den beiden großen Umzugswagen nachwinkten, wurde mir bewusst, dass wir tatsächlich umziehen würden. Wir taten das gerade *wirklich*, wir verließen unser Zuhause. Jenes, das Elliot und Maddie zu Geschwistern gemacht hatte. Das einzige, was Jackson, Ella und Mina kannten. Ein Kloß bildete sich in meinem Hals.

Leonard beförderte die letzten Kartons in den Kofferraum: Kleinigkeiten, die wir noch aufbewahrt hatten, und Dinge, die wir dem Umzugsunternehmen nicht hatten mitgeben wollen. Obwohl wir noch gründlich ausgemistet und uns gefühlt von der Hälfte unserer Besitztümer getrennt hatten, besaßen wir wesentlich mehr, als ich erwartet hatte. Zwei große Umzugswagen und unser Van waren randvoll gefüllt mit Möbeln, Spielzeug, Kleidung und Krimskrams.

Zurück im Haus fühlte sich alles merkwürdig an. Die Räume wirkten viel größer, die Wände höher. Jeder Ton schien ein Echo zu erzeugen. Dort, wo unsere Möbel gestanden hatten, hatte der Boden eine andere Farbe.

„Können wir?", erkundigte Leonard sich.

Ich nickte.

Etwas schwermütig hielt ich an der Türschwelle inne und wartete ein letztes Mal an eben dieser Stelle auf den Rest meiner Familie.

„Tschüss, Haus." Maddie legte ihre flache Hand an die Haustür und warf noch einen letzten Blick in das leer geräumte Innere. „Du wirst mir fehlen." Für einen Moment wirkte sie wesentlich erwachsener, als sie eigentlich war. Ein reifer, wissender Ausdruck voller Melancholie lag in ihren Augen – dann rannte sie los, um den besten Platz im Auto zu ergattern.

„Tschüss, Haus", tat Elliot es ihr nach, bevor er sich mit dem Zeigefinger die Brille hoch auf den

Nasenrücken schob und mich unsicher anlächelte. „Glaubst du, das neue Haus wird genauso schön sein?"

„Ich bin mir sicher, dass es sogar noch viel schöner ist", schwindelte ich.

Ich war mir nicht sicher. Im Gegenteil. Obwohl die Vorfreude überwog, waren doch viel Schwermut und ein mulmiges Gefühl in der Magengegend mit dabei.

„Gut." Elliot nickte mit tiefstem Vertrauen und verschwendete nicht einen einzigen letzten Blick an die Vergangenheit, als er Richtung Auto lief.

„Tschö, Haus." Jackson ahmte die Bewegung seiner älteren Geschwister nach, legte kurz die Hand an die Haustür und stolperte dann über seine eigenen Füße, als er ihnen nachlief.

„Mach's gut, Haus." Leonard stellte die Babyschalen vor der Tür ab und strich behutsam über das Gestein. „Vielleicht sehen wir uns mal wieder. Du warst ein gutes Zuhause."

Seine Worte lösten ein unangenehm kribbelndes Gefühl in mir aus. Ich unterdrückte die aufsteigenden Tränen.

„Kommst du?", wandte er sich mir zu.

„Ja, gleich." Ich rang mir ein Lächeln ab.

Leonard nickte, schulterte links und rechts eine Babyschale und begann damit, die Kinder anzuschnallen.

Liebevoll legte ich meine flache Hand auf den kalten Stein. In diesem Haus war so viel passiert. Es hatte so viele Ereignisse, so viele erste Male, so viele kleine Unfälle und große Streitigkeiten gegeben. So viel Liebe. Und obwohl es nur ein Ort war, ein Gebäude, ein lebloses Objekt, fühlte es sich an, als würde ich einen guten Freund zurücklassen.

Bilder der letzten Jahre blitzten zusammenhanglos vor meinem inneren Auge auf. Sanfte Küsse im Garten, während der Regen auf uns niederfiel. Mein wachsender Babybauch, in dem der kleine Jackson strampelte. Mein noch viel größerer Babybauch, in dem die Zwillingsmädchen heranwuchsen. Jackson, der seine ersten Schritte machte und voller Stolz über das ganze Gesicht lachte. Maddie, die mit Inlinern und einem Hockeyschläger in der Hand die Treppe herunterstürzte und sich eine Platzwunde an der Stirn zuzog. Elliot, wie er die Arme um Leonard schlang und mit ihm freudig auf dem Sofa tollte. Mein Herz wurde schwer. Eine Träne rann mir über die Wange.

„Tschüss, Haus", wisperte ich mit zitternder Stimme. „Danke für alles ..."

Kapitel 6

Fahrt ins (Un-)Glück

„Ella weint", teilte Maddie mir zum nun gefühlt bereits zehnten Mal mit.

„Ja, ich höre es, Süße. Wir halten gleich am Rastplatz."

Im Spiegel sah ich, dass sie verzweifelt versuchte, ihrer Schwester den Schnuller schmackhaft zu machen. Doch Ella wollte nicht mehr in der Babyschale liegen, was sie auch lautstark kundtat. Es dauerte nicht lange, bis Mina mit einfiel.

„Ich muss auf die Toilette", meldete Elliot sich zu Wort.

„Okay. Auch das lässt sich am Rastplatz erledigen", versprach ich.

„Kekse!", brüllte Jackson und trat von hinten gegen meinen Sitz.

„Lass das bitte." Ich reichte ihm einen Keks nach hinten. Vielleicht hatte er schon zehn gegessen, vielleicht zwanzig. Irgendwann hatte ich aufgehört zu zählen. Solange er ruhig blieb, durfte er von mir aus hundert Kekse essen. Meine Erziehungsprinzipien diesbezüglich waren bereits beim Losfahren auf der Strecke geblieben.

Leonard und ich tauschten einen kurzen Blick miteinander, bevor er wieder auf die Straße sah.

„Wollen wir sie aussetzen?", formte er lautlos mit den Lippen.

Ich kicherte.

„Klingt verlockend", flüsterte ich.

„Ella *und* Mina weinen", verkündete Maddie laut.

„Ja, Süße, ich höre es doch." Ich blickte über meine Schulter nach hinten und lächelte gequält. „Wir halten in einer Minute an. Dort steht es." Ich deutete auf ein Schild am Straßenrand. „Eine Meile noch."

„Keks!", heulte Jackson auf.

„Sein Keks ist runtergefallen", teilte Elliot lautstark mit, um das Schreien der Babys zu übertönen. „Und ich muss wirklich *dringend* auf die Toilette! Jetzt!"

Ich bot Jackson einen neuen Keks an, doch offensichtlich musste es genau der sein, der ihm gerade heruntergefallen war. Er lief knallrot an und begann wütend mit seinen Fäusten gegen das Fenster zu trommeln.

„Meine Ohren tun weh", beschwerte Maddie sich und blickte gequält drein. Sie saß zwischen Ella und Jackson, während Elliot mit Mina auf der hintersten Bank angeschnallt war.

Ich warf Leonard einen Blick zu. An seinem angespannten Kiefer sah ich, dass er die Zähne fest aufeinanderbiss. Es war ziemlich offensichtlich, dass er den Lärm im Van gerade kaum noch ertrug. Auch mir war es, obwohl ich durch meinen Alltag einiges gewohnt war, viel zu laut, was wahrscheinlich einfach daran lag, dass wir auf kleinstem Raum zusammengepfercht waren und nicht weg konnten. Es fühlte sich an, als würde ich ohne Lärmschutzkopfhörer auf einer Großbaustelle stehen.

Wir waren seit vier Stunden unterwegs. Zwei Stillpausen, drei Pipipausen, ein halber Nervenzusammenbruch von Leonard, weil er und das Navi nicht einer Meinung waren, eine handfeste Prügelei zwischen Elliot und Maddie und unzählige zuckerhaltige Bestechungsmittel lagen hinter uns. Obwohl es eiskalt war und zusätzlich regnete, schwitzte ich. Zudem hatte ich Kopfschmerzen und war müde. Wir zählten beide eher zum geduldigen Typ Eltern, doch irgendwann riss jedem einmal der Geduldsfaden. Bei uns schien es gerade ganz kurz davor zu sein.

„Können wir Kinderlieder hören?", rief Elliot.

„Nein", antworteten Leonard und ich synchron.

„Später, Schatz", setzte ich angestrengt geduldig hinzu. „Es ist gerade ein bisschen zu laut hier."

„Ein bisschen ist gut", knurrte Leonard. „Ich habe schon Presslufthammer kennengelernt, die ruhiger waren als das hier."

„Mina und Ella ...", setzte Maddie an.

„Ruhe jetzt, Maddie! Wir hören selbst, dass sie weinen!", fuhr Leonard sie an, den Blick verbissen auf die Straße gerichtet. „Und du, Jackson, hörst *sofort* auf, gegen das Fenster zu schlagen!"

„Jetzt schrei sie doch nicht gleich an", verlangte ich.

Leonard schnaubte wie ein wütender Stier Luft durch die Nase.

„Okay, beim nächsten Mal sage ich es einfach ganz freundlich hundertmal – wie du."

„Oh, ich sage gar nicht alles hundertmal!"

„Jackson, bitte hör auf, deinen Bruder zu schlagen“, ahmte Leonard übertrieben süßlich meine Stimme nach, während er etwas zu schwungvoll die Ausfahrt zur nächsten Raststätte nahm.

„Vielleicht wärest du ja nicht so gestresst, wenn du die Strecke vorher schon mal gefahren wärest, dir das Haus mal angesehen hättest und demnach jetzt wüsstest, was auf uns zukommt!“, giftete ich zurück und war mir durchaus im Klaren darüber, dass ich überreagierte – aber die Wut, die Müdigkeit und die Anspannung waren größer als meine Vernunft.

„Hatte ich vielleicht sogar vor, wenn du mal zurückdenkst, aber die Kinder waren krank und deswegen konnte ich nicht wie geplant mit Ted nach Oldmallow fahren“, fuhr Leonard mich in derselben ungeduldigen Tonlage an.

„Oh, tut mir schrecklich leid, dass *meine* kranken Kinder *deine* Planung durcheinandergebracht haben“, warf ich ihm viel zu laut an den Kopf.

„Wir sind da!“, brüllte er über das Geschrei der Babys und Jacksons Wutanfall hinweg, stellte den Motor aus und stieg aus dem Van.

„Schön!“, fauchte ich zurück, stieg ebenfalls aus und knallte die Tür zu.

„Schön“, knurrte er zurück und tat es mir nach.

Ohne einander anzusehen, holten wir die Kinder aus dem Van. Ich nahm Jackson auf den Arm, während Leonard sich beide Babyschalen schnappte und wortlos mit ihnen Richtung Raststätte stiefelte. Maddie und Elliot tauschten einen Blick miteinander und folgten ihm. Eine brodelnde Gefühlsmischung aus Wut und schlechtem Gewissen regte sich in meinem Magen.

Hinzu kam Hunger. Außer zwei viel zu süßen Waffeln, einem Marshmallow und zwei Tankstellen-Kaffees hatte ich heute noch nichts zu mir genommen.

Ein kräftiger, Kappe tragender Mann stieg aus seinem LKW, der zwischen vielen anderen seiner Art stand, streckte sich gähnend und warf uns einen verdutzten Blick zu. Wir mussten ein Bild für die Götter abgeben: Leonard schnellen Fußes mit den beiden schreienden Babys an der Front, Elliot und Maddie, die gelangweilt hinterherstapften und ich, die mit zerzaustem Haar und zerknirschtem Gesichtsausdruck das Schlusslicht bildete, während Jackson sich wehrte, als würde ich ihn gerade entführen.

Glücklicherweise war es im Inneren sehr leer, sodass wir einen großen Tisch ergatterten, auf dem noch ein paar Krümel lagen. Angewidert sah Elliot sie an. Leonard und ich holten je ein Baby aus den Sitzschalen und nun fand wortlos und missmutig unsere eingespielte Partnerarbeit statt. Ich begann sofort, die etwas lauter schreiende Ella zu stillen, während Leonard mit Mina zur Toilette ging, um sie zu wickeln. Auch Jackson hörte endlich auf, sich gegen alles zu wehren und lehnte sich mit leicht geöffnetem Mund auf der Sitzbank, die mit einem ausgeblichenem blauen Polster bezogen war, zurück, um die LKWs durch das Fenster zu beobachten. Eine drückend wirkende Stille legte sich über die Raststätte.

„Können wir hier was essen?", erkundigte Maddie sich und legte den Kopf ein wenig schief.

„Klar." Ich schenkte ihr ein müdes Lächeln.

Als hätte sie es gehört, tauchte eine blonde Bedienung, mit einem Stift und einem Block bewaffnet, an unserem Tisch auf. Sie trug übergroße Ohrringe und kaute einen Kaugummi. Im selben Moment kehrten auch Leonard und eine wesentlich entspannter wirkende Mina zurück.

„Kann ich Ihnen etwas bringen?", erkundigte die Bedienung sich freundlich und ließ ihren Blick über die Kinder schweifen. „Ooh, wie alt sind Ihre Babys?"

„Dreizehn Wochen", antwortete ich freundlich.

„Niedlich. Süße Kinder haben sie."

Leonard lachte unfroh, woraufhin ich ihn mit einem strafenden Blick bedachte.

„Danke." Ich lächelte die Kellnerin entwaffnend an und bestellte ein paar Sandwiches sowie Kaffee und Orangensaft.

Als wir alles wenige Minuten später an den Tisch gebracht bekamen – wir hatten inzwischen die Babys getauscht und ich stillte nun Mina – begannen wir schweigend zu essen und zu trinken. Ein Blick in die Gesichter meiner Familie zeigte mir, dass alle mindestens genauso erschöpft waren wie ich. Unerwartet griff Leonard über den Tisch und legte seine Hand auf meine. Instinktiv wollte ich meine fortziehen, doch er hielt sie fest.

„Josephin", sagte er sanft.

„Was?", entfuhr es mir viel ungehaltener als gewollt.

„Es tut mir leid. Ich möchte unser neues Leben nicht mit einem Streit beginnen."

Ich seufzte, während ich Mina an meine Schulter legte und ihr sanft auf den Rücken klopfte. „Ich doch auch nicht."

„Freunde?" Leonard nahm meine Hand, die er gerade noch sanft gehalten hatte, fest in seine und schüttelte sie, als hätten wir gerade einen mündlichen Vertrag abgeschlossen. Dann lehnte er sich über den Tisch und drückte mir einen Kuss auf die Wange.

„Igitt“, kommentierten Maddie und Elliot wie aus einem Mund.

„In zehn Jahren knutscht ihr auch mit eurer Freundin oder eurem Freund“, prophezeite Leonard grinsend, was die beiden mit lautstarkem Protest und zutiefst angewiderten Gesichtern verneinten.

„Mädchen sind blöd“, erklärte Elliot.

„Jungs sind blöder“, schloss Maddie.

„*Knutschen* ist blöd. Und unhygienisch“, schlug Elliot vor und Maddie nickte zustimmend.

„Wir sprechen uns in zehn Jahren noch mal“, grinste Leonard.

Satt und etwas entspannter, wenn auch immer noch erschöpft, stiegen wir schließlich etwa eine Stunde später, als die Babys allmählich wieder müde wurden, zurück in den Van, damit sie auf der Weiterfahrt schlafen würden. Leonard versuchte, Maddies, Jacksons und Elliots Stimmung zu heben, indem er eine Kindermusik-CD einlegte und absichtlich schief mitsang. Dies führte zumindest bei Jackson für kurzweilige Erheiterung. Maddie wandte sich lieber ihrem Grafik-Tablet zu, während Elliot es sich fortan zur Aufgabe machte, konstant und mit Roboterstimme die verbleibende Minutenzahl bis zum Ziel vom Navigationssystem abzulesen.

Wenige Meilen später beschloss Jackson, dass er nun lange genug im Auto gesessen hatte. Während er lautstark protestierte, versuchte er immer wieder, die Gurte zu lockern, mit denen er in seinem Kindersitz angeschnallt war. Als ihm dies nicht gelang, machte er sich daran, krampfhaft auf dem Knopf herumzudrücken. Glücklicherweise war er nicht stark genug, um dies tatsächlich zu schaffen.

Doch auch den anderen Kindern merkte man allmählich an, dass sie schon viel zu lange im Auto saßen. Maddie und Elliot hatten die Lust daran verloren zu malen, zu essen, am Tablet zu spielen – und sogar daran, sich gegenseitig zu ärgern. Voller Ungeduld und angestauter Energie rutschten sie auf ihren Sitzen hin und her, trommelten mit den Füßen gegen die Vordersitze und stöhnten unentwegt. Die Babys schliefen zwar wieder, doch es war nur eine Frage der Zeit, bis die Lautstärke im Auto sie beide aufwecken würde. Hin und wieder zuckten sie im Schlaf zusammen.

Leonard sah geschafft aus, versuchte jedoch sichtlich, alles um sich herum zu ignorieren und sich gänzlich auf den Verkehr zu konzentrieren. Aus dem Radio dudelte irgendein Lied, das bis auf wenige hohe Töne komplett unterging.

Auch ich war inzwischen müde geworden, dazusitzen, mich immer wieder nach hinten zu beugen, Wutanfälle aufzulösen, Konflikte zu klären und heruntergefallene Dinge aus dem Fußraum zu angeln. Überall lagen verstreute Verpackungen, leere Trinkpäckchen und Spielsachen und es roch nach einer Mischung aus Kaugummi, Tankstellenkaffee, Kinderpupsen und Bananen.

Hoffnung machte mir allerdings die immer kleiner werdende Zahl der Zeitangabe auf dem Navigationssystem, die die Dauer bis zur Ankunft am Ziel anzeigte. Als diese schließlich einstellig wurde, erreichte die

Spannung im Auto gefühlt ihren Höhepunkt. Leonard wies Elliot und Maddie, die sich um einen kaputten Luftballon aus einem Fast-Food-Restaurant stritten, den einer von ihnen unter einem Sitz entdeckt hatte, mit zusammengebissenen Zähnen an, endlich still zu sein, was dem Knurren eines wütenden Wolfes ziemlich nahe kam. Jacksons Wut auf den Gurt und den Anschnallknopf seines Sitzes ließ ihn einmal spitz aufschreien, bevor er unerwartet und abrupt vor Erschöpfung einschlief. Das schweißnasse Haar klebte ihm in seinem verschwitzten, erhitzt aussehenden Gesicht und seine zu Fäusten geballten kleinen Hände entspannten sich allmählich.

Ich atmete auf. Die Minuten waren gezählt. Endlich war ein Ende dieser anstrengenden Fahrt in Sicht. Als hätte Leonard dasselbe gedacht, sah er mich kurz an. Wir lächelten einander wie müde Komplizen an. Selbst die Tatsache, dass Jackson schlief und demnach wahrscheinlich bis um Mitternacht wach sein würde, konnte meiner Euphorie keinen Abbruch tun. Allmählich freute ich mich nicht nur auf das baldige Ende der Fahrt, sondern auch auf das Haus. Mit etwas Glück waren die Möbelpacker, die wir engagiert hatten, Stunden vor uns angekommen, da die Fahrt ohne Kinder logischerweise wesentlich kürzer war, und hatten bereits die Umzugswagen entladen. Weil ich alle Kartons in mühevoller Kleinarbeit mit der richtigen Raumangabe beschriftet hatte, konnte nicht viel schiefgegangen sein. Dachte ich ...

Endlich bremste Leonard ein wenig ab, ließ den Van langsamer werden und kam schließlich zum Stehen. Das Grundstück, vor dem wir gehalten hatten, sah auf den ersten Blick ziemlich heruntergekommen aus. Auf den zweiten umso mehr. Bräunlich wirkendes Efeu rankte sich um etwas mehr als die Hälfte der schmutzig aussehenden Fassade, vor der eine langbeinige Katze saß und offenbar nach Mäusen Ausschau hielt. Die Veranda sah verwittert aus und das Gras war, wenn auch von Frost und Kälte deutlich mitgenommen, mindestens kniehoch. Leider bestand, unter anderem aufgrund der Umzugswagen, die davor geparkt waren, keinen Zweifel daran, dass es sich um jenes Haus handelte, von dem Leonard mir Bilder gezeigt hatte. Diese Bilder jedoch mussten offensichtlich vor mehreren Jahren aufgenommen worden sein.

Wie in einer Art Schockstarre saßen wir einfach nur da, anstatt, wie ich Minuten zuvor noch vermutet hatte, endlich herauszuspringen und hineinzulaufen. Es fühlte sich an, als wäre etwas in mir zerbrochen. Die Erinnerung an unser geliebtes Haus, das wir hierfür zurückgelassen hatten und das zwar immer chaotisch, aber zumindest bewohnbar gewesen war, ließ mich schlucken. Was hatten wir bloß getan?

„Das ist es?" Meine Stimme klang irgendwie tonlos.

„Das ist es." Leonard schluckte sichtbar.

„*Das* ist es?", wiederholte ich, als würde ich auf irgendeine verrückte Art und Weise hoffen, dass ich mich irrte. Dass wir beide uns irrten. Als gäbe es, ein paar Meter weiter die Straße entlang, ein identisch aussehendes Haus, das sich in einem viel besseren Zustand befand.

„Das ist es", antwortete Leonard, straffte die Schultern und setzte ein Lächeln auf, das seine Augen nicht erreichte, während er sich nach hinten zu den Kindern umdrehte. „Das sieht doch ganz ...", er rang sichtlich nach den richtigen Worten, „ ... rustikal und gemütlich aus."

„Bestimmt spukt es da drin!", rief Maddie hysterisch und weckte damit Jackson auf, der unter Protestgeschrei sofort wieder versuchte, sich selbst abzuschnallen.

Als würden wir beide aus einer Trance erwachen, stiegen Leonard und ich synchron aus dem Van und holten die Kinder heraus. Ich nahm den völlig verschwitzten Jackson auf den Arm und zog ihm eine Mütze über, damit er sich mit seinem schweißnassen Haar bei den eisigen Temperaturen nicht erkältete. Maddie und Elliot sprangen wie wilde Pferde, die man tagelang im Stall gehalten hatte, auf und ab und Leonard nahm beide Babyschalen an sich.

„Zu Hause", sagte er tonlos und versuchte, ein fröhliches Gesicht zu machen. Ich konnte ihm die Enttäuschung und auch eine Spur schlechten Gewissens von den Augen ablesen.

„Zu Hause", wiederholte ich und plötzlich war mir nach Weinen zumute.

Kapitel 7

Home sweet Home

„Nun, es ist bewohnbar.“

„Und weiter?“

„Nichts weiter.“

Ich war so wütend, dass es mir gänzlich die Sprache verschlug. Ich hatte Ted nie wirklich gemocht. Er war ein väterlicher Typ, aber auf eine unangenehme, irgendwie bevormundende und besserwisserische Art und Weise. Obwohl Leonard gut mit ihm klarkam, war ich nie ganz mit ihm warm geworden und mir auch ziemlich sicher, dass sich dies nicht ändern würde. Vor allem nicht unter den gegebenen Umständen.

„Du hast von ein paar kleineren Reparaturen gesprochen“, erinnerte nun auch Leonard seinen Chef und betonte das Wort *kleineren* besonders deutlich.

„Ja, wenn ich es genau betrachte, sind vielleicht auch ein, zwei größere dabei.“ Ted, der kurz nach uns hier eingetroffen war, lächelte immer noch. „Aber eure Rasselbande hat doch auch im alten Haus sicher das ein oder andere kaputtgemacht. Ihr seid das doch gewohnt.“ Er sprach es flapsig aus, als wolle er uns aufzuziehen oder die Situation entschärfen.

Ich hätte an die Decke gehen können. Wünschte ich mir normalerweise auch oft, dass Jackson sich in der Gegenwart Fremder etwas ruhiger und vernünftiger verhielt, als er es tatsächlich tat, so wäre es mir in diesem Augenblick ausnahmsweise doch recht gewesen, wenn er zu Karate Kid (wie Leonard ihn dann immer nannte) mutiert wäre und Ted ordentlich gegen das Schienbein getreten hätte.

„Ted!" Leonard erhob nun, da er einen Blick auf mein Gesicht geworfen hatte, ein wenig die Stimme und machte mit den Armen eine weit ausholende Bewegung, die das ganze Haus umfassen sollte. „Wir sprechen hier über Fliesen, die von den Wänden fallen, über mehr zerstörte als ganze Zaunelemente im Garten und über Schimmel im Keller! Von der zersprungenen Scheibe im absolut verwitterten Wintergarten und dem meterhohen Gras auf dem Grundstück mal ganz zu schweigen. Du erwartest doch nicht allen Ernstes, dass ich meiner Frau und meinen Kindern das hier zumute? Eher gehen wir zurück nach Hause und verzichten auf diesen Job."

Aufrichtig beeindruckt über die Härte in Leonards Stimme, immerhin sprach er da mit seinem Chef, nickte ich.

„Ich versteh' dich ja, Leonard." Ted hob entwaffnend die Hände und ließ seinen Blick ein letztes Mal prüfend durch den Flur schweifen, als suchte er krampfhaft etwas, das nicht kaputt, uralt oder schlichtweg unbrauchbar war. „Ich kümmere mich darum und übernehme alle Kosten, das verspreche ich. Leider war ich selbst seit Jahren nicht hier. Irgendwie bin ich davon ausgegangen, dass meine Cousine sich hin und wieder um das Anwesen kümmert." Er zuckte mit den Schultern. „Wie es scheint, dachte sie dasselbe von mir. Ein ziemlicher Kommunikationsfehler. Kommt nicht noch mal vor."

Leonard sah ihn abwartend an, die Hände fest in die Seiten gestemmt. Maddie und Elliot sprangen über das Sofa, das die Möbelpacker bereits ins Wohnzimmer gestellt hatten, und Jackson ließ ein kleines Auto immer wieder von der untersten Treppenstufe purzeln. Ella und Mina strampelten auf der Krabbeldecke, die ich notdürftig auf dem staubigen Wohnzimmerboden ausgebreitet hatte, und schienen überaus dankbar, dass sie sich nach so vielen Stunden im Auto endlich wieder richtig bewegen konnten. Mit wachen Augen blickten sie sich um.

„Die Heizungen funktionieren und all eure Möbel sind da. Immerhin", versuchte Ted, uns zu überzeugen und lächelte das Lächeln eines schmierigen Autoverkäufers. „Vielleicht schlaft ihr erst mal eine Nacht darüber und morgen sieht die Welt schon wieder anders aus."

„Dann sind morgen, wenn wir aufstehen, also alle Baustellen hier auf magische Weise verschwunden?", fragte Leonard trocken.

„Nein, natürlich nicht." Ted rutschte das Grinsen aus dem Gesicht. „Ich rufe gleich im Morgengrauen die besten Männer an, die ich kenne. Die machen hier draus ruckzuck eine Luxusbude, wirst schon sehen."

„Gut." Leonard wirkte ein wenig besänftigt, blickte aber immer noch grimmiger drein als gewöhnlich. Er tauschte einen kurzen Blick mit mir, bevor er sich wieder seinem Chef zuwandte. „Ich kaufe kein Haus, das so aussieht, das ist dir hoffentlich klar."

„Natürlich, natürlich." Ted hob abwehrend die Hände. „Ich bringe das in Ordnung. Und mache noch was am Preis. Und ihr ... ähm ... Kinder, habt ihr Lust auf Pizza?"

Als hätte er ein Zauberwort gesagt, hatte er plötzlich die gesamte Aufmerksamkeit für sich. Begeistert nickend und jauchzend sprangen die Kinder um ihn herum. Während Ted für uns alle Pizza bestellte, setzte Leonard sich seufzend auf den Rand des Sofas und lächelte mich müde an.

„Es tut mir so leid, Josephin", sagte er leise.

„Es ist nicht deine Schuld." Entschieden schüttelte ich den Kopf. Ich war zu erschöpft, um ihm die Wahrheit zu sagen. Dass ich so wütend, traurig und dermaßen enttäuscht war, dass es mir die Kehle zuschnürte. Meine leisen Bedenken, was diesen Umzug und dieses Haus betraf, waren richtig gewesen – die ganze Zeit über. Und wäre seine naive Euphorie nicht gewesen, dann hätte ich mich niemals auf dieses Abenteuer eingelassen. Wir hatten fünf Kinder, denen wir gerade das Zuhause genommen, die wir in einen fremden Bundesstaat, weit weg von all ihren Freunden und Verwandten geschleppt hatten.

„Woran denkst du?" Leonard drückte mir einen sehr sanften und sehr langen Kuss auf die Schläfe, als wolle er um Entschuldigung bitten.

„An nichts", beeilte ich mich zu sagen, ohne ihm in die Augen sehen zu können. Tief im Inneren war ich mir durchaus im Klaren darüber, dass ich die Schuld nicht allein meinem Mann in die Schuhe schieben konnte und dass mein Zorn eigentlich nicht ihm galt, sondern der ganzen Situation, der Übermüdung und dem Stress der letzten Stunden.

„Okay." Leonard klang nicht sonderlich überzeugt, ließ seine Hand noch einen Moment lang auf meiner Schulter ruhen und stand dann auf, um erneut mit Ted zu sprechen.

Just in diesem Moment durchdrang ein Geräusch, das ich am Ehesten mit einem angeschossenen Vogel, begleitet von einem metallischen Quietschen vergleichen würde, das gesamte Haus. Es dauerte einen Augenblick, bis mir bewusst wurde, dass es sich dabei um die Klingel handeln musste. *Auch kaputt!* Ich warf Ted einen bitterbösen Blick zu.

„Pizza!", schrien Elliot und Maddie im Chor.

„Kekse!", brüllte Jackson, ließ das Spielzeugauto achtlos liegen und rannte barfuß Richtung Haustür. Mir war gar nicht aufgefallen, dass er bereits seine Schuhe und Strümpfe ausgezogen hatte – was ich eigentlich hatte verhindern wollen, da überall daumendick Staub, Dreck und Haare herumlagen.

Leonard kam Jackson zuvor und öffnete die Tür. Natürlich war es noch nicht der Pizzalieferant. Stattdessen drang eine rauchig klingende Frauenstimme zu mir durch, die Leonard in der Nachbarschaft herzlich willkommen hieß und sich als Rebecca Donovan vorstellte. Sie habe gerade bei ihrem allabendlichen Spaziergang die Umzugswagen gesehen und sei so neugierig, wie alle in Oldmallow, plapperte sie drauflos.

Ich nahm Ella und Mina hoch, eine links, eine rechts und ging mit ihnen zur Tür, um die Nachbarin ebenfalls kurz zu begrüßen. Trotz aller Müdigkeit und

Enttäuschung war es mir dennoch wichtig, höflich zu sein und nicht schon am ersten Abend einen schlechten Eindruck zu hinterlassen.

Rebecca war fast so groß wie Leonard und präsentierte ihre kräftigen Waden trotz der Kälte in kniehohen Radlerhosen. Ihrem erhitzt aussehenden Gesicht nach zu urteilen war sie bei ihrem Spaziergang ziemlich ins Schwitzen geraten. Sie schien Anfang, vielleicht Mitte sechzig zu sein, hatte rot gefärbtes Haar, das ihr in krausen Naturlocken überall vom Kopf abstand und trug roten Lippenstift.

„Hallo, ich bin Jo, Leonards Frau", stellte ich mich vor und reichte ihm Ella, um Rebecca die Hand schütteln zu können. In der anderen balancierte sie einen Teller voller kleiner Pasteten, den sie mir nach einem kurzen verzückten Blick auf die Mädchen reichte.

„Die sind für Sie! Ein kleiner Willkommensgruß", erklärte sie feierlich.

„Kekse?", fragte Jackson, der sich an Leonards Bein klammerte und die Fremde misstrauisch begutachtete.

„Pasteten", korrigierte sie ihn lächelnd. „Mein Mann hat sie geliebt. Gott habe ihn selig. Chester ist schon seit acht Jahren tot. Er war Alkoholiker."

„Oh", machte ich in Ermangelung passender Worte. „Das ... ähm ... tut uns sehr leid."

„Ja." Sie zog das A in die Länge wie Kaugummi und versuchte sichtlich, an uns vorbei einen Blick ins Innere des Hauses werfen zu können. „Nun, dann will ich Sie mal nicht länger aufhalten", murmelte sie, ohne Anstalten zu machen, wieder zu gehen. „In einer kleinen Gemeinde wie Oldmallow können Sie sich jetzt schon mal darauf einstellen, dass ich nicht die Letzte sein werde, die Sie hier persönlich willkommen heißt. Wir sind ein neugieriges kleines Völkchen." Sie kicherte verhalten und ich glaubte ihr sofort.

„Danke, Rebecca." Ich nickte ihr lächelnd zu. „Für das Willkommen und die köstlich aussehenden Pasteten."

„Oh, nennen Sie mich Becca, ich bestehe darauf!"

„Danke, Becca. Bis bald." Leonard schenkte ihr sein schönstes Lächeln und schaffte es, dass sie sich nach einem letzten sehnsüchtigen Blick ins Innere des Hauses im Zeitlupentempo von uns abwandte. Er schloss die Tür.

„Immerhin haben wir nette Nachbarn." Er hob die Schultern und ließ sie wieder sinken, ein Lächeln im Gesicht, das immer noch von Schuld gezeichnet war.

Ich war mir nicht sicher, ob Becca tatsächlich eine nette Nachbarin war. Sympathisch schien sie zu sein, jedoch auch ziemlich neugierig. Ich legte mir Mina im Fliegergriff auf den linken Arm und tätschelte ihr mit der freien Hand den Rücken, während ich durch das Haus zu schlendern begann. Die hohen Decken waren von Spinnweben übersät, der Parkettboden voller Staub und Schmutz und darunter wahrscheinlich völlig verkratzt. Ein Frühjahrsputz durch alle Ecken und Kanten würde es sicherlich optisch aufwerten. Aber würde ich es lieben können? Mein Blick schweifte über die schäbigen Stufen und die vielen milchig-trüb aussehenden Fenster. Unsere Möbel, die perfekt in unser altes Haus gepasst hatten, standen hier ein wenig verloren herum, schienen klein und irgendwie fehl am Platz – wie ich.

Die Treppenstufen knarzten bei jedem Schritt, als ich in die obere Etage ging. Als wir vor etwa zwei Stunden angekommen waren, hatte ich mich nur kurz mit Leonard umgesehen, während wir innerlich eine Liste der Schäden erstellt hatten, die länger und länger geworden war. Nun versuchte ich, die vielen verwinkelten Zimmer, die Fenster und den Boden als Ganzes wahrzunehmen – als Zuhause. Doch so sehr ich es auch versuchte, es gelang mir nicht. Den Charme, den ich auf den Bildern des Hauses sofort entdeckt hatte, suchte ich nun vergebens.

Mit einem schweren Gefühlschaos im Bauch lief ich die knarzenden Stufen wieder hinunter, gerade rechtzeitig, um Ted noch zu verabschieden, der seinen Hut abgenommen hatte, um sich den fast kahlen Kopf zu kratzen. Er sah ziemlich bedrückt aus, wie er so dastand und Leonard die Hand schüttelte. Wäre ich nicht so wütend auf ihn gewesen, hätte er mir fast leidgetan. Ohne eine Miene zu verziehen, ließ ich zu, dass er auch meine Hand in seine nahm und sie zaghaft drückte. Seine Finger schienen von einem dünnen Schweißfilm überzogen zu sein und ich musste an mich halten, ihm meine Hand nicht zu entreißen.

„Ich bringe das in Ordnung", versprach er zum gefühlt zwanzigsten Mal. Nur allzu gerne hätte ich ihm geglaubt.

Als wir wenig später erschöpft und mit den Bäuchen voller Pizza allesamt im Ehebett lagen, da Maddie sich sicher war, dass es spukte und Elliot eine langbeinige Spinne durch sein eigentliches Zimmer hatte huschen sehen, spürte ich Leonards Blick auf meinem Gesicht. Jackson lag halb auf seinem Oberkörper und Elliot hatte sich zu seinen Füßen zusammengerollt wie eine Katze, während Maddie in meinem Arm und Ella bäuchlings auf meiner Brust schlief. Meine freie Hand ruhte auf Mina, die zwischen Leonard und mir lag, alle Viere von sich gestreckt. Es war so eng, dass ich trotz der eisigen Temperaturen draußen am ganzen Körper schwitzte. Heulender Wind pfiff um das Haus und vermischte sich mit Jacksons Schnarchen zu einem unharmonischen Takt.

„Woran denkst du, Josephin?", flüsterte Leonard.

„An nichts", log ich wispernd zurück. Ich dachte an alles. An *alles*. An unser Haus, das wir zurückgelassen hatten. An den einsamen William, den bald bevorstehenden ersten Tag an der neuen Schule für Elliot und Maddie, an meine Wut auf Ted und daran, dass ein simples Nein von mir uns vor alledem hätte bewahren können.

„Du denkst, das hier kann niemals unser Zuhause sein", schlussfolgerte Leonard wispernd und schob Jackson ein wenig von seinem Brustkorb herunter. „Für mich ist es jetzt schon ein Zuhause."

„Wie das?", fragte ich kopfschüttelnd.

Das war unmöglich. Überall standen Umzugskartons herum, es war schmutzig und das alte Gemäuer knarzte und knirschte an allen Ecken und Kanten. Selbst der Geruch war merkwürdig. Es roch fremd, kalt und ein wenig aschig und der Gedanke, dass dieser Geruch sehr bald in unsere Möbel, in unsere Kleider, in uns eindringen, gar zu unserem eigenen Geruch werden würde, machte mich krank.

„Wie kann das hier dein Zuhause sein, Leonard?" Es fühlte sich fast wie ein Verrat an unserem alten Haus an, dass er dies sagte.

„Ganz einfach …", Leonard griff über Mina hinweg und legte seine Hand an meine Wange, „… weil du bei mir bist. Du bist mein Zuhause."

Und obwohl seine Worte nichts an dem Zustand des Hauses änderten, nicht das fremd klingende Knarzen vertreiben und auch mein Heimweh nicht in Luft auflösen konnten, so stimmten sie mich doch allmählich versöhnlich.

***

Becca sollte mit der Vorahnung, dass uns weitere Nachbarn willkommen heißen würden, recht behalten. Bereits um sieben Uhr am nächsten Morgen klopfte es sachte an unserer Tür. Selbstverständlich waren wir bereits alle wach – nach einer nicht mal halbwegs guten Nacht mit viel zu wenig Platz, Rückenschmerzen und einer langwierigen Suche nach allen Utensilien zum Kaffee kochen. Hatten wir den Vollautomaten auch schnell zur Hand, mussten wir die Umzugskartons in der Küche erst nach Tassen, Löffeln, Zucker und Kaffeebohnen durchforsten. Im Kühlschrank unsrer neuen Küche befand sich bis auf Beccas Pasteten und ein paar Beuteln Milch nicht viel. Ich wollte ihn zunächst einer Grundreinigung unterziehen. Auch ein großer Lebensmitteleinkauf stand heute auf dem Plan.

Mit wirrem Dutt, aus dem überall Strähnen heraushingen, dunklen Augenringen, ohne BH und in einem Shirt von Leonard öffnete ich die Tür, den strampelnden Jackson unter den Arm geklemmt, der sich weigerte, mehr als eine Windel zu tragen.

98

Als ich die Tür öffnete, war es für einen kurzen Moment, als würde ich in einen Spiegel sehen. Nicht etwa, weil die Frau, die davorstand, mir so ungemein ähnlich sah. Doch wie ich wirkte sie ziemlich müde, trug ihre dunklen Haare zu einem unordentlichen Knoten auf dem Kopf zusammengebunden und hielt ein zappelndes Kleinkind im Arm, das offensichtlich versuchte, seine Jacke auszuziehen. Als unsere Blicke sich trafen, hellte ihr Gesicht sich auf.

Sie hatte dunkles, fast schwarzes Haar, das genauso ungewaschen und ungekämmt wie meins aussah, sanfte blaue Augen und eine Handvoll Sommersprossen, die besonders auf ihrer Nase und auf den Wangen ihrer porzellanfarbenen Haut schimmerten. Ein wenig kräftiger als ich, aber nicht übergewichtig, ungeschminkt und in eine dicke olivfarbene Jacke gehüllt, war sie mir augenblicklich sympathischer als die neugierige Becca vom Vorabend.

„Hi, Liebes. Naomi Roberts", sagte sie, wich dem Tritt ihres Kindes auf eine Art und Weise aus, wie es nur Mütter von Kindern in der Trotzphase können und nickte mir verschwörerisch zu. „Und das ist mein Mann Eddi."

Erst jetzt fiel mir der Mann auf, der neben ihr stand. Ein unscheinbarer Kerl, hager und mit uninteressiertem Blick, der eine Flasche Wein in der Hand hielt, die wohl unser Willkommensgeschenk sein sollte. Hinter seinen Beinen verbarg sich ein weiteres Kind, kaum älter oder sogar genauso alt wie das, welches Naomi auf dem Arm hatte.

„Wir wohnen in dem großen weißen Haus mit dem Trampolin im Vorgarten", erklärte sie und warf sich das zappelnde Kind unbeeindruckt wie einen Sack über die Schulter. „Nicht zu übersehen, da überall Gummistiefel und Fahrräder rumliegen. Auch wenn Becca uns sicher zuvorgekommen ist ... wir wollten euch in der Nachbarschaft begrüßen. Stimmt's, Eddi?"

„Hm", grunzte Eddi zustimmend.

Das Kind hinter ihm, ein kleiner Lockenkopf mit rosigen Wangen und beigefarbener Kleidung, von dem ich nicht sagen konnte, ob es ein Junge oder ein Mädchen war, popelte gedankenverloren in der Nase.

„Lass das, Peter", wies Naomi es zurecht, womit meine Frage beantwortet war. „Eddi, sag ihm doch auch mal was!"

„Hm", brummte Eddi, wandte sich Peter zu, machte „Na" und schüttelte den Kopf, womit er seinen Erziehungsauftrag wohl als erfüllt ansah.

Oben polterte es. Maddie sprang die halbe Treppe herunter, einen grauen Kulturbeutel triumphierend an die Brust gedrückt.

„Hab die Zahnbürsten gefunden!", verkündete sie lautstark. „Elliot, du Stinktier, du kannst dir endlich deine Zähne putzen!"

„Selber Stinktier!", kam es prompt zurück und irgendetwas Schweres wurde die Treppe heruntergeworfen.

„Er wirft mit Büchern nach mir!", schrie Maddie.

„Weil du angefangen hast!", donnerte Elliot zurück.

Ich biss mir auf die Zunge und rang mir ein schwaches Lächeln ab. „Kinder", murmelte ich.

Endlich erschien Leonard, ein Handy zwischen Schulter und Ohr geklemmt und die fröhlich glucksende Ella im Arm. Er ermahnte die beiden Streithähne kurz und gesellte sich zu mir, um die neuen Nachbarn ebenfalls zu begrüßen.

„Hallo, ich bin Leonard." Charmant lächelnd nickte er beiden zu, da keiner von uns wirklich eine Hand frei hatte.

„Hallo, Leonard, freut mich! Ich bin Naomi." Ihr Blick glitt sichtlich wohlwollend über ihn und ich freute mich innerlich, dass Leonards Wirkung auf Frauen sich in den letzten Jahren wohl nicht geändert hatte – aber *ich* war die, die er geheiratet hatte.

„Eddi", grunzte Eddi. Er hielt Leonard die Flasche Wein hin.

„Nein!", unterbrach Naomi ihn und deutete mit dem Kopf in meine Richtung. „Gib das ihr. Sie braucht das eher. Bei Zwillingen! Das wissen wir doch aus eigener Erfahrung."

Eddi nickte verständnisvoll und überreichte mir die Flasche mit einer angedeuteten Verneigung.

„Danke", lächelte ich.

„Stillst du?", erkundigte Naomi sich offen.

Ich nickte.

„Sehr gut. Dann bewahr sie auf, bis du abgestillt hast. Ich habe die Jungs hier drei Jahre lang gestillt und danach erst mal eine Woche lang durchgesoffen." Sie hatte es so trocken gesagt, dass ich unsicher war, ob sie scherzte oder es völlig ernst meinte. „Wie viele Kinder habt ihr?"

„Fünf", antwortete ich mit einem unterdrückten Seufzer. „Damit sind wir hier bestimmt die Attraktion."

„Würde ich nicht behaupten." Naomi grinste wissend. „Sag ihr, wie viele Kinder wir haben, Eddi. Sag's ihr."

„Acht", erklärte Eddi einsilbig.

„Acht?“ Leonard sog lautstark Luft ein. „Respekt!“

„Joe, unser Ältester, ist schon sechzehn“, plauderte Naomi fröhlich drauflos. „Mabel ist vierzehn, Kyle und Charlotte sind zehn, Jimmy ist sieben, Keith fünf und Peter und Parker hier sind gerade zwei geworden.“

„Sogar zweimal Zwillinge“, fiel mir auf.

Naomi zuckte die Achseln. „Liegt bei uns in der Familie. Ich habe auch eine Zwillingsschwester.“

„Die Jungs heißen Peter und Parker?“, wiederholte Leonard ihre Worte von vorhin erstaunt. „Wie … Spiderman?“

„Yep.“ Eddi nickte stolz.

Naomi prustete lautstark Luft durch die Nase und verdrehte die Augen.

„Kleiner Tipp von Mutter zu Mutter …“ Sie zwinkerte mir verschwörerisch zu, „… niemals die Namenswahl dem Mann überlassen. Auch nicht bei Kind sieben und acht.“

„Schade, ich wollte unsere beiden nächsten eigentlich Dwayne und Johnson nennen“, scherzte Leonard trocken, worüber Naomi ein wenig zu sehr lachte. „Wäre aber wahrscheinlich blöd für die beiden, falls es Mädchen werden“, setzte Leonard hinzu.

„Siehst du, *er* ist witzig und attraktiv“, sagte sie schließlich an ihren Mann gewandt und es klang fast ein wenig vorwurfsvoll.

„Mhm“, machte Eddi mit einer Art gleichgültiger Zustimmung.

Eddi sprach wohl nicht viel – Naomi dafür umso mehr.

Nachdem sie sich verabschiedet und mit den protestierenden Zwillingen von dannen gezogen waren,

wandte Leonard sich mir mit triumphierender Miene
zu.

„Zwei gute Nachrichten", verkündete er, warf Ella
sanft in die Luft und fing sie wieder auf. „Erstens: Ich
habe den Staubsauger gefunden. Wir können dem
Dreck hier also heute den Kampf ansagen. Und zweitens: Ich habe bereits mit Ted telefoniert und er hat tatsächlich alle Hebel in Bewegung gesetzt, seine Kontakte spielen lassen und uns einen Fliesenleger besorgt,
der schon heute Nachmittag herkommen und sich erst
mal alles ansehen wird. Eine andere Firma kümmert
sich um den Schimmel im Keller, die kaputte Scheibe
im Wintergarten wird in den nächsten Tagen ausgetauscht und die Maler und Lackierer stehen auch schon
in den Startlöchern und warten quasi nur auf das Go
vom Fliesenleger. Siehst du, alles wird gut. Unser neues
Zuhause wird noch viel schöner als das alte, wetten?"

„Ja, bestimmt", nickte ich mit einem angestrengten
Lächeln auf den Lippen und schluckte all die anderen
Worte, die mir auf der Zunge lagen, wie einen dicken
Kloß herunter.

Kapitel 8

Ein charmanter Fremder

Der erste Dezember stand kurz bevor. Wir lebten seit nunmehr fünf Tagen in unserem neuen Haus. Ted hatte Wort gehalten, als er Leonard versprochen hatte, alle Hebel in Bewegung zu setzen, um jegliche Makel schnellstmöglich beseitigen zu lassen. Bereits beim Frühstück klingelte ein Fliesenleger, der am Vortag mit seiner Arbeit begonnen hatte, und als wir zur neuen Schule aufbrechen wollten, stand der Maler vor der Tür, den Ted auf die Schnelle angeheuert hatte.

„Muss ich heute stemmen, wird laut", erklärte der Fliesenleger in gebrochenem Englisch und nickte vielsagend in Richtung der Zwillinge, die ich gerade in ihre Autositzschalen verfrachtete.

„Ich fange im Wohnzimmer an. Decke erst mal alles mit Vlies ab." Der Maler, der aussah, als hätte er eigentlich schon seit einem Jahrzehnt in Rente sein müssen, stemmte die Hände in die runden Hüften und begutachtete Zunge schnalzend die vergilbt aussehenden Wände. „Werden sehen, ob ein Anstrich deckt. Wenn ich Gas gebe, werde ich heute mit diesem Raum fertig."

„Okay." Ich nickte beiden mit einem gequälten Lächeln zu. Die Aussicht auf ein frisch gestrichenes

Wohnzimmer und neue Fliesen in beiden Bädern konnte mich nicht mitreißen, auch wenn ich es mir noch so sehr wünschte.

„Vielleicht fährst du ein wenig mit den dreien durch die Gegend", schlug Leonard vor, einen Becher mit heißem Kaffee in der einen und seine Arbeitstasche in der anderen Hand. „Oder ihr könntet euch Oldmallow in Ruhe ansehen. Der Buggy ist im Van."

Lustlos seufzte ich. Die letzten Tage hatten mir wenig Appetit darauf gemacht, Oldmallow zu besichtigen – vor allem nicht bei der Kälte. Doch es war wahrscheinlich besser, als in diesem Haus zu sitzen, während der Fliesenleger ohrenbetäubenden Lärm produzierte, die alte Badewanne herausriss und an jeder Ecke offene Umzugskartons herumstanden.

„Ich muss los. Viel Spaß in der neuen Schule." Leonard drückte Maddie und Elliot je einen Kuss auf den Kopf.

„Danke", nuschelten sie synchron. Die Nervosität über den bevorstehenden ersten Tag stand ihnen ins Gesicht geschrieben.

„Viel Spaß im neuen Büro." Ich küsste Leonard und rang mir ein Lächeln ab, was mir die letzten Tage immer schwerer fiel. Es fühlte sich an, als würde ich einfach nur noch funktionieren, um alles hier am Laufen zu halten, während um mich herum nur Chaos herrschte. Hatte ich in unserem alten Zuhause auch immer mal wieder das Gefühl gehabt, die Kontrolle zu verlieren, so fühlte es sich hier an, als hätte ich sie nie gehabt.

Leonard hielt mich am Ellbogen fest, als ich im Begriff war, die Haustür zu öffnen. In seinen grau-grünen Augen lag so etwas wie Sorge.

„Ist alles gut bei dir?", erkundigte er sich mit gesenkter Stimme.

„Klar." Ich nickte, in vollem Bewusstsein darüber, dass es wenig überzeugend aussah. „Ich bin einfach nur müde."

Das war nicht mal gelogen, auch wenn die Müdigkeit nicht der Hauptgrund war. Die Wahrheit kam mir nicht über die Lippen, und es beschämte mich, überhaupt daran zu denken.

Ich hasse Oldmallow, schrie ich im tiefsten Inneren, *ich hasse dieses Haus, dieses Chaos, dieses neue Leben, das du mir so schöngeredet hast.*

„Ich bin wirklich nur müde", wiederholte ich stattdessen.

„Gut." Leonard wirkte beruhigt. „Dann hab einen schönen Tag. Setz dich mit den dreien ins Café oder so."

Ich unterdrückte ein nervöses Auflachen. Als ob man sich mit Jackson in ein Café setzen könnte!

„Und später kommt mein Vater und packt hier mit an, nimmt dir die Kinder ein wenig ab und bringt selbstgebackene Kekse mit", stellte Leonard mir den einzigen Lichtblick des Tages in Aussicht. Nicht die Kekse, die waren meist steinhart und übertrieben süß, aber ich freute mich auf Williams Gesellschaft.

„Okay?" Leonard hielt meinen Ellbogen immer noch fest und ich musste ihn fortziehen, um nicht in Tränen auszubrechen.

„Wir müssen jetzt fahren", erklärte ich schnell, während ich die Sitzschalen hochnahm. „Sonst kommen die beiden schon am ersten Tag zu spät."

Als ich ging, spürte ich seinen nachdenklichen Blick im Nacken.

An der Schule, die sich im Nachbarort New Clearford befand, stand bereits eine lange Reihe Autos, die von einem kräftigen wasserstoffblonden Mann in neongelber Warnweste navigiert wurde. Ich unterdrückte ein Aufseufzen. Das Gebäude war riesig, weit größer als das, in dem sie zuvor unterrichtet worden waren. Die Steine der Fassade waren schmutzig grau.

„Das sieht doch nett aus", log ich gezwungenermaßen und warf einen Blick in den Rückspiegel.

Elliot und Maddie blickten beide sichtlich aufgeregt aus dem Fenster, während Jackson mit Spucke an der Fensterscheibe herumschmierte. Als wir an den Anfang der Warteschlange gelangt waren, stieg ich schnell aus, um die beiden aussteigen zu lassen. Parkplätze konnte ich keine entdecken.

„Sie können hier nicht aussteigen!", pflaumte der Mann in Warnweste mich mit heller Stimme an.

„Kann ich. Sehen Sie doch", gab ich ungeduldig zurück, während ich Maddie und Elliot aussteigen ließ und ihnen ihre Rucksäcke anreichte. „Meldet euch im Sekretariat, wie wir es besprochen haben. Dort bekommt ihr eure Stundenpläne und die Schuluniformen."

„Sie behindern den Fluss!", keifte der Mann weiter. „Kinder rauslassen und weiterfahren!"

„Ich werde mich doch wohl kurz verabschieden können!" Ich schüttelte verärgert den Kopf und drückte beiden schnell einen Kuss auf die Wange. „Das dauert eine Minute! Viel Spaß, ich hab euch lieb.“

Im Auto hinter uns wurde die Hupe betätigt.

„Verabschieden Sie sich das nächste Mal im Auto!“, schrie der Warnwestenmann mir hinterher, während ich zurück in den Van sprang. Ich konnte nicht einmal warten, bis die beiden das Gebäude erreicht hatten. Mir war nach Weinen zumute. Missmutig fuhr ich zurück zum Haus, parkte dort den Van und verfrachtete, wie Leonard mir geraten hatte, Jackson in den Buggy und die Zwillinge ins Tragetuch. Der Lärm, den der Fliesenleger machte, während er die restlichen Fliesen von der Wand klopfte und die Badewanne entfernte, drang durch die geschlossene Haustür und die Wände zu mir durch.

Trotz dicker Tragejacke, die ich über den Babys schließen konnte, war mir eiskalt. Ein schwerer, in der Nase kribbelnder Schneegeruch lag in der Luft und mir wurde mit einem Gefühl der Melancholie bewusst, dass Weihnachten nah war. Dabei hatte ich selten so wenig Weihnachtsstimmung empfunden wie in eben jenem Augenblick. Der Alltagsstress mit fünf Kindern, gepaart mit einem neuen Haus, das mehr einer Baustelle glich, ließ nicht gerade eine gemütliche Atmosphäre entstehen, in der man Kekse backen, Lebkuchen essen und *Jingle Bells* singen wollte.

Ich drückte Jackson abwesend eines der vielen Bücher in die Hand, die im Korb des Buggys lagen, und begann schnellen Schrittes und ohne Ziel loszulaufen. Unser Haus lag ein wenig abseits der anderen, umringt von unkontrolliert wucherndem Gras und Unkraut. Beim Gedanken an unseren gepflegten Garten zu

Hause wurde nicht nur mein Herz, sondern gefühlt mein ganzer Körper schwer. Ganz gleich, wie viel Stress wir gehabt hatten oder welche Jahreszeit gerade herrschte – es hatte immer ordentlich und einladend ausgesehen. Hier hatten wir bisher nicht mal einen Finger krumm gemacht. Wie auch? Schließlich nahmen schon die Kinder und die Baustellen *innerhalb des* Hauses all unsere Energie in Anspruch.

Unwillkürlich beschleunigte ich meine Schritte. Ich wollte nicht, dass man sah, dass ich zu diesem Haus, diesem Ort, dieser Unkrautzucht, die man kaum Garten nennen konnte, gehörte. Je weiter ich mich entfernte, desto ruhiger wurde mein Atem, umso langsamer schlug mein Herz. Oldmallow an sich war ein hübscher kleiner Ort, wie ich mit Erstaunen feststellte. Nicht so hübsch, dass ich ein Zugehörigkeitsgefühl oder gar das Gefühl von Heimat entwickelte, nein – aber dennoch: Es gab viele gepflegt aussehende große Häuser mit Rutschen und Klettergerüsten in den Gärten, einen kleinen Spielplatz und sogar ein Café. Es dauerte nicht lange, bis ich Oldmallow komplett gesehen hatte und am Ortsausgangsschild angelangt war, hinter dem sich gefühlt kilometerweit ein Feldweg erstreckte. Falls ich mich jemals gefragt hatte, wie es am sprichwörtlichen Arsch der Welt aussah – nun wusste ich es.

Seufzend machte ich kehrt und sammelte das Buch ein, das Jackson gerade aus dem Buggy geworfen hatte. Ich warf es zurück in den Korb und reichte ihm ein neues, das er aufschlug, auf den Kopf drehte und ansah. Ob ich einen Besuch ins Café wagen konnte? Der Fliesenleger war sicher noch lange nicht fertig und so wie es aussah, war es im Inneren ziemlich leer, wenn nicht gar ausgestorben. Außerdem war es so kalt, dass jeder Atemzug wehtat. Es wunderte mich, dass Jackson sich noch nicht beschwert hatte. Die Mädchen schliefen selig, eng an mich und aneinander gekuschelt und sicherlich angenehm warm. Die Aussicht auf die Wärme im Café und einen leckeren Cappuccino ließ den letzten Zweifel in meinem Inneren ersterben. Ich gab mir einen Ruck und ging hinein.

Eine Glocke erklang, als ich mit der Schulter die Tür festhielt und den Buggy hineinschob. Mein Gefühl hatte mich nicht getäuscht, es war wohlig warm im Inneren. Der Mann, der am Tresen saß, blickte irritiert von seiner Zeitschrift auf.

„Haben Sie sich verlaufen?", erkundigte er sich.

„Nein, ähm …" Ich schloss die Tür, ehe die Kälte uns folgen konnte. „Wir sind gerade hierhergezogen und ich sehe mir ein wenig die Gegend an."

„Ah", machte er und zog das A in die Länge, während er die Zeitung umständlich zusammenfaltete und vor sich hinlegte. „Das alte Jefferson-Haus!"

„Ja", nickte ich. Ich hatte keine Ahnung, ob Teds verstorbene Tante Jefferson geheißen hatte. Andererseits wurden in einem solch kleinen Dorf wohl eher selten Häuser frei, sodass die Wahrscheinlichkeit hoch war, dass wir vom selben Haus sprachen.

„Schön." Der Mann schenkte mir ein warmes Lächeln. Er machte einen netten Eindruck und wirkte dank seines Holzfällerhemdes und der etwas längeren, gewellten Haare wie eine etwas ältere Ausgabe von Luke Danes aus *Gilmore Girls*. „Mandy!", rief er über seine Schulter hinweg. „Wir haben Kundschaft."

Es dauerte einen Moment, bis ein Kaugummi kauendes Teenagermädchen mit gleichgültigem Gesichtsausdruck im Türrahmen erschien, eine pinkfarbene Strähne im Gesicht und breite Kopfhörer um den Hals gehängt, aus denen lautstark Technomusik drang. Als sie mich sah, wirkte sie erstaunt.

„Haben Sie sich verlaufen?"

„Nein, sie hat das alte Jefferson-Haus gekauft", erklärte Luke Danes Senior, als wüsste er das schon seit Monaten.

„Ah", machte das Mädchen. „Dann ... ähm ... setzen Sie sich doch. Suchen Sie sich einfach einen Tisch aus. Die sind alle frei. Wie immer."

„Mandy!", ermahnte der Mann sie kopfschüttelnd.

„Stimmt doch."

„Zu Stoßzeiten sieht es hier ganz anders aus", erklärte er und lächelte verlegen. Wahrscheinlich saßen zu seinen sogenannten Stoßzeiten drei Menschen hier. „Ich bin Logan und das ist meine Tochter Mandy. Wir machen den besten Kaffee des Dorfes."

„Dad, du musst das nicht immer sagen. Wir sind hier das *einzige* Café", erinnerte das Teenagermädchen ihn und verdrehte die Augen.

„Danke. Ich bin Jo. Das ist Jackson." Ich nickte den beiden knapp zu und schob den Buggy an den nächstbesten kleinen Tisch. Jackson, der bisher relativ ruhig gewesen war, begann nun, die Gurte lösen zu wollen. So wie es aussah, wollte er herumlaufen. Im Geiste sah ich ihn schon auf die Tische klettern, die Stühle umwerfen und die Speisekarten anknabbern, also versuchte ich vorerst, ihn mit einem weiteren Buch abzulenken. Mit mäßigem Erfolg.

„Ist da ein Baby drin?", erkundigte Mandy sich und deutete auf meine bis obenhin verschlossene Tragejacke.

„Zwei", antwortete ich lächelnd, öffnete die Jacke, streifte sie ab und hängte sie über meinen Stuhl.

„Oh, Zwillinge!" Ein Lächeln huschte über das Gesicht des Teenagermädchens. „Ihren Kindern wird Oldmallow gefallen. Es ist zwar ein bisschen ruhig hier, aber Sie können sie jederzeit allein zum Spielplatz laufen oder vor dem Haus spielen lassen und jeder wird ein Auge auf sie haben. Die Menschen hier sind alle ganz in Ordnung, auch wenn einige von ihnen eine Schraube locker haben."

„Mandy!", schimpfte Logan.

„Sorry", sagte sie, zwinkerte mir aber schelmisch zu. „Was kann ich Ihnen bringen, Jo?"

„Einen Cappuccino bitte."

„Und was bekommst du, Jackson? Einen Kakao vielleicht? Und ein paar Kekse?"

Jackson sah sie an, als würde er sie am liebsten auf der Stelle heiraten.

„Kekse!", jubelte er und schleuderte sein Buch durch das halbe Café, wobei er nur knapp ihren Kopf verfehlte.

„Er ist so süß." Mandy lachte unbeeindruckt, sammelte das Buch wieder ein und verschwand hinter der Theke, um unsere Bestellung fertig zu machen. Als sie wenige Minuten später mit einer großen Tasse Kaffee und einer kleinen Tasse Kakao wieder an unserem Tisch erschien, trug sie einen schwarzen Rucksack auf dem Rücken.

„Ich muss jetzt zur Schule", erklärte sie, zog eine kleine Packung Kekse aus ihrer Tasche und reichte sie Jackson, der inzwischen auf einem Stuhl neben mir saß und sich seiner Jacke entledigt hatte. „Aber wir werden uns jetzt bestimmt öfter sehen. Mach's gut, Jackson! Lass dir deinen Kakao schmecken."

Jackson sah ihr bewundernd hinterher. Offensichtlich hatte er gerade sein Herz verloren. Es folgten zwei oder sogar drei sehr angenehme Minuten, in denen ich an meinem Cappuccino nippen, einigermaßen entspannen und meinem Sohn dabei zusehen konnte, wie er seine Kekse aß und seinen Kakao trank. Zwar ging einiges daneben, doch im Vergleich zu sonst benahm er sich wirklich sehr gesittet. Kaum hatte ich den Gedanken zu Ende gedacht, kam er auf die glorreiche Idee, kleine Kakaopfützen auf den Tisch zu gießen und die Kekse dort hineinzutunken.

Im selben Moment verkündete die Glocke an der Tür, dass eine weitere Person das Café betreten hatte. Das war wahrscheinlich das, was Logan vorhin als Stoßzeit betitelt hatte. Mir blieb jedoch keine Zeit, nachzusehen, wer es war, da Jackson den restlichen Kakao nun vollends über sich und über den Tisch schüttete und mit der freien Hand die aufgeweichten Kekse vom Tassenboden klaubte. Braune Tropfen perlten von seinem Arm auf den Boden.

„AJ, altes Haus!", hörte ich Logan den Neuankömmling erfreut begrüßen. „Was treibt dich denn hierher? Haben Sie dich rausgeworfen aus New Clearford?"

Was diesen AJ hertrieb, ging in Jacksons lautstarkem Protest unter, als ich ihm die Tasse wegnahm und ihn notdürftig mit einer Handvoll Servietten trockentupfte. Einen weiteren kleinen Stapel ließ ich auf den Boden fallen, stellte meinen Fuß darauf und befreite so die hübschen, braunen Fliesen vom Kakao. Jackson bekam ein Buch aus dem Buggy und einen weiteren Keks in die Hand gedrückt und ich nahm schnell einen Schluck aus meiner Tasse, ehe die Situation hier völlig eskalieren würde und ich das Café fluchtartig würde verlassen müssen. Da die Mädchen ein wenig zappelig wurden, begann ich instinktiv, sie ein wenig in meinen Armen zu wiegen.

„Hat sie sich verlaufen?", drang eine klare, freundliche Männerstimme an mein Ohr. Wieso fragten das eigentlich immer alle?

„Sie hat das alte Jefferson-Haus gekauft", erklärte Logan wissend.

Ich drehte mich um, um den beiden zu zeigen, dass ich sie durchaus hören konnte, während sie über mich sprachen. AJ sah nicht aus, als käme er aus Oldmallow. Er wirkte ein wenig fehl am Platz mit seinem langen, grau-karierten Mantel und dem trendigen dunklen Kurzhaarschnitt, der an den Seiten millimeterkurz geschnitten war.

„AJ", sagte er knapp und prostete mir mit dem Coffee to go- Becher zu, den Logan ihm gerade gereicht hatte.

„Jo", grüßte ich ebenso knapp zurück, bewahrte meine Tasse davor, von Jackson, der versuchte, auf den Tisch zu klettern, umgerissen zu werden und nippte, weiter vor- und zurückwippend, an meinem heißen Cappuccino. Wahrscheinlich hielt der junge Mann mich für komplett verrückt.

Wider Erwarten trat er an meinen Tisch, begutachtete einen Moment lang meine gesamte Situation und nickte dann anerkennend.

„Multitasking Level eintausend", kommentierte er mit aufrichtig klingender Bewunderung in der Stimme und führte den Coffee to go-Becher an seine Lippen. „Ich wünschte, ich hätte einen Mitarbeiter, der auch nur halb so viele Skills drauf hat wie Sie, Jo." Er hatte eine angenehme Stimme und ein einnehmendes, selbstbewusst wirkendes Auftreten, sodass ich nicht umhinkam, mich von seinem Kompliment geschmeichelt zu fühlen.

„Oh, ich mache nur meinen Job", winkte ich ab.

„Sie sind Kindermädchen, richtig?"

„Nein, nein. Das sind alles meine." Ich fing das Buch, das Jackson mir an den Kopf werfen wollte, knapp vor meinem Gesicht auf, ließ es im Buggy verschwinden und machte *Sch Sch Sch*, da Ella im Tragetuch zu zappeln begann.

„Sie haben doch nie im Leben drei Kinder!" AJ zog eine Augenbraue hoch.

„Ich habe sogar fünf", erklärte ich.

„Unsinn. Wie alt sind Sie, vierundzwanzig?"

Versuchte er etwa, mit mir zu flirten? Das war unmöglich. Ich trug zwei offensichtlich sehr junge Babys vor meiner Brust, kämpfte nonstop mit einem Kleinkind und hatte mir nach dem Aufstehen nicht einmal die Haare gekämmt. Geschweige denn etwas gegen meine dunklen Augenringe getan. Und AJ sah aus wie aus einem angesagten Modekatalog entsprungen. Wahrscheinlich wollte er einfach nur nett sein.

„Ich bin dreißig“, erklärte ich neutral. „Mein Mann und ich sind aufgrund seines Jobs vor fünf Tagen mit den Kindern hierhergezogen. Und da die beiden Großen in der Schule sind, haben wir vier uns Oldmallow mal etwas genauer angesehen.“

„Na, da waren Sie sicher nicht lange beschäftigt.“ AJs blaue Augen funkelten. Er lachte sympathisch auf, zog den mir gegenüberstehenden Stuhl vom Tisch, setzte sich darauf und stellte seinen Kaffeebecher ab. „Und wie gefällt es Ihnen bisher?“

„Es ist … toll“, log ich und spürte Logans Blick auf meinem Gesicht. Die beiden Männer lachten, so offensichtlich war es, dass ich nicht die Wahrheit sagte.

„Ehrlich gesagt habe ich ein wenig Heimweh“, gab ich zu und half Jackson, von seinem Stuhl aufzustehen. Wie ein Wirbelwind begann er, um den Tisch herumzulaufen. Ich folgte ihm nervös mit meinen Blicken.

„Das ist völlig verständlich“, sagte AJ sanft. „An dieses Dorf gewöhnt man sich nicht innerhalb einer Woche. Aber glauben Sie mir, Jo, sobald Sie hier alle richtig kennengelernt haben, wollen Sie nirgendwo anders mehr leben. Ich bin vor vier Jahren leider der Arbeit wegen weggezogen, aber kam immer wieder regelmäßig hierher, sobald mein Job es zuließ. Nun bin ich des Jobs wegen nach New Clearford gezogen. Das liegt relativ nah an Oldmallow.“

„Ja, meine Kinder gehen dort zur Schule“, erklärte ich.

„Eine sehr gute Schule, habe ich gehört.“ AJ nickte. „Jedenfalls … ich kann aus Oldmallow wegziehen und das alles hier hinter sich lassen, klar, aber es bleibt dennoch immer ein Teil von mir. Von jedem, der hier mal gelebt hat.“

Das konnte ich mir nun wirklich nicht vorstellen, ließ es aber unkommentiert stehen. Jackson trat gegen AJs Stuhl. Ich suchte seinen Blick und schüttelte mit strenger Miene den Kopf, was ihn nur zu einem hysterischen Lachen und einem weiteren Tritt animierte, bevor er weiter durch das Café sauste.

„Es tut mir sehr leid, er ist in der Trotzphase", erklärte ich entschuldigend.

„Kein Ding." AJ sah mir entspannt dabei zu, wie ich aufstand, um Jackson drei Runden durch das Café zu verfolgen und ihn dann gegen seinen Willen in den Buggy zu verfrachten, wobei ich ziemlich viel Kraft aufwenden musste, um ihn anzuschnallen. Es war immer wieder erstaunlich, wie ein erst knapp zwei Jahre junges Kind die Kraft eines hundert Kilo schweren, gut trainierten Bodybuilders aufbringen konnte, sobald es nicht nach seinem Kopf ging.

„Es hat mich sehr gefreut, Sie beide und Mandy kennenzulernen", keuchte ich atemlos. „Aber wir müssen jetzt leider weiter." Schnell klaubte ich den Serviettenstapel, mit dem ich den Kakaofleck vom Boden gewischt hatte, auf und warf ihn mit den Servietten vom Tisch zusammen in den nächstbesten Mülleimer. Mit der rechten Hand schaukelte ich den Buggy ein wenig hin und her, um Jackson zu beruhigen, mit der linken angelte ich einen Schnuller aus meiner Manteltasche und steckte ihn Ella, die immer unruhiger wurde, in den Mund. Schweißperlen standen mir auf der Stirn.

„Wow." AJ nahm einen Schluck aus seinem Becher, schüttelte den Kopf und lächelte. „Ich kann mich nur wiederholen – Multitasking Level eintausend. Sie suchen nicht zufällig einen Job, Jo?"

„Oh nein, nicht wirklich." Ich wartete, bis Jacksons Wutschrei schwächer wurde. „Momentan habe ich alle Hände voll zu tun."

„Bedauerlich." AJ sprang auf, um mir die Tür aufzuhalten. „Jemanden wie Sie könnte ich wirklich gut brauchen."

Ich lächelte ihm knapp zu und kramte mein Portemonnaie aus der Tasche, die ich am Buggy befestigt hatte.

„Oh, das geht auf mich!", kam AJ mir zuvor.

„Ich kann doch nicht ...", setzte ich an.

AJ deutete eine Verneigung an. „Ich bestehe darauf."

„Na gut. Also dann ... danke schön." So schnell wie möglich schob ich den Buggy mit dem tobenden Jackson aus dem Café und verlangsamte meine Schritte erst, als ich sicher sein konnte, dass Logan und AJ mich nicht mehr sehen konnten.

Ich atmete tief ein und wieder aus. Plötzlich konnte die Kälte mir nichts mehr anhaben. Ob ich meinen Job als Mama wirklich so gut machte? Als mir bewusst wurde, dass dieser Fremde mir mit seinen Worten den Tag versüßt hatte, musste ich lächelnd den Kopf schütteln. Denn damit hatte er etwas geschafft, was seit einer knappen Woche keiner mehr bewerkstelligt hatte.

Kapitel 9

Von Aufräumaktionen und Streit

„Ich habe selbstgebackene Kekse und einen Werkzeugkoffer dabei und das Auto voller Geschenke für meine Enkelkinder." William tätschelte mir die Schulter und bewahrte Jackson mit einem bemerkenswerten Sprung zur Seite davor, mit seinem Laufrad die Verandastufen herunterzustürzen.

„Danke!" Ich umarmte William kurz und schleifte den widerwilligen Jackson ins Innere des Hauses. Abgesehen davon, dass er keinen Helm aufhatte, trug er immer noch seinen Schlafanzug, was ich nun, da es bereits Nachmittag war, auch nicht mehr zu ändern brauchte.

Im Haus angekommen, wandte und drehte Leonards Vater sich unter wissenden Ah- und Hm-Lauten erst mal in alle Richtungen. Er kannte das Haus bisher nur von Fotos.

Maddie, die das Erscheinen ihres Großvaters bemerkt hatte, nahm immer zwei Stufen der knarzenden Treppe auf einmal und sprang ihm mit Anlauf in die Arme. William, der ein schwaches Herz und zudem Diabetes hatte, war nicht mehr der Jüngste und geriet dabei ein wenig ins Taumeln.

„Meine Güte, bist du aber groß geworden“, kommentierte er den Überfall freudestrahlend.

„Aber Opa, du hast mich doch nur eine Woche lang nicht gesehen“, kicherte Maddie.

Ich war froh, dass Williams Besuch hier sie ganz offensichtlich ein wenig aufgemuntert hatte, denn über ihren ersten Tag in der neuen Schule hatte sie, genau wie Elliot, bisher kein Wort verloren.

„In einer Woche kann viel passieren.“ William stupste ihr mit dem Zeigefinger auf die Nase. „Und? Wie gefällt es euch in *Marshmallow*?“

„Marshmallow“, jauchzte Jackson, der rückwärts auf seinem Laufrad saß und damit vor- und zurückwippte.

„Es heißt Oldmallow“, belehrte Maddie die beiden altklug. „Und es ist …“ Das letzte Wort flüsterte sie ihm ins Ohr.

Ich war mir fast sicher, dass es ein unschönes war. Die anfängliche Aufregung, der Reiz des Neuen und die Aussicht auf ein Abenteuer waren bei den Kindern schnell verflogen und nun schien sie – wie mich – eher das Heimweh zu plagen.

„Ich könnte doch bei dir wohnen“, schlug Maddie vor.

Obwohl ich es besser wusste, versetzte es mir einen Stich ins Herz. So etwas hätte sie vor dem Umzug nicht gesagt.

„Wenn Maddie bei Opa William wohnt“, mischte Elliot sich lautstark ein, der gerade mit einem Buch in der Hand die Treppe herunter kam, „dann will ich auch!“

„Ich will aber nicht mit dir zusammenwohnen!“ Maddie stemmte die Hände in die Hüften. „Außerdem ist er nicht mal dein *richtiger* Opa!“

William warf mir einen betroffen wirkenden Blick zu, sichtlich überfordert mit der Situation. Ich öffnete den Mund, um etwas zu sagen, doch Elliot kam mir zuvor.

„Und meine Mama ist nicht deine richtige Mama!", stellte er klar, klappte das Buch zu und streckte ihr die Zunge heraus.

„Elliot!", ermahnte ich ihn in einem deutlich schärferen Ton, als ich ihn den Kindern gegenüber sonst anschlug. „Wieso sagst du so etwas?"

„Weil es eben stimmt", antwortete Maddie an Elliots Stelle. Sie verschränkte die Arme vor der Brust.

„Maddie, ich *bin* deine Mama", stellte ich klar.

„Meine Mama hieß Cassidy." Es war das erste Mal, dass ich den Namen von Leonards Ex-Frau aus Maddies Mund hörte. Auf eine paradoxe Art und Weise fühlte ich einen Stich, der mich sehr an das Gefühl von Eifersucht erinnerte. „Und *sie* hätte mich bestimmt nicht gezwungen, in dieses stinkige, alte Oldmallow zu ziehen!" Mit diesen Worten drehte sie sich auf dem Absatz um, lief die knarzende Treppe empor und rempelte dabei Elliot an, der ihr nachsah, als hätte sie völlig den Verstand verloren.

„Sie meint das nicht so." William streckte die Hand aus und strich mir ein wenig unbeholfen über den Oberarm. „Sie muss sich nur erst mal eingewöhnen."

„Klar." Ich winkte ab, als würde es mir nichts ausmachen. Aber das tat es. Maddies Worte, ob ernst gemeint oder nicht, hatten eine Wunde in meinem Inneren aufgerissen, von der ich nicht einmal gewusst hatte, dass sie existierte. Ich war nicht Maddies Mutter, ich hatte sie weder geboren noch gestillt, hatte ihre ersten

Schritte nicht miterlebt und sie erst kennengelernt, als sie fünf Jahre alt gewesen war. Trotzdem war sie für mich immer mein Kind gewesen. Und nun stand ich hier mit einem dicken Kloß im Hals und war eifersüchtig auf eine tote Frau. Verrückt.

„Lass uns erst mal einen Kaffee trinken", schlug ich aufgesetzt fröhlich vor.

„Da sag' ich nicht nein." William winkte Elliot zu sich, der immer noch auf der Treppe stand. „Hilfst du deinem Opa nachher, die Geschenke aus dem Auto zu holen?"

„Geschenke?", wiederholte Elliot.

„Kekse?", nuschelte Jackson.

Erst jetzt bemerkte ich, dass er zwischen zwei leeren Kaffeetassen vom Vortag, einigen Werbeprospekten und einer bräunlichen Bananenschale mitten auf dem Wohnzimmertisch saß und mit dem Finger Zucker aus der Zuckerdose puhlte, den er sich daraufhin genüsslich in den Mund steckte. Hatte er nicht vor zwei Sekunden noch auf seinem Laufrad gesessen?

„Nein, es gibt keine Kekse, Jackson! Und wir essen auch keinen puren Zucker!" Von einer plötzlichen Gereiztheit gepackt, stürmte ich auf ihn zu, nahm ihn ein wenig unsanft vom Tisch und setzte ihn auf das Sofa. Daraufhin schnappte ich mir alles, was ich tragen konnte und brachte es in die Küche, vorbei an einem offenen Umzugskarton, dem Staubsauger, der hier noch keinen richtigen Platz gefunden hatte, und einer Menge Kram vom Maler, der längst Feierabend gemacht hatte. Grob zusammengelegtes Abdeckvlies, eine Leiter, ein Farbeimer und ein weiterer Eimer, in dem sich Wasser, Pinsel und Farbrollen befanden, hatte er an den Rand des Zimmers geschoben, um am Folgetag weitermachen zu können.

Im Waschbecken stapelte sich das schmutzige Geschirr, auf dem Ceranfeld stand ein Topf mit Nudeln in Tomatensauce vom Vortag und der Papiermüll, den wir in einem übergroßen Karton sammelten, quoll geradezu über. Am liebsten hätte ich laut aufgeschrien, doch die Babys schliefen beide, was selten genug vorkam. Also biss ich mir stattdessen auf die Zunge, schaltete die Kaffeemaschine an und spülte zwei Tassen per Hand. Ich hoffte inständig, dass William mir nicht in die Küche folgte, sondern wie angekündigt mit Elliot zum Auto gegangen war, um die Geschenke zu holen. Ich schämte mich für den Ort, den wir unser Zuhause nannten.

Kaum hatte ich die beiden Tassen mit dampfend heißem Inhalt auf dem Esszimmertisch abgestellt und diesen kurz mit einem Feuchttuch abgewischt, als ich auch schon das Weinen der Babys vernahm. Natürlich wachten sie genau jetzt auf. Erneut vorbei am Chaos des Malers, an offenen Umzugskartons und Spielzeug und vorbei an Jackson, der bäuchlings auf dem Boden lag und den Fernseher angeschaltet hatte, eilte ich die Treppen empor. Ella und Mina hatten eine gute Stunde im Beistellbett geschlafen und hätte ich nicht William erwartet und die anderen Kinder unten im Wohnzimmer gewusst, wäre ich höchstwahrscheinlich vor Erschöpfung mit eingeschlafen. Nun waren beide wach und voller Energie. Sie hatten sich bereits auf den Bauch gedreht und erkundeten robbend das große Bett, über das ich am Morgen nur hastig eine Tagesdecke geworfen hatte. Daneben stand ein voller Wäschekorb, den ich eigentlich am Vortag hatte wegfalten wollen. Auch die Wickelkommode hatte Leonard immer noch nicht wieder aufgebaut, sodass der Windelkarton offen neben dem Wäschekorb stand. Die alte Jo hätte bei diesem Anblick wahrscheinlich Schnappatmung bekommen. Dieses Haus hätte sie mit Herzrhythmusstörungen ins Krankenhaus gebracht.

Ich zog die Rollladen hoch, wickelte die Mädchen, zog ihnen das Nächstbeste an, das ich aus dem Wäschekorb greifen konnte, und atmete einmal tief durch. Im Erdgeschoss knallte etwas Lautes zu Boden.

„Oh", hörte ich Williams Stimme, gefolgt von einem: „Nichts passiert."

Ich unterdrückte ein Aufseufzen. Plötzlich erschien mir das Familienchaos, das wir noch vor wenigen Wochen geführt hatten, unfassbar harmonisch und entspannt. Klar, auch dort hatte ständig jemand geweint, gestritten oder in die Windeln gemacht, doch hier wurde dem Ganzen gefühlt noch die Krone aufgesetzt.

Ich nahm Mina links und Ella rechts auf den Arm und ging mit beiden die Treppe herunter zurück ins Wohnzimmer. Dort kniete William am Boden und schob mit den Händen notdürftig Blumenerde und Scherben vom Blumentopf zusammen. Er musste nicht erklären, was passiert war, dafür kannte ich Jackson lange genug.

„Lass das ruhig liegen, ich mache das später weg", verlangte ich unangenehm berührt. Ich bettete Mina auf die Krabbeldecke am Boden, gab ihr einen Schnuller und begann, die weinerliche Ella zu stillen, während ich einen Schluck Kaffee nahm. Er war sogar noch heiß. Als die Tasse leer und Ella satt war, legte ich sie ab und nahm Mina hoch, um diese ebenfalls zu stillen.

William, der die ganze Zeit über schweigend seinen Kaffee getrunken hatte, klopfte sich nun mit beiden Händen auf die Oberschenkel, murmelte ein *So* und erhob sich schwungvoll.

„Dann sehe ich mich mal ein wenig um und schaue, wo ich etwas ausbessern oder reparieren kann." Er lächelte mir liebenswürdig zu. „Du bleibst sitzen. Du siehst ganz schön müde aus."

Ich nickte ihm dankbar zu. Tatsächlich war ich so geschafft, dass ich trotz des Kaffees im Sitzen hätte einschlafen können.

Im Laufe des Nachmittags bespaßte William mit viel Engagement Jackson, reparierte einen tropfenden Wasserhahn, klebte eine zersprungene Fliese, entlüftete sämtliche Heizungen und half mir, den einen oder anderen Umzugskarton auszupacken, zusammenzufalten und in den Keller zu verfrachten. Er flickte den Gartenzaun, baute die Wickelkommode auf, saugte den Boden und schaukelte Mina in den Schlaf, während ich die Wäsche faltete. Am Ende des Tages hatten wir mehr geschafft, als ich mir je zu erträumen gewagt hätte. Durch das Aus- und Wegräumen der allermeisten Umzugskartons sah es viel ordentlicher aus. Zudem war es sauberer und Jackson war durch Williams Entertainmentprogramm so erschöpft, dass seine Augen schon beim Abendessen ganz klein wurden.

Ich begann gerade damit, den Tisch abzuräumen, als Leonard zur Tür hereinkam. Er sah müde, aber zufrieden aus, drückte jedem Kind einen Kuss auf den Kopf, mir einen auf die Wange und schloss seinen Vater kurz in die Arme.

„Ich habe dein Lieblingsessen gekocht." William deutete auf den großen Topf auf dem Herd, in dem sich sein Paprika-Sahne-Hähnchen mit Reis befand, das er zu Hause vorgekocht und in einer übergroßen Tupperdose mitgebracht hatte.

„Oh danke, Dad, aber wir haben vorhin Pizza ins Büro bestellt." Leonard tätschelte sich den Bauch. „Ich bin total satt."

„Alles klar." William beeilte sich, die Spülmaschine einzuräumen. Sah Leonard nicht, wie enttäuscht er war? Zumindest einen kleinen Happen hätte er doch essen können.

„Wie war die Schule?", erkundigte er sich bei den beiden Großen.

„Gut", nuschelten beide eintönig.

„Schön." Leonard nickte zufrieden und übersah völlig die Gesichter der beiden, die im Stillen geradezu schrien, dass der erste Schultag alles andere als toll gewesen war. Dass sie überfordert waren, sich allein fühlten, ihre Freunde und ihr Zuhause vermissten.

„Na dann ..." Leonard reckte und streckte sich ausgiebig. „Ich ruhe mich erstmal ein bisschen aus."

„Bringst du nicht die Kinder mit mir ins Bett?"

Leonard gähnte. „Kann Dad dir nicht helfen? Das finden die Kinder bestimmt cool – vom Opa ins Bett gebracht zu werden. Oder, Kinder?"

Elliot und Maddie nickten knapp.

„Kekse!", schrie Jackson, dem ich gerade mit einem Feuchttuch die restlichen Reiskörner aus den Haaren entfernte.

Leonard lachte und wandte sich zum Gehen. Offenbar bemerkte er die angespannte Stimmung nicht im

Geringsten. Ich musste mir auf die Zunge beißen, um nicht vor William und den Kindern einen Streit vom Zaun zu brechen.

Als die Zwillingsmädchen an diesem Abend endlich eingeschlafen waren und auch Jackson im Bett war, stand ich noch einmal auf, um die Küche ein wenig aufzuräumen. Dort saß Leonard mit seinem Handy in der Hand. Ich verkniff mir den Kommentar, dass es wohl hier Wichtigeres zu tun gab, als am Handy herumzuspielen.

„Na, schlafen alle?", erkundigte er sich abwesend.

„William bestimmt ... nach so einem straffen Programm. Er meinte, das zukünftige Büro mit dem Klappbett reicht ihm völlig. Ich habe trotzdem irgendwie ein schlechtes Gewissen. Und Elliot und Maddie lesen noch", antwortete ich und begann, das Geschirr aus der Spüle in die Spülmaschine zu räumen. „Das war ein aufwühlender Tag für sie."

Leonard nickte bloß.

„Und für dich?", erkundigte er sich schließlich. „Wie war dein Tag? Hast du dich in Oldmallow mal umgesehen?"

„Ja, aber da gab es nicht viel zu sehen." In wenigen Worten berichtete ich ihm von dem Café, von Logan, dessen netter Tochter Mandy, Jacksons Kakao und AJ. Bei Letzterem wurde Leonard hellhörig.

„Der wollte dich wahrscheinlich anbaggern", stellte er fest und wandte sich wieder seinem Handy zu.

„Wieso sagst du das?" Ich legte die Stirn in Falten und stellte die Spülmaschine an. Mit lauten, surrenden Geräuschen begann das Wasser darin zu fließen.

„Was?" Leonard blickte von seinem Handy auf, als würde er gerade erst bemerken, dass ich da war. Das regte mich fast noch mehr auf als seine Bemerkung.

„Wieso sagst du, dass er mich anbaggern wollte?", erinnerte ich ihn an seine Worte. „Ist es so abwegig, dass er einfach nur aufrichtig beeindruckt war, wie gut ich mit den Kindern umgehe?"

„Ich sage dir das ständig", beharrte er.

„Du *musst* das sagen, du bist mein Mann." Ich stemmte die Hände in die Hüften. „Es ist etwas anderes, wenn es ein Außenstehender sagt."

„Ist es das?" Leonard legte den Kopf ein wenig schief. „Insbesondere, wenn es ein gutaussehender Außenstehender ist, nicht wahr?"

„Ich habe nie gesagt, dass er gutaussehend ist", erinnerte ich ihn kühl.

„Also ist er es nicht?"

Ich seufzte und verdrehte die Augen.

Leonard tat es mir nach.

„Ja, ja, schon gut. Schön, dass du mit fremden Kerlen flirtest, während ich den ganzen Tag arbeite", murmelte er, erneut mit dem Handy in der Hand.

Mir fiel die Kinnlade herunter.

„Erstens habe ich nicht mit ihm geflirtet!", stellte ich klar. „Er auch nicht mit mir. Und zweitens ... nur *du* hast den ganzen Tag gearbeitet? Was glaubst du, was ich hier gemacht habe? Cocktails geschlürft, bis mittags geschlafen und einen Yogakurs besucht?"

Leonard legte endlich das Handy beiseite, fuhr sich mit der flachen Hand über das Gesicht, als würde er die Müdigkeit fortwischen wollen und sah mich durchdringend an. „Das habe ich doch gar nicht gesagt."

„Klang aber so.“

„Ich bin nicht dafür verantwortlich, was du verstehst, Josephin.“

„Nein, aber du bist dafür verantwortlich …“, setzte ich an, schluckte den Rest des Satzes jedoch herunter.

„Wofür bin ich verantwortlich?“, hakte er nach. Seine Stimme klang unterkühlt.

Dafür, dass wir in einer Bruchbude wohnen und Maddie und Elliot beide wütend auf mich sind!

„Vergiss es.“ Ich schrubbte die Arbeitsfläche der Küche ab, trocknete das Ganze mit einem Geschirrtuch und hängte dieses anschließend über die Heizung.

„Ich habe keine Lust, mit dir zu streiten.“ Leonard gähnte. „Dafür bin ich viel zu müde. Ich gehe jetzt duschen.“

„Schön für dich“, murmelte ich abweisend.

Als Leonard unter der Dusche stand, suchte ich trotz aller Müdigkeit das Gespräch mit Maddie. Ich klopfte leise an und öffnete die Tür. Mit einem schuldbewusst wirkenden Lächeln im Gesicht legte sie ihr Grafik-Tablet beiseite.

„Bist du wütend auf mich wegen dem, was ich gesagt habe?“, fragte sie, ohne mir in die Augen zu sehen.

„Ich bin nicht wütend.“ Ich schaltete das Tablet aus, legte es auf den Nachttisch und setzte mich auf die Bettkante. „Es ist dein gutes Recht, über deine Mutter zu sprechen. Und es war nicht in Ordnung von Elliot, dass er gesagt hat, ich wäre nicht deine richtige Mama. Du warst wütend deswegen, das verstehe ich.“

Maddie biss auf ihre Unterlippe.

„Sie ist immer noch deine Mutter", fuhr ich sanft fort. „Sie wird immer deine Mutter sein. Und weißt du was? Ich bin ihr dankbar dafür."

„Wirklich?" Maddie schien erstaunt.

„Wirklich." Ich nickte. „Denn ohne sie hätte ich dich heute nicht."

„Hm." Maddie blickte nachdenklich drein. Offenbar hatte sie das Ganze so noch nie gesehen. „Glaubst du, dass sie mich lieb gehabt hat?"

Mein Herz zog sich zusammen. „Was ist das denn für eine Frage, Maddie? Natürlich hat sie dich lieb gehabt." Ich schob sie ein wenig zur Seite, setzte mich neben sie und legte den Arm um ihre Schulter. „Mehr als alles andere auf der Welt."

Ich wusste nicht, ob das der Wahrheit entsprach. Leonard hatte mir gegenüber nie viel über seine Ex-Frau gesprochen, jedoch ab und zu mal geäußert, dass sie Maddie gegenüber eher distanziert und sehr penibel gewesen war. Dass sie ihre Tochter wie eine kleine Puppe behandelt hatte, die man hübsch anziehen und überall vorzeigen konnte. Doch Maddie gegenüber hatten wir nie ein schlechtes Wort über ihre Mutter verloren.

Sie kuschelte sich an mich.

„Mama?", fragte sie leise. „Ist es in Ordnung, wenn ... wenn ich sie auch lieb habe?"

Ich schluckte.

„Schatz, natürlich ist das in Ordnung. Du wirst sie immer lieb haben."

„Ich kann euch beide lieb haben?", fragte sie, als wäre das eigentlich nicht möglich.

„Absolut. Du kannst sie lieb haben, mich und deinen Dad, deine beiden Babyschwestern, Jackson, Elliot ..."

„Bei Elliot muss ich mir das noch mal überlegen", grinste sie.

Lachend und erleichtert zog ich sie an mich, spürte ihre langen dunklen Haare, die mein Gesicht kitzelten und sog ihren Duft nach Kindershampoo und Kinderzahnpasta auf. Plötzlich waren das Chaos, der Streit mit Leonard und der Ort, an dem wir uns befanden egal. Es gab nur noch uns.

Ehe ich mich versah, war ich in Maddies Bett tief und fest eingeschlafen.

Kapitel 10

Weihnachten rückt näher

„Es waren tolle drei Tage. Ich danke dir für alles!"

Ich hoffte wirklich, dass William meinen Worten entnehmen konnte, wie ernst ich sie meinte, als ich ihn umarmte und ein wenig länger festhielt als gewöhnlich. Er war dünn geworden. Die dunkelbraune Jacke, die er trug und vorigen Winter noch ausgefüllt hatte, schlackerte nun recht lose um seinen Oberkörper herum. Es wunderte mich, dass mir das nicht schon früher aufgefallen war. Dass es selbst Leonard entgangen war.

„Es freut mich, dass ich helfen konnte." William tätschelte mir die Schulter, bevor er sich ausgiebig von jedem seiner fünf Enkelkinder verabschiedete. Es war offensichtlich, wie schwer ihm dieser Abschied fiel, auch wenn er mehr schlecht als recht versuchte, dies zu überspielen. So oft wie früher würde er sie wahrscheinlich nie wieder sehen – außerdem wurde er immer älter, erfreute sich nicht gerade bester Gesundheit und war wahrscheinlich ziemlich einsam. Das schlechte Gewissen, ihn im Stich gelassen zu haben, stieg wie eine unterschwellige Übelkeit in mir auf.

„Mach's gut, Mina, pass auf deine Schwester auf", verlangte er mit gespielter Ernsthaftigkeit, nur um daraufhin dasselbe von Ella zu verlangen. Glucksend streckten die Zwillinge ihre kleinen Ärmchen nach ihm aus und strampelten so sehr mit den Beinen, dass die Babyschaukeln, in denen sie saßen, leicht vor- und zurückwippten.

„Gut." William richtete sich abrupt auf und setzte einen geschäftigen Gesichtsausdruck auf. „Dann mache ich mich mal auf den Weg. Wir sehen uns."

„Wir sehen uns", wiederholte ich flapsig, obwohl mein Herz mit jedem Schlag schwerer wurde. „Und danke für die Adventskalender!"

Die hatten mir das Leben oder zumindest den Dezember gerettet, denn tatsächlich hatte ich in all dem Umzugs- und Renovierungsstress zum ersten Mal seit meinem Dasein als Mutter vergessen, Adventskalender vorzubereiten. Was hatte ich immer an Geld und Mühe in die liebevolle Herrichtung hübscher Tütchen investiert, in denen sich neben sehr wenig Süßigkeiten liebevoll zusammengestellte kleine Geschenke vom Holzjojo über kleine Kaleidoskope, Tierfiguren und Spielzeugautos bis hin zu bunten Badebomben befanden. Die Adventskalender, die nun an der Wand hingen, waren, wenn ich ehrlich war, ein Witz gegen die der vorigen Jahre: ein buntes, kitschiges Weihnachtsmotiv neben dem anderen, hinter dem sich vierundzwanzig kleine Stücke Billigschokolade befanden. Kein winziges Buch, keine kleine Schneekugel, kein Kinderarmband, keine immer größer werdenden, optisch ansprechenden Papiertüten mit Goldzahlen darauf, die an Wimpelketten durch das ganze Wohnzimmer führten.

Und doch war es so viel mehr als *nichts* in diesem Moment. Es war die bloße Erleichterung darüber, dass William im Gegensatz zu mir daran gedacht hatte. Es war das Leuchten der Kinderaugen an diesem Morgen, an dem sie das erste Türchen hatten öffnen dürfen und die in Schokolade gestanzten Motive miteinander verglichen hatten. Aber es war auch eine bildhafte Erinnerung daran, dass ich nicht mehr die Josephin war, die ich einst gewesen war. Dass ich mal besser gewesen war als jetzt. Wesentlich besser.

Obwohl nun offiziell der Monat Dezember begonnen hatte, hielt meine Vorfreude auf Weihnachten sich in Grenzen. Dabei liebte ich das Fest. Von allen war es das, was mir die meiste Freude bereitete. Nun fühlte es sich, abgesehen vom Schnee und der Weihnachtsdekoration, die die Nachbarn an ihren Häusern angebracht hatten an, wie ein einfacher Tag mitten im September oder Oktober. Die Vorstellung, dass wir in guten drei Wochen unter dem Weihnachtsbaum sitzen und Geschenke auspacken würden, erschien mir geradezu absurd. Bisher hatte ich zudem nicht ein einziges besorgt. Sofort stieg mein Puls. Es fühlte sich an, als würde sich der Stress wellenartig über mich ergießen. Was wünschten die Kinder sich eigentlich? Würde ich alles überhaupt noch rechtzeitig bekommen? Sollte ich die Dinge online bestellen oder lieber in ein Geschäft fahren?

Obwohl es Samstag war, musste Leonard arbeiten. Davon, dass er in seinem neuen Job mehr Zeit für die Familie haben würde, hatte bisher niemand von uns etwas gemerkt. Selbst William hatte seinen Sohn in den drei Tagen, in denen er bei uns gewesen war, kaum gesehen. Leonard hatte das Ganze nur damit abgetan, dass er nicht schon in der ersten Woche kürzertreten und sein Team sich selbst überlassen konnte. Das musste sich einspielen, hatte er lässig erklärt, und ich hatte mich gefragt, wann sich der Rest einspielen würde. Vielleicht nie?

„Wir schreiben jetzt Wunschzettel!", verkündete ich spontan, wenige Minuten nachdem wir Williams Wagen hinterhergewunken hatten, bis er am Horizont verschwunden war. Ich grub einen Packen Druckerpapier und eine Box mit Stiften aus und stellte alles auf den großen Esstisch. „Damit der Weihnachtsmann weiß, was er euch unter den Baum legen soll."

„Kekse!", jubelte Jackson.

„Okay, Jackson wünscht sich also Kekse", erklärte ich.

Maddie und Elliot kicherten und machten sich mit viel Engagement daran, ihre Wunschzettel zu formulieren. Eine Weile lang war es ganz still. Nur hin und wieder fragte mich eines der Kinder, wie man dies oder das buchstabierte. Jackson kritzelte mit einem dicken schwarzen Wachsmalstift auf einem Zettel nach dem anderen herum, während er die Zunge angestrengt herausstreckte, und die Zwillinge saßen immer noch in ihren Schaukeln und erfreuten sich ihres Lebens. Sanfter Schnee fiel und die Heizung strahlte eine angenehme, schwere Wärme aus. Einen Moment lang war alles gut. Ich beobachtete meine Kinder und fragte mich, wie ich sie alle verdient hatte, diese fünf kleinen, perfekten Personen. Maddie spürte meinen Blick auf ihrem Gesicht.

„Alles gut, Mama?", erkundigte sie sich.

„Mir geht es gut", antwortete ich sanft und meinte es zum ersten Mal seit einer ganzen Weile tatsächlich so.

„Magst du Oldmallow?", fragte sie weiter, während sie um den Fußball, den sie gezeichnet hatte, eine ganze Menge kleiner Sterne malte.

„Magst *du* denn Oldmallow?", wich ich aus.

Maddie zuckte die Achseln, bevor sie ihren gelben Stift gegen einen roten austauschte.

„Es ist ganz in Ordnung", erklärte sie dann gnädig.

Wir waren gerade mit dem Malen und Schreiben der Wunschzettel fertig, als zu unserer aller Überraschung der Schlüssel im Schloss umgedreht und die Haustür geöffnet wurde.

„Dad!", rief Maddie aus und sprang Leonard mit Anlauf in die Arme.

„Schon zu Hause?" Ich blickte vom Tisch auf, von dem ich gerade die Reste des schwarzen Wachsmalstiftes kratzte.

„Soll ich wieder gehen?", scherzte Leonard und hängte seine Jacke an die Garderobe.

„Nein." Ich ging zu ihm und gab ihm einen Kuss.

Jackson drängte sich eifersüchtig zwischen uns. Leonard nahm ihn auf den Arm.

„Wollen wir einen Spaziergang durch Oldmallow machen?", schlug er vor. „Ich habe vom Wagen aus ein paar richtig toll geschmückte Häuser gesehen."

„Können wir unseres auch schmücken?", fragte Elliot aufgeregt.

„Wieso nicht?" Leonard wuschelte ihm durch die Haare. „Erst der Spaziergang, dann wird das Haus geschmückt und danach ein heißer Kakao mit ..."

„Kekse!", brüllte Jackson.

„Genau." Leonard nickte und nahm die Jacke, die er gerade aufgehängt hatte, wieder von der Garderobe. „Na, dann zieht euch mal warm an."

Leonard hatte recht gehabt. Die Weihnachtsdekoration, die ich in den letzten Tagen nur nebenbei wahrgenommen hatte, war auffallend viel und groß. Es machte fast den Eindruck, als würde das winzige Dorf durch die übertrieben vielen Lichter größer wirken wollen. Jackson stapfte in seinem Schneeanzug vor uns her, die Babys waren warm eingepackt im Tragetuch und Maddie und Elliot liefen neben uns, während sie Leonard fröhlich erzählten, was sie auf ihre Wunschzettel geschrieben und gemalt hatten.

Beccas Haus war in einem geschmackvollen Rot dekoriert und im Vorgarten standen unzählige mannshohe Zuckerstangen, um die sie blinkende Lichterketten gewickelt hatte. Als hätte sie auf uns gewartet, riss sie die Haustür auf und kam, nur in einen Bademantel gehüllt, vor das Haus.

„Hallo, Nachbarn!", begrüßte sie uns lautstark.

„Hallo, Nachbarin", grüßte Leonard zurück.

„Ganz schön viel Arbeit." Becca fuhr sich mit dem Ärmel ihres Bademantels über die erhitzt aussehende Stirn. „Ich musste erst mal duschen, hab geschwitzt wie ein Schwein. Wann fangt ihr an?" Sie hatte es freundlich ausgesprochen und doch kam es mir so vor, als würde ein leiser Vorwurf mitschwingen. Ein wenig konnte ich sie verstehen. Im Gegensatz zum Rest Oldmallows sah unser neues Haus nun einmal kein bisschen festlich, sondern eher trostlos aus. Nicht einmal ein weihnachtlicher Kranz hing an der Tür. Die

Weihnachtskisten waren beim Einzug mitsamt der Sommersachen und anderem Kram, den man nicht das ganze Jahr über brauchte, im Keller gelandet. Dort lagen sie nun unter Schwimmflügeln, ausrangierter Kleidung und Spielzeug, für das Jackson schon zu groß und die Zwillinge noch zu klein waren, und wartete auf ihren Einsatz.

„Wir wollten tatsächlich heute anfangen", erklärte Leonard, dem der verborgene Vorwurf wohl auch aufgefallen war. „Direkt nach diesem Spaziergang. Ich bin extra heute früher von der Arbeit gekommen." Es klang fast entschuldigend. Absolut verständlich – Becca hatte etwas Einschüchterndes an sich.

„Das lob ich mir." Sie nickte gönnerhaft. „Macht euch aber keinen Kopf, ihr werdet natürlich Hilfe bekommen."

Ich sah sie fragend an.

„Ihr glaubt doch wohl nicht etwa, dass wir eine junge Familie mit fünf Kindern, die gerade erst hierher gezogen ist und genug um die Ohren hat, allein ihr Haus schmücken lassen?" Becca schnalzte mit der Zunge. „Da kennt ihr Oldmallow aber schlecht. In zwei Stunden bei euch am Haus. Setz Kaffee auf, Liebes." Es klang wie ein Befehl. Ein freundlicher Befehl, aber dennoch. Ich rang noch mit mir, ihr freundlich abzusagen, da es mir unangenehm war, die Hilfe Fremder anzunehmen (schließlich kamen wir bestens klar und hatten das gar nicht nötig), als Leonard mir zuvorkam.

„Das klingt super. Danke, Becca. Dann bis gleich", verabschiedete er sich und fügte, mit Blick auf mein erstauntes Gesicht, beim Weitergehen hinzu: „Ist doch toll. Da lernen wir gleich noch ein paar neue Nachbarn kennen und müssen nicht alles alleine machen."

Ich war nicht gerade erpicht darauf, unsere neuen Nachbarn in unserem immer noch recht chaotischen Haus mit Kaffee und Kuchen zu bewirten, während sie mir Hilfe darboten, um die ich nicht gebeten hatte. Im selben Moment fühlte ich mich undankbar. Ich schluckte meinen Ärger herunter und versuchte ein Lächeln aufzusetzen, während ich in Gedanken durch das Haus lief und grob aufräumte, sodass man Besuch einlassen konnte, ohne sich schämen zu müssen. Eine Waschmaschine musste ich unbedingt noch anstellen, der Wäschekorb im Badezimmer quoll wieder mal über. Und das Fenster im Wohnzimmer, auf dem Jackson vorhin seine Handabdrücke verteilt hatte, musste ich dringend einmal putzen.

Wir kamen am Haus von Eddi und Naomi vorbei, die ebenfalls damit beschäftigt waren, die größtenteils bereits fertige Weihnachtsdekoration noch aufzuwerten. Obwohl alles bereits sehr prunkvoll, blinkend und auffällig war, schien es noch mehr werden zu sollen. Ein hochgewachsener Junge mit leichtem Bartwuchs und einem hübschen Gesicht wickelte unter Naomis strengem Blick eine Lichterkette um eine lebensgroße Rentierfigur. Das musste Joe sein, der älteste Sohn der beiden.

„Hallo, Nachbarn!", rief Naomi munter. Zu ihren Füßen wälzten sich ihre beiden komplett ineinander verwickelten, Schneeanzug tragenden Kleinkinder im Schnee, die gerade offensichtlich einen Ringkampf austrugen. Ein Teenagermädchen mit einer auffallend neonpinken Mütze zog einen kleinen Jungen auf einem

Schlitten durch den Vorgarten während die drei anderen Kinder unter lautem Johlen eine Schneeballschlacht austrugen.

„Hallo!", riefen Leonard und ich synchron, unsicher, ob man uns über den Lärm hinweg überhaupt zu hören vermochte.

Naomi machte einen großen Schritt über die kämpfenden Jungs hinweg, warf ihrem Ältesten einen letzten prüfenden Blick zu und eilte dann lächelnd zu uns. Ihr Mann folgte ihr mit tief in den Jackentaschen versenkten Händen und – wie immer – schweigend.

„Na, ihr Lieben", begrüßte Naomi uns munter. Ihre Wangen waren ganz rosig – ob von der Kälte oder vom Stress, war schwer zu sagen. Acht Kinder waren schon eine echte Hausnummer. „Habt ihr schon geschmückt?"

„Nein, aber Becca hat sich schon eingeladen, um das zu übernehmen", antwortete Leonard.

„Verstehe." Naomi grinste. „Dann werden wir gleich wohl von ihr rekrutiert, nicht wahr, Eddi?"

Eddi grunzte zustimmend. Es war schwer zu erkennen, ob er glücklich, müde, genervt oder überhaupt irgendetwas war. Er sah einfach ziemlich neutral aus.

„Parker, wenn du deinen Bruder noch ein einziges Mal beißt, dann schwöre ich bei Gott ...", setzte Naomi mit erhobener Stimme an.

„Naomi Walker, wage es nicht, den Namen des Herrn in den Schmutz zu ziehen!", wurde sie von einer glockenhellen Frauenstimme unterbrochen.

Naomi verdrehte die Augen.

Vom Nachbargrundstück näherte sich uns nun eine ziemlich kleine Frau, die einen übergroßen

Wintermantel trug, der beinahe bis zum Boden reichte. Die riesige Kapuze offenbarte nur wenig von ihrem Gesicht und unter dem Mantel lugten schmutzige Gummistiefel hervor. So gesehen bestand die komplette Frau nur aus Mantel. Mit erhobenem Zeigefinger näherte sie sich Naomi und schnalzte mit der Zunge, bevor sie sich uns zuwandte.

„Ihr müsst die neuen Nachbarn sein. Ich bin Claire", stellte sie sich vor. Zwischen den Fransen der Kapuze und einem dicken roten Schal, den sie über Nase und Mund gezogen hatte, erkannte ich eine beschlagene Brille. Sie streckte mir ihre behandschuhte Hand entgegen.

„Ich bin Jo." Ich schüttelte den Handschuh. „Das sind mein Mann Leonard und unsere Kinder Maddie, Elliot, Jackson, Ella und Mina."

„Gott hat euch viele Kinder geschenkt", stellte sie fest.

„Ähm ... ja", nickte ich.

„Sehe ich euch am Sonntag beim Gottesdienst?" Es klang nicht wirklich wie eine Frage, sondern vielmehr wie ein Befehl.

„Ich ... werde mal im Terminkalender nachsehen", wich ich aus. Wir waren nicht gerade das, was man eine super gläubige Familie nennen konnte.

„Was ist ein Gottesdienst?", erkundigte Maddie sich und zog die Nase kraus.

„Da singt man und vorn steht einer, der komisches Zeug erzählt", antwortete Elliot ernst. „Hat Malcolm mir mal erzählt. Der muss da ganz oft mit seiner Großmutter hin. Aber manchmal gibt es dort Esspapier!"

Eine unangenehme Stille trat ein.

Ein Schneeball traf Jackson im Gesicht und er begann unmittelbar vor Schreck zu weinen. Während Leonard ihn auf den Arm nahm, seine Augen vom Schnee befreite und ihn tröstete, wirbelte Naomi mit zu schmalen Schlitzen verengten Augen und in die Hüften gestemmten Händen zu ihren Kindern herum.

„Wer von euch war das?", donnerte sie los. „Jimmy?!"

„Alles gut, es sind doch Kinder", beschwichtigte ich schnell.

„Trotzdem." Naomi wandte sich uns wieder zu und seufzte. „Diese Kinder sind heute so anstrengend, ich schwöre bei …"

Claire sog lautstark Luft durch die Nase.

„Beim Teufel?", bot Naomi mit einem fiesen Grinsen im Gesicht an.

„Wir gehen dann mal weiter." Leonard nickte allen freundlich zu. „Wir sehen uns ja dann wahrscheinlich später."

„Jep", nickte Eddi.

„Ja, wir schmücken deren Haus", erklärte Naomi Claire und nickte verschwörerisch in Richtung Beccas Heim. „Rate, wer das Ganze anleitet."

Wir setzten unseren Spaziergang fort. Die Luft war so kalt, dass jeder Atemzug mich mit bloßer Kälte erfüllte. Doch trotz der bevorstehenden weißen Weihnacht und all der ausartenden Dekoration wollte noch immer keine Weihnachtsstimmung in mir aufkommen. Letztes Jahr um diese Zeit hatte ich mit Elliot und Maddie schwanger Plätzchen gebacken, während Jackson zufrieden in seinem Hochstuhl gesessen hatte und Jingle Bells durch das bereits geschmückte Haus gedudelt war.

„Ich will nach Hause“, beschwerte Maddie sich keine fünf Minuten später. „Meine Füße sind eingefroren.“

„Und mir ist kalt“, fiel Elliot mit ein.

Jackson jammerte auf Leonards Arm immer noch. Sein Gesicht war knallrot. Leonard und ich tauschten einen Blick miteinander. Ich nickte schweigend. Mir war es ganz recht, dass wir den Spaziergang abkürzten. Abgesehen davon, dass ich ebenfalls fror, wollte ich unbedingt noch für etwas Ordnung sorgen, bevor unsere neuen, übermotivierten Nachbarn bei uns aufkreuzten.

Zu Hause angekommen, schloss ich die Haustür auf, klopfte den Schnee von meinen Schuhen und betrat als Erste das Haus. Sofort war meine Stimmung auf dem Gefrierpunkt. Hatten William und ich hier nicht gerade noch einen doppelten Frühjahrsputz gemacht? In meinen Augen sah es plötzlich aus, als wäre das ganze Aufräumen und Saubermachen nie passiert. Es war schmutzig, unordentlich und alles andere als einladend – für mich nicht und sicher auch für niemand anderen. Ich sah sie förmlich vor mir, die schweigend herumgleitenden Blicke der Nachbarn, die Verurteilung in ihren Augen, den Ekel.

„Na, das ist ja super!“, schimpfte ich viel zu laut, hängte meinen Mantel an die Garderobe und begann ziellos, Dinge vom Boden aufzuklauben, während die Zwillinge ungerührt weiterschliefen. An Lärm und viel Bewegung waren sie mehr als gewöhnt.

„Hier ist jetzt Aufräumen angesagt!“, fuhr ich meine Familie an.

Leonard schien irritiert. Er half Jackson aus der Jacke und zog ihm die Mütze vom Kopf.

„Warum machst du denn jetzt so einen Aufriss?", fragte er stirnrunzelnd.

„So einen Aufriss?" Ich warf die Arme in die Luft und schenkte ihm einen bitterbösen Blick. „Hast du dich hier mal umgesehen? Hier sieht es katastrophal aus!"

„Ja, Josephin – weil wir gerade erst eingezogen sind und fünf Kinder haben."

„Na und? Das ist noch lange kein Grund für so was!" Anklagend zog ich eine leere Chipstüte aus der Sofaritze, hob eine volle Windel vom Boden auf und stapfte voller Zorn zum Mülleimer, um beides dort hineinzustopfen. Dann schnappte ich mir einen Spüllappen, wischte voller Eile die Arbeitsfläche der Küche ab, warf viel zu grob ein paar schmutzige Teller in die Spülmaschine und schnappte mir den Staubsauger. Maddie, Elliot und sogar Jackson hatten sich angesichts meiner Laune verdünnisiert, wie ich mit grimmiger Zufriedenheit feststellte.

Auch Leonard sah mich an, als hätte ich den Verstand verloren. Mir war durchaus klar, dass ich wie eine wilde Furie wirken musste, doch ich konnte nicht aufhören. Die Wut, die sich in mir angestaut hatte, entlud sich nun unaufhörlich. Es fühlte sich an, als würde es mich zerreißen und die einzige Möglichkeit, dieses Gefühl irgendwie auszuhalten war, die dadurch aufkommende Energie zu nutzen, um das, was mich sowieso schon aufregte, zu bekämpfen. Es war, als würde ich das Chaos in meinem Inneren nur beseitigen können, wenn ich jenes, das mich umgab, beseitigte.

Mit dem Staubsauger bewaffnet, eilte ich nun von Raum zu Raum, saugte jede Ecke und jeden Teppich penibel ab und räumte währenddessen noch alles

Mögliche auf. Die Schuhe, die im Flur kreuz und quer durcheinanderflogen, schob ich unsanft mit dem Fuß in eine halbwegs ordentliche Reihe an die Wand. Die unzähligen Spielsachen, die überall herumlagen, hob ich auf und schleuderte sie in die Spielzeugkiste, die ich vor mir her trat. Den Spiegel im Flur, den William mir aufgehängt hatte, befreite ich beim Vorbeigehen mit meinem Ärmel notdürftig von kleinen, schmierigen Hand- und Mundabdrücken. Ich stellte eine Maschine Wäsche an, schob den Laufstall an einen anderen Platz und sortierte die darin liegenden Babyspielzeuge. Als ich fertig war, rann mir der Schweiß von der Stirn. Ungeduldig räumte ich den Staubsauger weg und warf Leonard, der mich nach wie vor ansah, als würde er sich fragen, was hier gerade geschah, einen bitterbösen Blick zu. Er hatte sich nicht einmal von der Stelle gerührt.

„Stehst du nur da oder machst du auch irgendwas?", raunzte ich ihn an.

Leonard sah mir eine gefühlte Ewigkeit lang stillschweigend in die Augen.

„Du verwandelst dich allmählich zurück in dein altes Ich", sagte er dann mit einem besorgt klingenden Unterton in der Stimme.

Ich lachte unfroh. „Das wäre fantastisch."

„Dein altes Ich war unerträglich", entgegnete Leonard mit einem entschiedenen Kopfschütteln.

„Du hast dich in mein altes Ich verliebt!", erinnerte ich ihn zornig.

„Nein, Josephin." Leonard legte den Kopf leicht schief. „Ich habe mich in dein *wahres* Ich verliebt. Nicht in deinen Ordnungssinn, deinen Perfektionismus oder deine

Panik davor, dass Elliot stürzen, krank werden oder sich am Essen verschlucken könnte. Ich habe mich in die Josephin verliebt, die mich mit dummen Sprüchen aufgezogen hat. Die Maddie ins Herz geschlossen und mich zurück auf den Boden der Tatsachen geholt hat.“

Plötzlich war mir nach Weinen zumute. Wie nach einer Ohnmacht sah ich mich im Haus um, betrachtete die eilig sauber geschrubbten Oberflächen, den staubfreien Boden und die gänzlich spielzeugbefreiten Räume, als es just an der Tür klingelte.

Kapitel 11

Viele Hände, schnelles Ende

Der Anblick eines überdimensional großen Plastik-Schneemanns mit grenzdebilem Lächeln im Gesicht ließ mich zusammenfahren, als ich die Haustür öffnete.

„Der stand noch bei mir in der Garage", drang Beccas Stimme gedämpft und ein wenig atemlos zu mir durch. „Hat meinem Chester gehört. Gott habe ihn selig."

„Gott habe ihn selig", wiederholte eine weitere Stimme mit einem beschwörend klingenden Unterton, die ich glaubte als Claires identifizieren zu können.

„Gott tut das auch ohne deine Erlaubnis, Claire", hörte ich nun auch Naomi und es klang ganz so, als würde sie die Augen verdrehen. „Du bist nicht seine Assistentin."

Ich konnte immer noch nichts sehen, außer diesem riesigen, gruseligen Schneemann.

„Wo ... soll ich den hinstellen?", keuchte Becca.

Auf die gegenüberliegende Straßenseite, mit dem Gesicht in die andere Richtung blickend?

„Ähm ... wo du magst", antwortete ich stattdessen vage. „Er wird sicher überall gut aussehen."

„Das stimmt wohl." Becca nahm grunzend ihre ganze Kraft zusammen. Der Schneemann ruckelte zur Seite und endlich konnte ich auch Claire, Naomi und – ach, du meine Güte -all die anderen sehen. Einen Moment lang wünschte ich mir fast den Anblick vom Schneemann des Grauens zurück, denn so, wie es aussah, hatte Becca nicht nur die engste Nachbarschaft, sondern beinahe ganz Oldmallow dazu angehalten, unser Haus auf den neusten, vorweihnachtlichen Stand zu bringen. Wie in einem schlechten Film standen unzählige Menschen in einer langen Reihe, deren Kopf Becca und ihr Schneemann gewesen waren, vor unserer Haustür. Die meisten von ihnen hatte ich noch nie gesehen. Unangenehm berührt tätschelte ich die Rücken der Babys, die immer noch im Tragetuch an meiner Brust schliefen und auch meinen Aufräummarathon gänzlich verschlafen hatten. Zu meiner Erleichterung erschien endlich Leonard an meiner Seite, den wild strampelnden Jackson unter den Arm geklemmt, der es wieder einmal geschafft hatte, sich seiner Hose zu entledigen. Beim Pullover hatte er immerhin nur einen Arm befreit. Leonard klappte, ebenso wie mir, die Kinnlade herunter, aber er brauchte wesentlich weniger Zeit, um sich wieder zu sammeln.

„Man kann in Oldmallow zu Hause sein, aber auch ganz Oldmallow zu Hause zu Gast haben", raunte er mir verschwörerisch zu, bevor er einmal freundlich in die Runde nickte. „Wow, hallo!"

„Hallo", antwortete die ganze Gruppe fast synchron.

Selbst Jackson vergaß den Kampf gegen seine Kleidung und musterte die vielen Menschen fragend. Als sein Blick an Beccas Schneemann hängenblieb, zuckte er zusammen und klammerte sich Schutz suchend an Leonards Hals.

„Keine Sorge, Kleiner, ich nehme ihn nicht mit, ich stelle ihn bloß ab", deutete Becca Jacksons Emotion völlig falsch, nahm einen Schritt Abstand zum Schneemann und nickte stolz. „Der bleibt bei euch! Das ist jetzt eurer!"

„Der sieht aus, als dürfte man ihn nicht nach Mitternacht füttern", flüsterte Leonard an Jacksons Kopf vorbei und ich musste ein nervöses Kichern unterdrücken. Ich war ihm dankbar, dass er meinen Ausbruch von vorhin nicht mehr erwähnte.

Becca, trotz der eisigen Kälte und des Schnees tiefrot im Gesicht und offensichtlich schwitzend, kehrte zurück an den Kopf der Schlange, wandte uns den Rücken zu und stemmte die Hände in die Hüften.

„Liebe Oldmallowianer!" Sie drehte sich noch einmal kurz zu uns um, zwinkerte uns zu und erklärte, dass es sich um einen Insiderwitz handelte, den jeder verstand, der erst einmal richtig hier lebte. „Wir werden jetzt dafür sorgen, dass dieses Haus ...", sie machte eine weit ausholende Bewegung, die unser gesamtes Grundstück umfasste, „... so wunderbar weihnachtlich aussieht, dass man es selbst vom Weltraum aus sehen kann. Einer für alle, alle für einen!"

Kaum hatte sie ihre musketiermäßige Ansprache beendet, wandten sich alle ab und begannen sofort geschäftig damit, irgendetwas zu tun. Es war ein ziemlich schräger Anblick. Leonard und ich tauschten sprachlos einen Blick miteinander. Zwischen uns erschienen nun Maddie und Elliot, die das Geschehen ebenfalls mit verdutzten Gesichtern verfolgten.

Es geschah so viel auf einmal, dass unser Vorgarten mit einem Mal einem winterlichen Wimmelbuch gleichkam. Ein niedliches älteres Ehepaar umwickelte unseren Zaun, den William gerade noch repariert hatte, mit Lichterketten, während Naomis Kinder Beccas Schneemann mit Schneebällen abwarfen. Joe, Eddi und ein anderer Mann, der eine knallrote Nase hatte und eine Nikolausmütze trug, bauten unter Naomis strengem Blick einen übergroßen Schlitten zusammen. Auch Logan und Mandy, das sympathische Vater-Tochter-Duo vom Café waren erschienen, um uns zu unterstützen. Mandy trug eine Mütze mit Katzenohren und eine neongelbe Jacke. Auf die Augenlider hatte sie pinkfarbenen Lidschatten aufgetragen, den man aus mehreren Metern Entfernung noch erkennen konnte. Als Joes und ihr Blick sich trafen, kicherte sie verhalten.

Der alte Baum im Vorgarten wurde mit Lichterketten geschmückt, jemand trug eine Leiter herbei und machte sich am Dach zu schaffen und Claire überreichte uns feierlich eine selbstgebastelt aussehende Krippe voller winziger Figuren. Plötzlich hing ein herrlicher, rot-grüner Türkranz an unserer Haustür, eine lebensgroße Weihnachtsmannfigur kletterte an der Fassade empor und eine Girlande aus Tannengrün wertete die heruntergekommene Veranda auf.

Erst als eines der Babys aufwachte und im Tragetuch hin- und her zappelte, fiel der tranceartige Zustand von mir ab, mit dem ich das Geschehen verfolgt hatte. Auch Leonard regte sich endlich. Mit einer einzigen geschmeidigen Bewegung zog er Jackson seinen Pullover wieder an, stellte ihn zwischen Elliot und Maddie und kam zwei jungen Männern zur Hilfe, die sechs erstaunlich große Rentiere aus Holz vor den Schlitten spannten, den Eddi vorhin aufgebaut hatte.

„Jo und ich gehen Kaffee kochen", verkündete Naomi, die wie aus dem Nichts vor mir auftauchte, mir eine Hand auf den Rücken legte und mit mir ins warme Haus zurückkehrte. Dann wandte sie sich an Elliot und Maddie. „Und ihr zieht euch etwas Warmes an und geht raus zu den anderen Kindern." In ihrer Stimme lag etwas derart Resolutes, dass beide sofort parierten. „Und ihm …", sie deutete auf Jackson, „… zieht ihr erst mal eine Hose an, dann Jacke, Mütze und Schal, damit er mit euch raus kann."

„Kekse!", entgegnete Jackson.

„Anziehen!", befahl Naomi.

Jackson stampfte mit dem Fuß auf. Naomi tat es ihm nach. Ich öffnete den Mund, um etwas zu sagen, doch plötzlich lief Jackson los, kam mit seiner Hose in der Hand zurück und reichte sie Maddie. Wie ein kleiner Engel ließ er sich von seiner Schwester anziehen, warf Naomi einen letzten prüfenden Blick zu und verließ mit seinen beiden großen Geschwistern das Haus.

„Passt auf ihn auf", brachte ich gerade noch so hervor.

„Da draußen sind ungefähr hundert Leute", beruhigte Naomi mich trocken. „Er wird schon klarkommen."

Ich war mir unsicher, ob ich beeindruckt oder beleidigt sein sollte – weil sie so streng mit meinen Kindern gesprochen hatte und weil diese auch noch darauf reagiert hatten. Also sagte ich einfach gar nichts.

„Entschuldige bitte das Chaos, wir haben die Handwerker im Haus", sagte ich, als hätte ich nicht vor einer halben Stunde noch kopflos einen Frühjahrsputz ohnegleichen hingelegt.

„Ich sehe kein Chaos." Naomi zuckte gleichgültig die Achseln und folgte mir in die Küche, wo ich die

Kaffeemaschine anschaltete und die Babys aus dem Tragetuch holte. Wie selbstverständlich streckte sie mir die Arme entgegen, also reichte ich ihr Ella, um die hungriger wirkende Mina zuerst zu versorgen. Gekonnt legte Naomi sich Ella im Fliegergriff auf den linken Arm und suchte Milch, Zucker und Tassen zusammen, während ich Mina stillte.

„Danke", sagte ich leise.

„Nicht der Rede wert."

„Doch. Das ist … ziemlich nett." Ich schluckte. „Die Weihnachtsstimmung ist dieses Jahr irgendwie an uns vorübergezogen. Bis auf ein paar billige Adventskalender von meinem Schwiegervater sieht hier noch gar nichts danach aus. Deshalb … danke."

Naomi nickte knapp, stellte zwei große Tassen unter den Vollautomaten und füllte nach und nach Kaffee in all die Tassen, die wir hatten. Das würde bei Weitem nicht für alle reichen, sodass ich innerlich hoffte, dass nicht allzu viele Menschen da draußen Kaffee mochten. Sprudelwasser war noch da, und wenn die Kinder etwas übrig gelassen hatten, etwa ein halber Liter Orangensaft. Damit konnte man nicht ansatzweise den Durst von hundert Menschen löschen.

„Die anderen müssen eben warten", erklärte Naomi, als hätte sie meine Gedanken gehört und brachte das rotierende Gedankenkarussell zum Anhalten. „Wenn die Tassen leer sind, spülen wir sie und machen neuen Kaffee. Ganz einfach."

Ich warf einen Blick aus dem Küchenfenster. Jackson saß neben Leonard auf dem Boden und aß Schnee, während Elliot und Maddie sich zu den Kindern gesellt hatten und sich an einer wilden Schneeballschlacht beteiligten. Inzwischen waren es weitaus mehr Kinder als unsere und die von Naomi und Eddi. Ich legte mir die inzwischen satte Mina an die Schulter und klopfte ihr sanft den Rücken.

„Tauschen?", fragte Naomi.

Ich nickte und nahm Ella an mich.

Naomi legte sich Mina in den Arm und betrachtete sie lächelnd. „Wenn ich die beiden so sehe, könnte ich glatt noch eins bekommen", murmelte sie. „Und dann fällt mir ein, dass viel zu schnell *so was* daraus wird ..." Sie wies Richtung Fenster. „Schreiende, sich prügelnde, immerzu streitende Kleinkinder. Ernsthaft, zwei von denen haben sich gestern bis aufs Blut bekriegt, weil der eine beim Autofahren aus dem Fenster des anderen gesehen hat." Naomi lachte unfroh. „Dann, wenn man denkt, es wird leichter, werden sie zu klugscheißerischen Grundschülern, die dir die Welt erklären wollen, obwohl sie sich gerade mal ihren eigenen Hintern abwischen können. Und schließlich – die Endstufe – Teenager, die wie eine ganze Football-Umkleidekabine riechen und dich nur noch *Alter* nennen." Sie rümpfte die Nase. „Aber weißt du, wie man all diese anstrengenden Phasen aushält?"

Ich schüttelte den Kopf.

„Mit Liebe, Jo."

„Oh."

„Ich mach' nur Spaß." Naomi lachte rau und stellte die letzten beiden vollen Tassen neben die Kaffeemaschine. „Mit Schokolade. Und tief durchatmen – *sehr viel* tief durchatmen. Und Alkohol ... manchmal hilft nur das."

Nun musste ich lachen. Naomi war wirklich eine Nummer für sich.

Als Ella fertig getrunken hatte, zog ich den Mädchen ihre dicken Fleeceanzüge an, legte sie in den Zwillingskinderwagen und schob sie mit nach draußen, wo wir zunächst so viele Menschen mit Kaffee versorgten, wie wir Tassen im Haus hatten. Wie ich erwartet hatte, reichte es bei Weitem nicht aus – doch wie Naomi prophezeit hatte, war das gar nicht schlimm, denn die bald leeren Tassen waren schnell gespült und mit neuem Kaffee gefüllt. Ella und Mina lagen friedlich im Kinderwagen und blinzelten in den mit Schnee verhangenen Himmel.

Bei Einbruch der Dunkelheit war unser Haus von außen kaum wiederzuerkennen. Alles glänzte, glitzerte, blinkte und versprühte weihnachtliches Flair. Trotz der Kälte und des Schnees schien niemand wirklich zu frieren. Die Kinder spielten, die Erwachsenen schmückten und irgendjemand hatte warmen Glühwein herumgereicht, von dem einige unserer neuen Nachbarn ganz offensichtlich einen Schluck zu viel genommen hatten. Es herrschte eine ausgelassene Stimmung. Der Mann mit der roten Nase, den ich inzwischen als Jeffrey kennengelernt hatte, sang aus vollem Hals *Rudolph, the red nosed reindeer* und zeigte wiederholt auf sich selbst.

„Nun sieh mal einer an." Becca, die gerade noch ihren Schal für einen Schneemann geopfert hatte, den die Kinder gebaut hatten, schnalzte mit der Zunge.

Zuerst wusste ich gar nicht, wovon und vor allem mit wem sie sprach, dann erkannte ich ein adrett gekleidetes Pärchen asiatischer Abstammung, das etwa in unserem Alter zu sein schien. Sie überreichten mir mit feierlicher Miene eine kleine, edel anmutende Laterne.

„Herzlich Willkommen in Oldmallow! Ich bin Prija und das ist Hao", sagte die Frau. Sie war auffallend hübsch, dezent geschminkt und in einen todschicken grauen Mantel gehüllt. Unter ihrer senfgelben Mütze fielen ihre schwarzen seidenen Haare bis zu ihrer Taille. Ihr Mann war genauso ansehnlich und lächelte mir freundlich zu. Die beiden sahen aus, als wären sie just vom Cover des neusten *Vogue* Magazins spaziert.

„Vielen Dank", sagte ich. „Ich bin Josephin oder auch Jo. Das ist mein Mann Leonard." Ich wies in dessen Richtung. Er war gerade dabei, eine bunte Lichterkette zu entwirren.

„Und warum kommt ihr erst so spät?", beschwerte Becca sich.

Mir war völlig unklar, weshalb sie so unfreundlich zu dem netten Paar war. Die beiden machten einen absolut herzlichen Eindruck auf mich, auch wenn sie nicht so ganz zum Rest der Nachbarschaft passten – sie sahen vielmehr aus wie Filmstars oder äußerst erfolgreiche Geschäftsleute, die durch die Straßen New Yorks spazierten.

„Wir waren im Urlaub, meine liebe Becca", erklärte Prija süßlich, aber mit einer Spur Schärfe in der Stimme.

„Ja, bis gestern Abend um 22:14 Uhr", entgegnete Becca. Es wunderte niemanden, dass sie die genaue Uhrzeit kannte. Eines war klar, auch wenn ich Becca noch nicht lange kannte, ihr entging nichts.

Die hübsche Prija schüttelte leicht den Kopf. „Schon mal was von Jetlag gehört?", fragte sie unterkühlt.

„Schon mal was von Nächstenliebe gehört?", konterte Becca.

„Nun, jetzt sind wir hier, richtig?" Prija ließ ihre schmalen, perfekt manikürten Hände in den Taschen ihres Mantels verschwinden und lächelte mich an. „Und ich bin mir sicher, dass es Jo nicht stört, dass wir erst jetzt hier sind. Oder, Jo?"

Mein Gott, ihre Poren sind ja kaum sichtbar, schoss es mir unnötigerweise in den Kopf, als sie nun so nah vor mir stand, *ihr Gesicht sieht aus, als wäre es mit Photoshop bearbeitet worden.*

„Ja. Ich meine nein." Ich wusste nicht, ob ich nicken oder den Kopf schütteln sollte. „Wir sind wirklich dankbar für jeden Einzelnen von euch. Für jede Hilfe und jede geschenkte Weihnachtsdekoration, ganz ehrlich." Mit jeder Faser meines Körpers meinte ich, was ich sagte. Auch wenn ich Oldmallow immer noch nicht als mein Zuhause ansah, die Oldmallowianer, wie Becca sie genannt hatte, hatten meiner Familie die Einstimmung auf Weihnachten gegeben, die ich selbst ihnen dieses Jahr nicht hatte bieten können.

„Findest du, dass mein Bizeps vom ganzen Schneeschaufeln größer geworden ist?" Leonard schob den Ärmel seines Shirts hoch, spannte die Armmuskeln an und begutachtete sich im Schlafzimmerspiegel.

„Du schaufelst *jeden* Winter viel Schnee", erinnerte ich ihn, während ich kurz von dem Wäscheberg aufsah, den ich gerade auf unser Ehebett geworfen hatte und dem ich nun im Schneidesitz versuchte, Herr zu werden. Ein aussichtsloses Unterfangen.

„Der Schnee hier ist aber schwerer", behauptete Leonard, begutachtete den anderen Arm und wandte sich mir dann zu. „Für wie viele Familien waschen wir eigentlich Wäsche?"

„Gefühlt für zehn", antwortete ich mit einem unterdrückten Seufzer und legte einen gefalteten Rollkragenpullover auf Elliots Kleiderstapel. Es folgten eine Handvoll Babybodys, die einmal weiß gewesen waren und nun einen gräulichen Film aufwiesen. Ich faltete sie mit ein paar geübten Handgriffen zusammen und legte sie links von mir ab, wo ich Ellas und Minas Kleidung sammelte. Die beiden lagen bäuchlings am mit einem Stillkissen abgesicherten Fußende und spielten mit ein paar Strümpfen, während Jackson damit beschäftigt war, mit seinem Spielzeug-Schraubenzieher die Wickelkommode zu demolieren.

„Für genauso viele zahlen wir momentan auch Strom", scherzte Leonard und mir war klar, dass er auf all die blinkenden Lichterketten anspielte, die unseren Vorgarten sogar nachts erhellten.

„Wann setzen wir uns für die Geschenke zusammen?", fragte ich gedehnt und erinnerte Leonard an ein Thema, das ich in den letzten Tagen bereits mehrfach angesprochen hatte. Doch jedes Mal hatte er mich abgewiesen, etwas anderes zu tun gehabt oder mich auf später vertröstet.

„Stimmt." Leonard wirkte aufrichtig schuldbewusst. „Das habe ich völlig vergessen. Der Neustart in der Agentur verlangt mir zurzeit einiges ab, sorry." Damit erzählte er mir nichts Neues. Ständig war er dort – und wenn er mal zu Hause war, bekam er immer wieder Anrufe, musste etwas am Tablet planen oder machte sich

Gedanken um die kommenden Tage. Das Familienleben schien sich momentan quasi neben ihm abzuspielen, aber nicht mit ihm.

„Weihnachten ist bereits in *drei* Wochen", erinnerte ich ihn, hielt zur Veranschaulichung kurz drei Finger empor und rollte dann ein Spannbettlagen zu einer kleinen Wurst zusammen, die oben im Schrank locker Platz finden würde.

„Ich weiß, ich weiß." Leonard fuhr sich mit beiden Händen durch die welligen braunen Haare. „Tut mir leid, Josephin. Heute Abend, wenn die Kinder schlafen …"

Ich sollte nie erfahren, was genau dann seiner Meinung nach passieren sollte, denn just in diesem Moment unterbrach ihn der durchdringende Klingelton seines Handys und er verließ mit einem entschuldigenden Gesichtsausdruck den Raum. Allmählich begann ich, diese Melodie zu hassen.

Als er ungefähr eine Viertelstunde später wiederkehrte, hatte Ella die Lust am Spiel mit den Strümpfen verloren und ich hielt sie im Arm, während ich notdürftig Leonards Jeanshosen und ein paar Strickkleider von Maddie zusammenlegte und auf die jeweiligen Stapel verfrachtete. Jackson hatte derweil den Schraubenzieher beiseitegelegt und damit begonnen, eine Feuchttücherpackung auseinanderzunehmen. Begeistert grölend zog er ein Tuch nach dem anderen heraus und warf es über seine Schulter nach hinten, um sich direkt dem nächsten zuzuwenden. Ich wägte kurz ab, ob es mir wichtiger war, keine Dinge zu verschwenden, die ich eigentlich noch benötigen würde oder die Zeit zu nutzen, in der er sich einfach mal allein beschäftigte, ohne sich selbst oder andere in Gefahr zu bringen und entschied mich schnell für letzteres.

„Ich muss später noch mal in die Agentur", erklärte Leonard zerknirscht, was ich mir schon längst gedacht hatte. Samstag hin oder her, in seiner Position musste er stets abrufbar sein.

„Okay", entgegnete ich, als wäre es mir gleich. Ich wünschte, das wäre so.

„Kann ich dir noch irgendwie helfen?", bot er an.

„Nicht nötig." Ich schüttelte den Kopf und reichte Mina ein frisch gewaschenes Mulltuch, damit sie damit Verstecken spielen konnte. Die Zwillinge liebten dieses Spiel. Glucksend legte sie es über ihr Gesicht und strampelte mit den Beinchen.

„Es wird nicht lange dauern", versprach Leonard.

„In Ordnung." Ich zuckte mit den Schultern. Zwei Stimmen rangen in meinem Inneren miteinander: Die eine – klug und harmoniebedürftig – sagte, dass Leonard das alles nur für uns tat, dass es sich im Laufe der Zeit sicher bessern würde und dass ich diesem Umzug schließlich zugestimmt, ja ihn sogar dazu ermuntert hatte. Die andere – verbittert und egoistisch – schimpfte, dass es nur seine Schuld war, dass ich die Einzige war, die die Familie in diesem verschneiten Kaff irgendwie zusammenhielt, während das so genannte Fest der Liebe immer näher rückte.

„Was hältst du davon?"

Erst jetzt bemerkte ich, dass Leonard mich abwartend ansah. Die Stimmen in meinem Kopf waren so laut gewesen, dass ich offensichtlich nicht bemerkt hatte, dass er mit mir gesprochen hatte.

„Wovon?"

„Wir könnten Logan und Mandy einen Besuch abstatten, wenn ich zurück bin“, schlug Leonard vor. „Ich habe beim Schmücken mit ihm gesprochen und er hat uns auf einen Kaffee, beziehungsweise Kakao eingeladen.“ Er richtete seine Frisur vor dem Spiegel und sah in seiner dunklen Jeans und dem weißen Shirt einfach blendend aus, während ich seit drei Tagen dasselbe trug und den schnell zusammengeknoteten Dutt von gestern immer noch nicht verändert hatte. Optisch schienen momentan Lichtjahre zwischen uns zu liegen.

„Klar“, nickte ich. Es täte sicher gut, mal hier rauszukommen, auch wenn das bedeutete, dass ich duschen und etwas Frisches anziehen musste – sofern Jackson und die Babys es zuließen.

Leonard war kaum zur Tür heraus, als Elliot und Maddie hereingestürmt kamen. Sie hatten mit Naomis Kindern draußen im Schnee gespielt und sahen unter ihren dicken Mützen ganz schön erhitzt aus.

„Dad sagt, wir bekommen so einen großen Donat“, brach es aus Maddie heraus und sie zeichnete mit den Armen ein etwa Kleinkind großes, rundes Etwas in die Luft. „Wenn wir mit Jackson fernsehen und die Babys bespaßen, damit du mal in Ruhe duschen kannst.“

„Wie aufmerksam von ihm.“ Ich wusste nicht, ob ich mich darüber freuen oder genervt sein sollte. Meine Gefühle Leonard gegenüber waren ziemlich zwiespältig, seit wir in Oldmallow lebten.

Dennoch nahm ich das Angebot an, verfrachtete Jackson zwischen seinen älteren Geschwistern auf dem Sofa, drückte ihnen ein paar Kekse in die Hand und schaltete *Peppa Pig* ein. Die Zwillinge setzte ich in ihre

Wippen und schob diese an die Couch heran, sodass sie die Größeren im Blick hatten.

Als ich wenige Minuten später unter der Dusche stand und das heiße Wasser auf mich herabprasselte, spürte ich erst, wie kalt mir zuvor gewesen war. Ich seifte mich ein, shampoonierte meine Haare und dachte an die Zeit zurück, in der das Duschen noch keine exklusive Me-Time sondern ein völlig alltäglicher, normaler Teil des Alltags gewesen war. Mit fünf Kindern, einem neuen Haus in katastrophalem Zustand und wenig Unterstützung, da Leonard ständig in der Agentur war, waren Duschen, Essen und Kaffee trinken etwas, das nebenbei und idealerweise binnen weniger Minuten geschah.

Ich wusch den Schaum aus meinen Haaren und von meinem Körper, schaltete das Wasser ab und lauschte kurz mit angehaltenem Atem in die Stille hinein. Glücklicherweise hörte ich nichts, das nach Mord und Totschlag klang – lediglich Jackson, der sehr laut und sehr falsch, aber voller Inbrunst, den Titelsong von *Peppa Pig* mitsang, und Maddie, die ihn zum wiederholten Male mit quengeligem Unterton in der Stimme aufforderte, still zu sein.

Schnell trocknete ich mich ab, band meine nassen Haare zu einem straffen Dutt zusammen und nutzte die wenigen Minuten, um ein wenig getönte Tagescreme, Wimperntusche und einen nudefarbenen Lippenstift aufzutragen. Mit dem Zeigefinger klopfte ich etwas Concealer auf meine dunklen Augenringe und pinselte Puder und Rouge auf mein Gesicht. Ich konnte mich kaum erinnern, wann ich mich zuletzt geschminkt hatte – wahrscheinlich irgendwann vor der

Geburt der Zwillinge. Ich huschte durch den Flur, lauschte erneut nach unten und eilte ins Schlafzimmer, als außer *Peppa Pig* und fröhlichem Babyglucksen nichts zu hören war. Dort schlüpfte ich in eine Thermoleggins und ein weich fallendes Kleid aus grobem Strick. Als ich mich auf dem Weg nach unten kurz im Flurspiegel sah, war ich positiv überrascht. Ich hatte zwar noch lange nicht meine Figur und mein Aussehen von vor der Geburt wieder, das würde sicherlich auch noch eine Weile dauern, doch ich sah zumindest nicht aus wie eine ungekämmte Vogelscheuche. Und das war definitiv eine Verbesserung.

Plötzlich zerstörten ein dumpfer Knall und ein darauffolgender langgezogener Schrei mein kurzes Hoch. Ich nahm immer zwei Stufen auf einmal, um schnell zu den Kindern zu kommen. Jackson hatte auf dem Sofa herumgeturnt und war vornüber auf den Couchtisch gefallen, eine schnell blau werdende Beule auf seiner Stirn war der Grund für seinen Schmerzensschrei. Tröstend nahm ich ihn auf den Arm und sah mir das Ganze an. Jacksons Mutter zu sein, hatte mich abgehärtet. Während die frühere Jo als überfürsorgliche Einzelkind-Mutter wahrscheinlich hyperventiliert und den Erste-Hilfe-Kasten ausgepackt hätte, fiel es mir inzwischen leichter, ruhig zu bleiben und die Lage einzuschätzen. Solange kein Blut floss, niemand ohnmächtig war und keine Knochen aus den Gliedmaßen ragten, gab es erst mal keinen Grund zur Panik.

„Elliot, hol bitte schnell etwas zum Kühlen", verlangte ich, während *Peppa Pig* plötzlich durch ein rasches Wechseln der Kanäle abgelöst wurde. Nach einem überraschten Blick konnte ich schnell die

Verursacherin des Tumults ausmachen – irgendjemand hatte Mina die Fernbedienung zum Spielen gegeben, und diese kaute und drückte nun munter darauf herum. Ausgerechnet bei einem Krimi stoppte der rasche Wechsel.

„Warum hat der Mann eine Pistole?", erkundigte Maddie sich interessiert.

Jackson hörte auf zu weinen und verfolgte den Krimi ebenfalls.

„Erschießt er die Frau?" Elliot verharrte einen guten Meter von mir entfernt mit dem Kühlpad in der Hand und offen stehendem Mund.

„Das ist eine Wasserpistole. Die beiden spielen nur", behauptete ich geistesgegenwärtig, nahm Mina die Fernbedienung weg, schaltete aus, holte mir das Kühlpad und legte es auf Jacksons Wunde.

Mina beantwortete das Fortnehmen ihres offensichtlich neuen Lieblingsspielzeugs mit lautem Protestweinen und Maddie behauptete, dass *Peppa Pig* sowieso eine Sendung für Babys sei, woraufhin Elliot erklärte, dass er nun einen unglaublichen Hunger habe und sofort essen müsse.

Nach dem Mittagessen – ich befreite gerade Jackson von Spinatsauce, die an allen möglichen und unmöglichen Stellen hing – vibrierte mein Handy. Nebenbei warf ich einen Blick darauf.

Eine Textnachricht von Leonard.

Wollen wir uns im Café treffen? Könnte in einer Stunde dort sein.

Ich unterdrückte ein Aufseufzen. War das sein Ernst? Ich sollte also alleine alle Kinder fertig machen, ihnen gefühlt zehn Schichten von Kleidung gegen die Kälte anziehen und dann zum Café laufen, während er gemütlich auf dem Rückweg der Arbeit dorthin fuhr? Genervt tippte ich zurück.

Okay.

In meinem Kopf bildeten sich währenddessen ganz andere Worte, die ich lieber eingegeben hätte. Nur das Wissen, dass ich dann eine jener dauernd nörgelnden und grundunzufriedenen Frauen wäre, zu denen ich nie hatte gehören wollen, hielt mich davon ab.

Kurz bedachte ich die Kinder mit einem prüfenden Blick, um abzuschätzen, wann ich anfangen müsste, sie fertig zu machen. Maddie und Elliot trugen lange Hosen und Pullis und waren glücklicherweise auch schon groß genug, um sich selbst anzuziehen.

„Habt ihr Lust, dass wir uns mit Dad im Café treffen zum Donat essen und Kakao trinken?", fragte ich.

Anfängerfehler. Wie es nun einmal so ist, wenn man zwei Kindern eine Frage stellt, fielen natürlich zwei verschiedene Antworten. Schon aus Prinzip wahrscheinlich. Typisch Geschwister.

Während Elliot ein langgezogenes Ja jubelte und direkt – viel zu verfrüht – loslief, um sich Schuhe und eine Jacke anzuziehen, zog Maddie ein langes Gesicht und erklärte bestimmt, dass sie keine Lust hatte, bei der Kälte rauszugehen. Wieso Leonard die Donats nicht einfach auf dem Rückweg mitbrachte, fragte sie mit einem quengelnden Unterton in der Stimme.

Während ich sie zu ermuntern versuchte, stellte ich fest, dass sowohl Mina als auch Ella gewickelt werden mussten – und idealerweise würde ich beide noch vorher stillen. Jackson kauerte auf dem Wohnzimmertisch, einen Topf auf dem Kopf, am Körper nicht mehr als eine Windel, ein schmutziges Shirt und eine einzelne, lange Socke. Ihn würde ich einfangen und anziehen müssen und das vermutlich zweimal, denn Jackson war der wahrscheinlich schnellste Mensch der Welt, wenn es darum ging, sich die Kleidung vom Leib zu reißen. Wir wollten uns in einer Stunde treffen? Gut, dann war der ideale Zeitpunkt, mit den Kindern anzufangen, genau jetzt. Schon im Voraus gestresst, begann ich mit den Babys, während ich Maddie weiterhin umzustimmen versuchte, Jackson im Auge hielt und Elliot bat, die dicke Winterjacke noch mal abzulegen, da er sich sonst zu Tode schwitzen würde.

So so, Leonard machte es sich also leicht, während ich die doppelte Arbeit hatte.

Grandios. Wirklich grandios.

Tolles neues Leben ...

Kapitel 12

Ein verdächtiges Telefonat

„Jo?"

Erstaunt hob ich den Blick, als ich eine Männerstimme meinen Namen sagen hörte. Ich hatte gerade alle Hände voll damit zu tun, Jackson davon abzuhalten, auf den Tisch zu klettern, die Babys in ihrem Kinderwagen zu bespaßen und Elliot und Maddie zu versichern, dass es nicht mehr lange dauern würde, bis Leonard dazukäme. Viel von meiner Umgebung hatte ich, seit ich das Café betreten hatte, nicht gesehen – rein theoretisch hätte man wohl auch das gesamte Inventar um mich herum austauschen können und ich hätte nichts davon mitbekommen.

„Ähm … ja?" Es dauerte einen Moment, bis ich den hübschen AJ wiedererkannte, der, offensichtlich erfreut darüber, mich hier anzutreffen, vor unserem Tisch stand.

„AJ! Hallo, schön, Sie wiederzusehen!" Ich erwachte aus meinem Trancezustand, nahm seine mir entgegengestreckte Hand und schüttelte sie. Sein Händedruck war fest und lange, fast ein wenig bestimmt.

„Ich habe so sehr gehofft, Sie nochmals hier anzutreffen, Jo. Sie sind mir nicht mehr aus dem Kopf gegangen", erklärte er mit einem selbstbewussten Lächeln und blendete dabei offenbar all die Kinder aus, die um mich herumsaßen und quengelten.

Heiße Röte stieg mir in die Wangen.

„Oh, wow, das ist ... also ... danke für das Kompliment", stammelte ich ein wenig verunsichert. „Aber AJ ... ich bin verheiratet." Vielsagend deutete ich auf den schmalen silbernen Ehering am Ringfinger meiner rechten Hand.

AJ wirkte kurz erstaunt, dann breitete sich ein Lächeln auf seinem Gesicht aus.

„Das freut mich für Sie, Jo. Aber ich muss gestehen, ich habe ein rein jobtechnisches Interesse an Ihnen. Ich sagte doch, ich wünschte, ich hätte eine Angestellte wie Sie in meiner Firma", stellte er klar.

Er klang sehr freundlich, doch es war mir dennoch mehr als unangenehm. Die heiße Röte in meinen Wangen breitete sich noch weiter aus. Neben mir fiel Jackson fast vom Stuhl und ich schaffte es in letzter Sekunde, die Lehne zu packen und eine Hand zwischen Tisch und Stuhl zu halten, sodass er nicht mit dem Kinn auf die Kante knallte.

„Das meine ich, genau das!" AJ schien begeistert von Jacksons kleinem Stunt oder vielmehr davon, wie ich damit umgegangen war. „Wie Sie das gesehen haben, ohne überhaupt wirklich hinzuschauen. Und die Reaktion – wow. Sind Sie Spiderwoman oder so?"

AJs Euphorie schmeichelte mir und war mir zugleich unangenehm. Irgendwie hatte ich das Gefühl, das Kompliment abschwächen zu müssen.

„Ach, als Mutter entwickelt man solche Instinkte ganz intuitiv", erklärte ich mit einem milden Lächeln. „Haben Sie keine Kinder?"

„Großer Gott, nein!" AJ hob abwehrend die Hände. „Verstehen Sie mich nicht falsch, Kinder sind toll. Ich habe eine Hochachtung vor allen Eltern. Aber ich weiß nicht, ob ich es gewährleisten könnte, mich um mehr Menschen als um mich selbst zu kümmern. Außerdem fehlt mir ein entscheidender Part, nämlich die passende Frau. Und abgesehen davon ..." Er machte eine kurze Pause und sah erst Maddie, dann Elliot und schließlich Jackson prüfend an, so, als würde er abschätzen, ob er das vor ihnen aussprechen dürfte, „... abgesehen davon machen Kinder eine Menge Chaos, habe ich mir sagen lassen. Und davon bin ich gar kein Fan. Man wirft mir sogar vor, ich sei ein wenig perfektionistisch veranlagt."

„Oh, das war ich auch mal." Ich lächelte müde.

„Das spürt man sofort!", versicherte AJ mir fest. „Und deshalb *muss* ich Ihnen einfach diesen Job anbieten."

Was hatte er bloß immer mit diesem Job? War es nicht mehr als offensichtlich, dass ich derzeit keine Kapazitäten übrig hatte, eine Arbeit anzunehmen?

„Sagen Sie nichts, Jo, ich weiß, was Sie jetzt denken." Er nickte wissend. „Aber was, wenn ich Ihnen sage, dass Sie diesen Job größtenteils von zu Hause aus erledigen könnten? Dass Sie die Kinder auch jederzeit mit ins Büro bringen könnten?"

Ein nervöses Lachen entfuhr mir bei der Vorstellung, mit Jackson in einem Büro zu sitzen. Im Geiste sah ich ihn schon mit seinem Spielzeughammer auf Tastaturen herumklopfen, metallene Autos gegen teure

Bildschirme werfen und gefährliche Stunts auf Stühlen mit Rollen machen. Das ganze Gebäude würde noch vor dem offiziellen Feierabend in Flammen aufgehen, so viel stand fest.

„Wann kommt Dad endlich?" Maddie schien gelangweilt von der Konversation zwischen AJ und mir.

„Ja, wann kommt er?" Elliot seufzte. „Ich habe *so einen* Hunger!"

„Wir haben doch vorhin erst zu Mittag gegessen", erinnerte ich ihn tadelnd.

„Soll ich euch schon was bringen?", fragte Logan, der mit einem feuchten Tuch die Theke polierte und uns ganz schamlos zuhörte.

„Nicht nötig, danke", lehnte ich ab. „Leonard müsste jeden Moment hier sein. Wir warten auf ihn."

„Ooh, immer dieses doofe Warten", stöhnte Maddie ungeduldig auf.

„Kekse!", rief Jackson.

Ella begann zu weinen. Ich nahm sie aus dem Kinderwagen heraus und setzte sie auf meinen Schoß. Mein Blick fiel auf die Garderobe, die allein durch unsere Jacken, Mützen und Schals aussah, als wäre das Café voller Gäste. Dabei waren außer uns, AJ und einem älteren Mann mit einer Zeitung und einer Tasse Kaffee niemand dort.

„Ich weiß Ihr Angebot wirklich zu schätzen", erklärte ich AJ, während ich Maddie mit einem Blick zu verstehen gab, dass sie sitzen bleiben sollte. „Aber momentan habe ich weder die Zeit, noch die Energie, mehr als das hier ...", ich machte eine ausholende Armbewegung, die alle fünf Kinder einschloss, „... zu machen, verstehen Sie?"

„Ich verstehe, aber bedaure das." AJ sah aufrichtig betroffen aus. Mit einer galanten Bewegung zog er eine Visitenkarte aus der Manteltasche und reichte sie mir. „Falls Sie es sich anders überlegen, Jo, und ich hoffe, dass Sie das tun werden, dann lassen Sie es mich wissen."

„Selbstverständlich", versprach ich und steckte die Karte im Wissen ein, die Nummer darauf niemals zu wählen. Ich wusste nicht einmal, um welchen Job es ging. Und AJ hatte keine Ahnung, welche Präferenzen ich hatte, abgesehen von meinen offenbar beeindruckenden Mom-Skills. Außerdem wusste ich nicht, wie Leonard zu der Sache stehen würde. Ein Jobangebot von einem völlig Fremden in einem Café würde ihn mit ziemlicher Sicherheit ebenso stutzig machen wie mich.

In eben diesem Moment klingelte das Glöckchen an der Tür und er betrat das Café. Im Gegensatz zum etwas geschniegelt aussehenden AJ wirkte Leonard lässig, wenn auch nicht minder selbstbewusst – zwei grundverschiedene Typen Mann. Während Leonard lange Haare, eine helle Jeans und ein schlichtes weißes Shirt unter seiner schwarzen Kunstlederjacke trug und trotz der kalten Jahreszeit einen leicht gebräunten Teint aufwies, war AJ in einen fast bodenlangen dunkelgrauen Trenchcoat über einem schwarzen Rollkragenpullover und eine dazu passende schwarze Stoffhose gehüllt. Dazu trug er glänzende Schuhe und sah aus, als würde er einmal die Woche zum Friseur gehen, um sich die Seiten ausrasieren zu lassen. Leonard lächelte, als er uns sah, dann hob er beim Anblick AJs, der immer noch an unserem Tisch stand, eine Braue an. Ein wenig besitzergreifend kam er zu uns herüber, gab mir einen

Kuss, begrüßte die Kinder und wandte sich dann an ihn.

„Hi, ich bin Leonard." Er streckte ihm die Hand entgegen. „Meine Familie haben Sie ja schon kennengelernt. Und Sie sind?"

„AJ." AJ nahm die ihm dargebotene Hand und schüttelte sie. Ich fragte mich, ob er bei Leonard ebenso bestimmt zupackte wie bei mir vorhin. „Jo und ich haben uns gerade über einen Job unterhalten, den ich ihr angeboten habe. Zu meinem Bedauern hat sie ihn abgelehnt."

„Ach wirklich?" Leonard lächelte. „Nun, sie muss nicht arbeiten gehen. Sie hat alle Hände voll mit unseren Kindern zu tun."

„Das sehe ich – und sie macht es hervorragend."

„Ich weiß."

„Sehr schön … nun dann." AJ tippte sich an seinen nicht vorhandenen Hut und deutete eine leichte Verneigung an. „Jo, Leonard, Kinder – auf Wiedersehen."

„Ja, tschüss", beeilte ich mich zu sagen, während Jackson neben mir partout nicht davon abließ, auf den Tisch klettern zu wollen.

„Machen Sie es gut." Leonard nickte AJ knapp zu und wartete, bis dieser sich von Logan verabschiedet hatte. Als die Tür hinter ihm zufiel, wandte er sich mir grinsend zu.

„Sorry, ich wusste nicht, dass du schon mit jemand anderem verabredet warst. Das ist also dein AJ."

Ich verdrehte die Augen. „Er ist nicht *mein* AJ. Er hat mir einen Job angeboten, Leonard. Nichts weiter."

„Ah ja, einen Job. Genau." Leonard lachte in sich hinein. „Das sieht ja ein Blinder, dass der Kerl auf dich steht. Und AJ – was ist das überhaupt für ein Name? Ist er sechzehn, oder was?“

„Du bist albern, Leonard. Jetzt lass uns endlich die Donats essen, die du den Kindern versprochen hast – lange kann ich ihn hier nicht mehr bändigen.“

Ich wusste nicht genau weshalb, aber aus irgendeinem Grund war es mir unangenehm, mit Leonard über AJ zu sprechen. Der war sehr sympathisch, keine Frage, und seine Komplimente schmeichelten mir mehr, als sie wohl sollten. Dennoch war ich mir ziemlich sicher, dass er nicht auf mich stand, so wie Leonard behauptete, und auch nicht mit mir geflirtet hatte. Er kommunizierte einfach nur sehr selbstbewusst, das war alles.

„Was darf ich dem jungen Mann denn bringen?“ Logan war an unseren Tisch getreten und wandte sich mit einer gespielten Verneigung an Jackson.

Jackson verlor jäh all seinen Mut und kuschelte sich schüchtern an mich. „Kekse“, nuschelte er an meinen Hals. Wahnsinn, wie sein Verhalten sich änderte, sobald Fremde ihn direkt ansprachen.

„Wir hätten gerne Donats“, erklärte Maddie an seiner Stelle selbstbewusst. „Die größten, die ihr habt.“

„Na, da schaue ich doch mal, was ich tun kann“, versprach Logan euphorisch und fügte dann mit einem entschuldigenden Unterton in der Stimme hinzu: „Mandy muss für die Schule lernen, es stehen noch eine Menge Klausuren vor den Weihnachtsferien an. Deshalb halte ich hier heute allein alles am Laufen.“

Diese Formulierung ließ mich schmunzeln. Das Café sah nicht gerade aus, als würde es aus allen Nähten platzen und seinem Inhaber kaum eine Chance zum Durchatmen lassen.

Wenige Minuten später brachte Logan Teller, Servietten und eine Etagere voller ansehnlicher Donats an unseren Tisch, gefolgt von zwei Tassen Kaffee für uns Erwachsene und Kakao für die Kinder. Die Augen meiner Sprösslinge fingen an zu leuchten. Für wenige Minuten waren alle beschäftigt. Ich konnte mich kurz zurücklehnen und tief ein- und wieder ausatmen. Das Café war entzückend, Logan mehr als gastfreundlich und Oldmallow wirklich ein nettes kleines Dorf – wieso fiel es mir bloß so schwer, hier Fuß zu fassen? Irgendetwas in mir sträubte sich nach wie vor dagegen, all dies als unser neues Zuhause anzusehen und unser einstiges Traumhaus zu vergessen.

***

Es war der sechste Dezember, Nikolaustag, und Weihnachten rückte immer näher. Sowohl Naomi, mit der ich mich offiziell zum Kaffee verabredet hatte, als auch Becca, die sich selbst eingeladen, und Prija, die ihre langen dunklen Haare heute zu hübschen Zöpfen geflochten hatte, saßen bei mir in der Küche und plauderten miteinander. Auch Claire leistete uns, nachdem sie ein wenig verwirrt wirkend an die Tür geklopft und wortlos an mir vorbeigehuscht war, Gesellschaft. Offenbar war das in Oldmallow so – man verabredete sich mit einer Person und das sprach sich herum, bis man die Küche voll hatte.

„Jedenfalls – und ich schwöre bei meinem geliebten, seligen Chester ...“

„Gott habe ihn selig", murmelte Claire und bekreuzigte sich. Keiner schien auch nur ansatzweise Notiz davon zu nehmen, wie merkwürdig das war.

„Bei Chester ...", fuhr Becca fort, als wäre sie nicht unterbrochen worden, „... dieser alte Mann verbirgt irgendetwas."

„Unsinn, Becca, der ist einfach nur verbittert." Naomi schüttelte den Kopf. „Hat gestern wieder die Kinder übern Gartenzaun hinweg angebrüllt, weil sie ihm zu laut waren. Nachdem ich ihm angedroht hab, ihm die Schneeschaufel übern Kopf zu ziehen, war Ruhe." Zufrieden nickend nippte sie an ihrem Kaffee.

„Von welchem alten Mann redet ihr?", erkundigte ich mich.

Beim Dekorieren des Hauses hatte ich auch den einen oder anderen älteren Dorfbewohner kennengelernt, doch verbittert hatte keiner von ihnen auf mich gewirkt.

„Vom alten Jenkins", klärte Becca mich auf und warf, bevor sie weitersprach, einen kurzen prüfenden Blick aus dem Fenster, als würde sie sichergehen wollen, dass eben dieser uns nicht heimlich belauschte. „Er wohnt in dem kleinen weißen Haus neben Naomi und Eddi. Ein ganz komischer Kauz. Sehr ungehalten."

„Vielleicht ist er einsam?", riet ich und bekam jäh Mitleid mit dem Fremden.

Naomi und Becca lachten synchron auf, während Prija ihre perfekt manikürten Fingernägel betrachtete. Im Gegensatz zu uns anderen, allesamt in Strickjacken gehüllt, trug sie einen todschicken weißen Hosenanzug, war dezent geschminkt und hielt ihre Tasse so elegant in der Hand, als würde sich kein Cappuccino, sondern ein tausend Dollar teurer Wein darin befinden.

„Man sollte nicht über andere Menschen urteilen, ohne ihre Geschichte zu kennen", warf sie ein und schien dann schnell das Thema wechseln zu wollen. „Hübsche Nikolausstrümpfe, liebe Jo, hast du die selbst genäht?" Sie wies mit dem Kopf auf die fünf großen roten Socken, die am Kaminsims hingen.

„Ehrlich gesagt nein." Ich schüttelte den Kopf. „Ich habe sie gekauft."

Ich hatte sie *gestern* gekauft. Genau wie die Schokolade, die Kekse und die kleinen Geschenke, die die Kinder heute Morgen darin vorgefunden hatten.

„Um auf den alten Jenkins zurückzukommen ...", sagte Becca, ohne auf unsere Worte einzugehen. „Ich glaube nicht mal, dass er einen Vornamen hat. Wahrscheinlich hieß er schon als Junge der alte Jenkins."

„Jeder Mensch hat einen Vornamen, Becca", belehrte Naomi sie. „Seiner ist bestimmt Lucifer."

„Naomi!" Claire stellte geräuschvoll ihre Kaffeetasse ab und fächerte sich mit der Hand Luft zu. „Du kannst doch nicht ..."

Prija und Becca lachten.

„Apropos Teufel ...", setzte Naomi noch einen obendrauf, nicht ohne Claires entsetzten Blick mit einem genugtuenden Grinsen zu kommentieren. „Habt ihr den Enkel von Charles gesehen, der letzte Woche zu Besuch war? Mann Mann Mann, ein gutaussehender, junger Teufelskerl."

„Becca, er ist erst *neunzehn*!" Prija zog die Mundwinkel angewidert nach unten.

„Na und, Miss High Society?" Becca hob die Schultern
und ließ sie wieder sinken. „Gucken darf man ja wohl.
Hat seinem Großvater den ganzen Garten und die
halbe Straße von Schnee befreit. Von halb bis drei Minuten vor acht. Ich habe zufällig draußen meine Dehnübungen gemacht und es gesehen."

Wie zufällig das wirklich gewesen war, konnte ich
mir denken. Ich musste grinsen.

„Beeindruckende Armmuskeln hat er", schwärmte
Becca.

Ich nahm einen Schluck heißen Kaffee und lehnte
mich zurück, um weiter zuzuhören. Ein wenig kam ich
mir dabei vor, als wäre ich in einer Folge der *Desperate
Housewives* gelandet.

Am Abend wirkte Leonard gestresst, als er viel später
als vereinbart nach Hause kam. Der Ärger darüber,
dass er am Nikolaustag seine Kinder nicht einmal gesehen hatte, da sie bereits alle schliefen, verrauchte, als
ich sein Gesicht sah.

„Alles in Ordnung?", erkundigte ich mich.

„Was?" Er sah mich an, als würde er mich zum ersten
Mal sehen. „Oh, ja klar. Alles bestens und bei dir?"

Ich runzelte die Stirn. Wieso verhielt er sich so seltsam?

„Ich gehe noch kurz in mein Büro", erklärte er und
rauschte an mir vorbei, ohne seine Jacke auszuziehen.
„Ich muss ein wenig nachdenken. Alleine."

Stirnrunzelnd blieb ich zurück. Ob sein neuer Job
doch nicht so toll war wie erwartet? Mir fiel ein, dass
ich ihn, seit wir in Oldmallow wohnten, kaum gefragt
hatte, wie er in der Agentur klarkam. Nahmen seine
Angestellten ihn ernst? An welchen Projekten und

Kampagnen arbeiteten sie derzeit? Das schlechte Gewissen meldete sich. Viel zu sehr war ich damit beschäftigt gewesen, ihm die Schuld an meiner schlechten Laune und meinem Heimweh zu geben. Ich schluckte. Sowieso hatten wir keine Zeit für uns gehabt, seit wir hier waren – immer kam irgendetwas dazwischen.

Mit einem prüfenden Blick auf das Babyphone – Ella und Mina schliefen tief und fest – schlich ich in die Küche und holte ein paar Snacks, um Leonard damit zu überraschen. Auf dem Weg zu seinem Büro, das noch nicht wirklich eines war, in dem sich aber bereits ein Schreibtisch und ein paar Unterlagen befanden, fiel mein Blick auf mein Spiegelbild. Ich verharrte. Meine Haare waren wirr und ich sah müde aus. Kurz zog ich in Erwägung, mich ein wenig frisch zu machen, doch die Vorstellung, Zeit zu verlieren, hielt mich davon ab.

Ohne anzuklopfen drückte ich leise die Klinke des Büros herunter. Leonard saß mit dem Rücken zu mir an seinem Schreibtisch, den Blick Richtung Fenster gerichtet, obwohl es draußen bereits stockdunkel war. Er hielt sein Handy am Ohr und bemerkte offensichtlich nicht, dass ich ihm gefolgt war.

„Ich sage es ihr", hörte ich ihn raunen. „Aber nicht sofort. Es ist kein guter Zeitpunkt. Das mit dir kam so überraschend ..."

Mir wurde heiß und kalt zugleich. Plötzlich schien sich alles zu drehen. Ich stellte den Snackteller auf dem Regal neben der Tür ab.

Leonard fuhr mit ertapptem Gesichtsausdruck herum. Ohne ein weiteres Wort beendete er den Anruf, stand auf und ließ das Handy in seiner Tasche verschwinden. Mit einer raschen Handbewegung legte er einen dicken Terminplaner auf etwas drauf, das ich von der Tür aus nicht sehen konnte. Er dachte wahrscheinlich, ich hätte seine auffällig unauffällige Bewegung nicht gesehen, doch sie war mir nicht entgangen.

„Wer war das?", hörte ich mich selbst wie durch eine dicke Watteschicht fragen.

„Niemand." Leonard lächelte gezwungen, während seine Augen ernst blieben. „Niemand Wichtiges, meine ich. Ein Praktikant." Er lachte gekünstelt. „Die immer mit ihren blöden Fragen. Können nicht mal einen Drucker bedienen."

Ich versuchte zu schlucken, aber es fühlte sich an, als würde irgendetwas meine Kehle zuschnüren. Wie betäubt nickte ich.

„Ich habe ... Snacks gemacht", sagte ich hohl und deutet mit der Hand auf den Teller. Plötzlich verursachte der Anblick der Cracker, Käsestücke, Trauben und Schokoriegel keinen Appetit mehr, sondern Übelkeit.

„Super, danke." Leonard nahm den Teller und blieb ein wenig unsicher neben mir stehen, dann gähnte er hinter vorgehaltener Hand. „Ich gehe dann mal duschen. Bin total müde." Er drückte mir einen knappen Kuss auf die Wange und verschwand mit dem Teller in der Hand.

Wie betäubt blieb ich in der Türschwelle des Büros stehen, während mein Herz so laut schlug, dass ich mir sicher war, es hören zu können. Jedes einzelne Pochen in der Brust tat weh. Mein Kopf schmerzte zunehmend. War das gerade wirklich passiert? In Gedanken spielte ich die kurze Szene wieder und wieder ab, in der vergeblichen Hoffnung, irgendwie eine logische

Erklärung für Leonards merkwürdiges Verhalten und den Anruf zu finden.

Mit zwei schnellen Schritten trat ich an seinen Schreibtisch, hob das Notizbuch an und betrachtete den kleinen weißen Zettel, den er vorhin so rasch hatte verschwinden lassen. Es dauerte einen Moment, bis mir klar wurde, was das, was darauf stand und sein Verhalten höchstwahrscheinlich zu bedeuten hatten.

Er hatte sich verdächtig verhalten. War nicht ehrlich gewesen.

Er hatte vermutlich eine Affäre.

Eine Affäre? Nein, so etwas würde mir doch nicht zweimal passieren ... Bilder und Worte längst vergangener Tage blitzten in meinem Kopf auf und lösten ein Schaudern aus, das über meinen gesamten Körper glitt. Elliot war noch klein gewesen und Marten damals mein Verlobter, als er mir gestanden hatte, dass er mich seit einer Ewigkeit mit einer anderen Frau betrog. Er hatte mich verlassen und mein ganzes durchgeplantes Leben war zu Scherben zerfallen. Angst griff mit klammen Fingern nach meinem Herz, legte sich darum und griff genüsslich zu.

Aber doch nicht Leonard, versuchte ich mir selbst innerlich gut zuzureden, *Leonard ist nicht Marten!*

Für all das musste es eine logische Erklärung geben, ganz sicher. Ich atmete ein und es fühlte sich an, als hätte ich das Atmen in den letzten Minuten ganz vergessen. Als ich wieder ausatmete, hörte ich Mina weinen.

„Ich komme sofort", rief ich und verließ mit einem letzten nachdenklichen Blick Leonards Bürozimmer.

Und auf seinem Schreibtisch blieb, unangerührt und
wieder vom Notizbuch bedeckt, der kleine Zettel liegen,
auf dem fein säuberlich der Name Annabel über eine
Handynummer geschrieben war.

Kapitel 13

Leise rieselt der Schnee

Es war zwei Tage her, seit sich Leonard beim Heimkommen so merkwürdig verhalten hatte. Ich konnte zu meinem Bedauern nicht feststellen, dass sich dies inzwischen wieder gelegt hatte. So sehr ich auch versuchte, nicht daran zu denken, so intensiv haftete der Anblick des weißen Zettels mit dem Namen Annabel doch in meinen Gedanken. Es war gerade so, als hätte er sich darin festgebrannt. Leonard hatte den Vorfall zwar nicht mehr erwähnt, doch er wirkte zerstreut, schien mit den Gedanken stets woanders zu sein und – was mir zudem aufgefallen war – ließ sein Handy nicht mehr unbeaufsichtigt liegen. Außerdem arbeitete er gefühlt ständig und verbrachte kaum Zeit mit uns. Mit mir allein erst recht nicht.

Es war ein mit Schnee verhangener Samstagmorgen und der Maler schüttelte mir zum Abschied die klammen Hände, die einfach nicht warm werden wollten. Endlich war er – und das wesentlich schneller, als man es ihm Ende November noch zugetraut hatte – fertig geworden und das Haus erstrahlte dank des Anstrichs in ganz neuem Glanz.

Auch andere Firmen hatten ihren Job getan: Der Wintergarten war wieder hergerichtet, die feuchten Stellen im Keller behandelt und jegliche beschädigten Scheiben ausgetauscht worden. Ted hatte sein Wort gehalten, als er versprochen hatte, das Haus binnen kürzester Zeit in seinen Bestzustand versetzen zu lassen. Nun war alles hübsch, funktionsfähig und ganz und es würden endlich nicht mehr tagtäglich fremde Arbeiter durch das Haus spazieren.

Ich versuchte, mich daran zu erfreuen, aber es fiel mir schwer, etwas anderes zu sehen als das Bild des weißen Zettels in meinen Gedanken, zu dem sich allmählich auch ganz neue Bilder gesellten: Bilder von Leonard, der eine andere Frau in den Armen hielt. Bilder, die ich nicht sehen wollte, die mich traurig, wütend und vor allem hilflos zurückließen. Ich begann sogar, mir die Frage zu stellen, was der wirkliche Grund für ihn gewesen war, mit uns hierherzuziehen. Hatte er mich damals schon belogen und bloß in ihre Nähe ziehen wollen?

Mit einem gezwungenen Lächeln verabschiedete ich den Maler. Es kam mir vor, als hätte er sich eine Ewigkeit nonstop bei uns im Haus aufgehalten, dabei waren es gerade mal zwei Wochen gewesen. Zwei Wochen Oldmallow, zwei Wochen neues Leben. Zwei Wochen, die so viel verändert hatten.

Als ich dem weißen Transporter mit dem übergroßen Pinsel-Aufdruck hinterher sah, bis er am Horizont verschwunden war, erschien eben dort Leonards Firmenauto. Die beiden Wagen hielten kurz nebeneinander an. Ich nahm an, dass er sich noch vom Maler verabschiedete. Im Gegensatz zu früher fühlte es sich nicht mehr warm, vertraut und erleichtert an, ihn heimkehren zu sehen. Im Gegenteil: Beklommenheit ergriff von mir Besitz. Dabei wollte ich so sehr, dass es anders war. Dass es sich als Irrtum herausstellte. Dass ich begriff, dass ich einer ganz falschen Fährte gefolgt war. Ich wollte es mit jeder Faser meines Körpers. Aber ganz tief im Inneren wusste ich es besser. Es deutete so vieles auf das Gegenteil hin, dass es einer grimmigen Gewissheit glich. Er betrog mich. Oder hatte es zumindest vor. Und es war nur noch eine Frage der Zeit, bis er mich vor vollendete Tatsachen stellen würde.

„Hallo." Leonard stieg aus dem Wagen, fuhr sich mit der Hand durch das lange Haar und nickte mir müde entgegen. Er schien momentan nicht gut zu schlafen. Plagte ihn sein schlechtes Gewissen?

„Josephin ..."

Eine lange Pause folgte.

„Wir müssen reden."

Drei Worte, die mir eine Gänsehaut über den gesamten Körper jagten und so sehr ich mich auch nach einer Aussprache sehnte, so sehr sträubte sich alles in mir dagegen, das zu hören, was ich irgendwie doch bereits wusste. Wieder wurde ich gedanklich um Jahre zurückgeworfen, wurde wieder die schwarz gekleidete ängstliche Jo, die neben Marten in der Kirche saß und deren Leben mit wenigen Worten zerstört wurde. Ich glaubte fast, Martens Stimme hören zu können.

Ich ... ich werde dich verlassen. Es tut mir leid, Jo, aber ich habe jemanden kennengelernt und ... es liegt nicht an dir, weißt du ...

Ich erinnerte mich an das Gefühl, mich übergeben zu müssen. An die Wucht der Worte, die eine Weile gebraucht hatte, bis sie mich erreichte, um mich dann wie eine riesige Welle umzureißen. Ich konnte das nicht noch mal. Nicht jetzt. Nicht mit fünf Kindern, an einem Ort, der sich nicht nach Zuhause anfühlte – und das alles so kurz vor Weihnachten.

„Wir reden später", war alles, was ich Leonard mit trockenem Mund entgegenwerfen konnte, bevor ich zurück ins Haus stürmte, in dem es gerade verdächtig so klang, als würde Jackson mit irgendetwas Schwerem um sich werfen. Dankbar über die Ablenkung war ich in jenem Moment froh und dankbar, ein so wildes Kind zu haben.

Das Gefühl, dass Leonard versuchte, mich in einem ruhigen Moment allein zu erwischen, wollte auch den Rest des Tages nicht von mir weichen. Als die Zwillinge beide in ihren Schaukeln ein ungeplantes Nachmittagsschläfchen hielten, öffnete er den Mund, um etwas zu sagen, doch ich verschwand mit der fadenscheinigen Ausrede, Jackson wickeln zu müssen. Ebenso sah ich ihm an, dass er mich ansprechen wollte, als Maddie und Elliot sich dick angezogen hatten, um mit einigen von Naomis und Eddis Kindern im Schnee zu spielen – doch ich beeilte mich, auch Jacksons Schneeanzug zu suchen, um ihnen zu folgen. Ich war nicht bereit für dieses Gespräch.

Erst am Abend, als ein Kind nach dem anderen eingeschlafen war und ich bei matter Beleuchtung im Ehebett saß, um mir die rauen Hände mit Handcreme einzureiben, gelang es Leonard, mich alleine anzutreffen. Ich hatte gedacht, dass er noch unter der Dusche stehen würde und eigentlich geplant, mich schlafend zu stellen, doch dafür war es nun zu spät. Verdammt …

Ein wenig unsicher wirkend und nur mit Boxershorts bekleidet, obwohl es trotz laufender Heizungen eher kühl war, blieb er im Türrahmen stehen. Ich musterte ihn unauffällig. Im Gegensatz zu meinem hatten die letzten Jahre keinerlei Spuren an seinem Körper hinterlassen. Leonard sah nach wie vor aus, als wäre er gerade der Titelseite eines Katalogs entsprungen. Er hatte nicht mit hartnäckigen Schwangerschaftskilos, ungleich großen Stillbrüsten, Cellulite und schnell fettenden Haaren zu kämpfen. Zum wirklich ersten Mal, seit wir ein Paar waren, stellte ich mir die Frage, was ihn noch bei mir hielt – oder die ganzen Jahre über gehalten *hatte*. Leonard McEvans konnte jede haben, damals wie heute.

„Können wir jetzt reden?", fragte er. Seine Stimme war ganz weich. „Es ist etwas vorgefallen ... nein, *vorgefallen* ist das falsche Wort, aber mir fällt gerade kein besseres ein. Jedenfalls bin ich der Meinung, du hast das Recht, es zu erfahren. Ich will, dass du es weißt."

Aus Josephin, Fünffachmutter und bis auf die aktuellen Umstände wirklich glücklich, wurde wieder Jo, die unsicher und ängstlich in der Kirche saß, während ihr damaliger Verlobter sie verließ. Ganz langsam, fast wie in Zeitlupe, kam Leonard auf mich zu, setzte sich auf die Bettkante und betrachtete die schlafenden Zwillinge, die sich im Beistellbettchen aneinandergekuschelt hatten. Sie trugen dieselben beigefarbenen Winterschlafsäcke und hatten beide einen grünen Schnuller im Mund. Ganz ruhig hoben und senkten sich ihre Brustkörbe bei jedem Atemzug. Leonard atmete scharf ein, offensichtlich in der Absicht, mir sein Geheimnis zu beichten.

„Es gibt jemanden …“, setzte er an.

„Ich bin wirklich, *wirklich* gestresst momentan“, brach es aus mir heraus, noch bevor er das nächste Wort aussprechen konnte, und meine Stimme zitterte bei jeder einzelnen Silbe, die meine Lippen verließ. „Ich bin nur *so* …“, ich hielt die Fingerkuppe meines Daumens und die meines Zeigefingers so nah aneinander, dass nur ein Blatt Papier dazwischen gepasst hätte, „… knapp davor, wirklich durchzudrehen. Wenn du also vorhast, mir irgendwas zu sagen, was mein Leben noch zusätzlich kompliziert macht, dann bitte. Nur zu.“ Provokant, ja fast ein wenig trotzig, reckte ich das Kinn vor, zog die Nase hoch und sah ihn an. Meine Unterlippe zitterte.

Leonard sah zerknirscht aus. Schweigend begann er, seine gepflegten Hände zu betrachten, die selbst in der kalten Jahreszeit irgendwie gebräunt aussahen – gegen meine weißen Finger sowieso. Er machte Anstalten, seine Hand auf mein Bein zu legen, doch ich fuhr zurück.

„Leonard!“, fuhr ich ihn ungehalten an. „Raus mit der Sprache! Ich habe keine verdammte Zeit für so was!“

„Ja“, machte Leonard und zog das A in die Länge wie Kaugummi. „Ach weißt du, eigentlich ist es doch nicht so wichtig. Wir haben genug zu tun momentan, nicht wahr?“

Und auf eine paradoxe Art und Weise erleichtert nickte ich, drehte ihm den Rücken zu und fiel kurz darauf in einen tiefen, traumlosen Schlaf. Ich wusste, dass das Problem sich damit nicht in Luft aufgelöst hatte. Es war immer noch da, es war präsent, allgegenwärtig – aber ich hatte es beiseitegeschoben. Vorerst.

***

„In zwei Wochen ist Weihnachten, in zwei Wochen ist Weihnachten!", sang Maddie aus vollem Herzen, drehte sich um sich selbst und fing mit ihrer Zunge Schneeflocken, die vom Himmel fielen. Seit Tagen hatte es nicht aufgehört zu schneien. Das alte Dach knirschte und knackste bei Nacht unter der Last des Schnees und bereitete mir Sorgen, dass es in nicht allzu ferner Zukunft zusammenbrechen und aufwendig erneuert werden müsste. Bei diesem Haus wunderte mich nichts mehr, auch wenn es sozusagen generalüberholt worden war.

„Oder, Mama? Oder?"

Ich blickte vom Display meines Handys auf und blickte in Maddies fragendes, leicht vorwurfsvolles Gesicht. Während ihre Wangen nur leicht gerötet waren, schien ihre Nase beinahe zu leuchten, so rot war sie vor Kälte. Aus ihrer türkisfarbenen Mütze lugten zwei dunkle Zöpfe hervor, die ich ihr nach dem Frühstück geflochten hatte.

„Oder, Mama?", wiederholte sie etwas langsamer und klang dabei, als wäre ich in ihren Augen ein wenig schwer von Begriff.

„Oder was?" Ich steckte das Handy zurück in die Tasche meines Mantels, zog stattdessen meine Handschuhe heraus und schlüpfte mit meinen eiskalten, klammen Fingern hinein.

„In zwei Wochen ist Weihnachten", wiederholte Maddie und verdrehte die Augen. „Immer bist du nur am Handy!"

Das entsprach generell zwar kaum der Wahrheit, in den letzten Tagen jedoch zugegebenermaßen schon. Was sie nicht wusste, war allerdings, dass ich bei diversen Online-Spielzeugläden Weihnachtsgeschenke bestellt hatte und bei einem von ihnen versehentlich im Alltagstrubel die Adresse unseres alten Hauses angegeben hatte, was ich nun krampfhaft nachträglich zu ändern versuchte.

„In zwei Wochen ist Weihnachten, richtig", stimmte ich ihr zu, setzte ein Lächeln auf und fügte ein gequältes *Wohoo* hinzu, was mir einen schrägen Blick von Maddie einbrachte.

„Du bist komisch", murmelte sie.

„Santa bringt mir bestimmt den großen Experimentierkasten!" Elliot warf sich in die Brust und strahlte über das ganze Gesicht. Seine Brille war beschlagen und seine Nase ebenso rot wie Maddies.

„Ganz bestimmt", antwortete ich im Wissen, dass dieser bereits auf dem Weg zu uns war – tatsächlich zur richtigen Adresse nach Oldmallow.

„Und mir den neuen Lederball, das Playstationspiel und die coole Hülle für mein Grafik-Tablet", versuchte Maddie, sich an ihren prall gefüllten Adventskalender zu erinnern.

Gedanklich glich ich ihre Wünsche mit meinen Bestellungen ab. Dazu hatten sich noch einige Bücher und Kleinigkeiten gesellt sowie eine Spielküche, ein Auto und ein Arztkoffer für Jackson und einige neue Spielsachen für die Babys. Weihnachten fiel bei uns immer recht üppig aus, da es für mich nichts Schöneres gab, als leuchtende Augen unter dem Weihnachtsbaum. Doch in diesem Jahr hatte ich noch mehr investiert als je zuvor. Es war fast, als könnte ich damit irgendwie ausgleichen, dass die Vorweihnachtszeit nicht so feierlich verlief wie normalerweise. Für Leonard hatte ich ebenfalls tief in die Tasche gegriffen – ein schlichtes braunes Lederband, in die unsere Namen eingraviert waren sowie eine neue Armbanduhr und ein schicker Pullover aus grobem Strick. Es hatte auf eine grimmigzufriedenstellende Art wehgetan, ihm diese Geschenke zu kaufen. Ihm etwas so Gutes zu tun, während er mir, ja *uns,* etwas so Schlechtes antat. Ob er mir ebenfalls ein Geschenk besorgt hatte? Ob er *Annabel* ein Geschenk besorgt hatte? Mein Herz zog sich krampfhaft zusammen. Instinktiv bedeckte ich es mit meinen in Handschuhen steckenden Händen.

Nein, ich würde nicht zulassen, dass meine Gefühle mich jetzt und hier übermannten. Ich hatte eine Aufgabe: die Mutter dieser wunderbaren Kinder zu sein. Diese Familie zusammenzuhalten. Ein grandioses Weihnachtsfest zu planen. Oh, ich würde den Kindern ein wunderschönes Fest bieten – trotz der Umstände. Es würde sogar schöner werden als alle, die sie bisher erlebt hatten. Das brauchten sie. Und ganz besonders ich.

An jenem Abend lag ich länger wach als gewöhnlich. Links von mir Leonard, der tief und fest schlief, rechts die Zwillinge, deren Gesichter wie so oft mit geschlossenen Augen zueinander gewandt waren. Die Ruhe, die so sehr in der Luft lag, dass sie beinahe greifbar war, konnte nicht auch von mir Besitz ergreifen. Wie konnte Leonard bloß trotz allem schlafen? Brachte das schlechte Gewissen ihn nicht beinahe um? Es widerte mich geradezu an, wie entspannt er aussah.

Ich zog mein Smartphone unter dem Kopfkissen hervor und warf einen Blick auf das Display, dessen grelle Beleuchtung mich im ersten Moment blendete. Es dauerte einen Moment, bis meine Augen sich an die Helligkeit gewöhnt hatten. 23:54 Uhr. Ich konnte mich nicht erinnern, seit der Geburt der Mädchen je so lange wach geblieben zu sein. Selbst an Silvester war ich dank der Schwangerschaft so müde gewesen, dass ich schon vor Elliot und Maddie geschlafen hatte.

So leise wie möglich schlug ich die Bettdecke beiseite und berührte mit meinen nackten Füßen den kalten Boden. Sofort begann ich zu frieren. Eine Gänsehaut kroch über meinen gesamten Körper, bis in die Finger- und Zehenspitzen, ja sogar bis in die Haarwurzeln hinein. Ich erschauderte und griff nach meiner Strickjacke, die ich vorhin bei der Einschlafbegleitung der Babys ans Bettende geworfen hatte, und schlüpfte hinein.

„Wohin gehst du?", erkundigte Leonard sich im Halbschlaf mit schwerer Stimme. Mit zu schmalen Schlitzen verengten Augen blinzelte er zu mir hoch.

„Nur auf die Toilette", log ich.

Stattdessen schlich ich die Treppe hinunter, in weiser Voraussicht jene Stufen auslassend, die besonders laut und durchdringend knarzten. In der Küche angelangt, schaltete ich das kleine Licht über der Spüle ein und zog eine Nummer aus der Tasche der Strickjacke, die ich dort am Vortag hineingesteckt hatte. Ich hatte mir gar keine Gedanken mehr darum gemacht, doch plötzlich schien es, als *müsste* ich sie einfach wählen. Mit zitternden Fingern tippte ich sie Ziffer für Ziffer ab, kontrollierte das Ganze noch einmal und hielt mir dann das Handy ans Ohr, während ich die Treppe nach oben im Blick behielt. Es dauerte eine Weile, bis ein verschlafenes „Ja" am anderen Ende der Leitung erklang.

„Hallo, AJ", meldete ich mich so leise wie möglich. „Hier ist Jo. Sie wissen schon – die Frau aus dem Café. Die mit den vielen Kindern", setzte ich unnötigerweise hinzu.

„Ich weiß, wer Sie sind." AJ gähnte vernehmlich und es klang, als würde er sich aufsetzen. Ein Rascheln, ein Knacksen, dann eine kurze Pause. „Wo drückt denn der Schuh, Jo?"

„Wie kommen Sie darauf, dass er drückt?"

„Nun, es ist ganz offensichtlich Mitternacht und für gewöhnlich schlafen Menschen um diese Uhrzeit."

„Für gewöhnlich machen Menschen anderen Menschen, die sie gar nicht kennen, auch nicht einfach so ein Jobangebot", konterte ich und freute mich, dass mir etwas Schlagfertiges eingefallen war.

„Also haben Sie es sich anders überlegt?" AJ klang erfreut. Jegliche Müdigkeit war aus seiner Stimme gewichen.

Ich hörte einen Moment in mich hinein. Hatte ich das? Was genau hatte mich dazu bewogen, ihn anzurufen? Ein Gefühl von Trotz ließ mich das Kinn hervorstrecken und die Schultern straffen, während ich nach wie vor die dunkle Treppe im Auge behielt, als befürchtete ich, bei etwas Verbotenem erwischt zu werden.

„Ja", antwortete ich, ehe ich fertig gedacht hatte. „Ja, ich habe es mir anders überlegt. Ich brauche eine ..."

Ablenkung, wollte ich eigentlich sagen.

„Eine neue Aufgabe", besann ich mich dann aber eines Besseren, und fügte stillschweigend hinzu, dass mir hier die Decke auf den Kopf fiel, mein Mann mich höchstwahrscheinlich betrog und ich mal wieder etwas anderes tun wollte als Windeln zu wechseln, Popel von der Couch zu kratzen und in ständige Streitereien hineinzugrätschen. Ich würde aufgrund der Umstände mit dem Haus und Leonards Verhalten wahrscheinlich durchdrehen, wenn ich nicht endlich mal etwas für mich selbst tun würde.

„Passt das bei Ihnen?", unterbrach AJ mein Gedankenwirrwarr. Offenbar hatte er mir eine Frage gestellt, doch meine Gedanken waren lauter gewesen als seine Worte. „Jo? Sind Sie noch dran?"

„Der Empfang ist schlecht", schwindelte ich und wischte meine verqueren Gedanken beiseite.

„Ich habe gefragt, ob es für Sie möglich wäre, morgen früh um neun Uhr hier zu sein, damit wir alles Weitere in Ruhe besprechen können", erklärte er freundlich. „Dann erkläre ich Ihnen genau, welche Anforderungen ich habe. Aber auch, welche Sicherheiten ich Ihnen bieten kann. Die Adresse steht auf der Visitenkarte."

„Ja, das sehe ich." Gedankenverloren drehte ich die Visitenkarte in meinen Fingern hin und her. *Anwaltskanzlei Bloom* stand dort in großen, säuberlichen Buchstaben und daneben *Gut Recht bedarf guter Hilfe – deutsches Sprichwort.* Auf der Rückseite befanden sich die Kontakt- und Adressdaten der Kanzlei neben einem sehr seriös wirkenden Porträt von AJ. Alexander Jason Bloom. So lautete also AJs richtiger Name. „Neun Uhr passt super. Ich werde da sein."

„Cool, dann haben wir morgen früh also ein Date." Ich glaubte fast, ihn zwinkern zu hören.

„Ja gut, dann bis morgen", verabschiedete ich mich und legte auf, nicht ohne die Treppe im Blick zu halten.

Das schlechte Gewissen, das aufgrund meiner Geheimniskrämerei in mir aufkam, erstickte ich gleich im Keim. Leonard war selber schuld. Außerdem war es nur ein Job. Mir egal, ob Leonard AJ unsympathisch fand oder der Meinung war, dass dieser bloß mit mir flirten wollte – *er* war schließlich der Auslöser des Ganzen gewesen. Er war es, der diesen Stein ins Rollen gebracht hatte und das Vertrauen zerstört hatte.

Mit einem grimmigen Hochgefühl schlich ich zurück ins Bett, warf die Strickjacke erneut ans Fußende und kuschelte mich neben die Babys. Leonards Ruhe störte mich nicht länger.

Kapitel 14

Frischer Wind

Schon am nächsten Morgen stand ich zehn Minuten vor unserem vereinbarten Termin vor der Kanzlei und atmete einmal tief ein und wieder aus, bevor ich auf die Klingel drückte. Eine mir bekannte Melodie erklang, die mich an ein klassisches Musikstück erinnerte. Es dauerte einen Moment, bis ich die Mondscheinsonate von Beethoven erkannte. Interessante Wahl. Ich hatte das Stück immer als eher schwermütig empfunden und doch passte es irgendwie zu dem hohen, altmodisch anmutenden Gebäude aus schwarzem Stein, das wenig mit den modernen Kanzleien gemein hatte, die man aus großen Städten kannte. Es war weder auffallend, noch wolkenkratzerhoch und es bestand auch nicht fast gänzlich aus Glas – und doch war es ohne Frage imposant. Es wirkte stattlich und auf eine ruhige, geschmackvolle Weise seriös. Wie, und dieser bildhafte Vergleich erschien wie durch Zauberhand vor meinem inneren Auge, ein älterer grauhaariger Herr mit Anzug und Monokel.

Ein durchdringendes Surren erklang und ließ mich nach kurzer Wartezeit die Tür öffnen. Von innen war das Gebäude heller, einladend und modern gestaltet.

Eine Wendeltreppe aus hellem Marmor führte in die zweite Etage, in der sich laut Messingschild an der Wand unter anderem AJs Büro befand, während im Erdgeschoss eine Rezeption, ein großes Bücherregal und eine Art Wartelounge mit stylishen, aber unbequem wirkenden Stühlen vorzufinden war. Alles war in klaren Weiß- und Rottönen gehalten, sogar die meisten der Bücher hatten diese Farbe. Dazu war eine diskrete Weihnachtsdekoration zu erkennen, die aus wenigen, farblich an den Rest des Raums orientierten Lichterketten und einigen grauen Wichteln aus Stoff bestand.

Einen Moment lang sah ich mich um, unsicher, ob ich mich erst anmelden oder direkt nach oben gehen sollte und tätschelte die Rücken der Babys im Tragetuch. Nachdem die beiden Großen in der Schule waren und Naomi mit der Aussage, dass ein Kind mehr oder weniger nicht wirklich auffallen würde, angeboten hatte, auf Jackson aufzupassen (und ich dies mehr als dankbar angenommen hatte), hatte ich nur die Zwillinge dabei, was ziemlich entspannend war.

Ich entschied mich gerade, Richtung Rezeption zu gehen, als AJ die Treppen herunterkam. Er nahm immer zwei Stufen auf einmal und trug einen todschicken Nadelstreifenanzug, was ihn dank seiner jungenhaften Ausstrahlung nicht versteift, sondern wirklich attraktiv aussehen ließ. Ein strahlendes Lächeln breitete sich auf seinem Gesicht aus, als er mich sah. Seine blauen Augen leuchteten geradezu.

„Jo! Wie schön, dass du da bist!" Unerwartet zugewandt eilte er auf mich zu, nahm meine rechte Hand zwischen seine Hände, schüttelte sie und sah mich an, als wäre ich so etwas wie sein Rettungsanker. „Ich darf doch Du sagen?"

„Klar." Ich nickte perplex.

Wenige Minuten später saßen wir in AJs ebenfalls dezent weihnachtlich dekoriertem Büro und tranken Kaffee aus weißen Tassen mit rotem Kanzleilogo. Irgendetwas an seiner Art erinnerte mich an den jungen Marten, den ich damals kennengelernt hatte. Lange vor Leonards und Elliots Zeit war dieser der Prinz gewesen, auf den ich so lange gewartet hatte. Rein optisch hatten die beiden nicht viel – oder eher gesagt gar nichts – gemein. Vermutlich lag es an der Ausstrahlung. Dieses cleane, selbstbewusste und zugleich seriös anmutende Aussehen und eine ganz bestimmte, weit nach außen wirkende einnehmende Aura. Dominanz – auf eine imponierende, aber nicht einschüchternde Art und Weise. Dabei war AJ aber wesentlich lässiger als Marten es je gewesen war.

„Und was hält dein Mann davon, dass du heute hier bist? Im Café schien er wenig begeistert von der Idee, dass du für mich arbeiten könntest." Er nahm einen Stapel Papier von seinem Schreibtisch, klopfte damit leicht auf den Untergrund, bis die Blätter exakt aufeinanderlagen und musterte mich aufmerksam.

„Er weiß nichts davon", erklärte ich wahrheitsgemäß und fügte hinzu: „Noch nicht."

„Interessant." AJ rückte ein gerahmtes Foto, das ihn selbst mit einigen anderen Anzug tragenden Männern zeigte, gerade. Ein Lächeln huschte über sein Gesicht. „Also ist das hier gerade sozusagen ein Geheimnis zwischen dir und mir?" Verschwörerisch zwinkerte er mir zu.

Bei jedem anderen hätte dieser Spruch, gepaart mit dem Zwinkern, irgendwie schmierig gewirkt – bei ihm klang es paradoxerweise ziemlich charmant.

„Nun, es ist mein Job und nicht seiner", antwortete ich kühl. Und da war er wieder, der Trotz, der mit leiser Stimme in mir rief, dass ich es Leonard schon zeigen würde. Dass ich nicht zulassen würde, dass er diese Familie zugrunde richtete. Dass ich selbst für mich, für uns, für alles sorgen konnte.

„Gut, gut." AJ deutete mit dem Kugelschreiber, den er in der Hand hielt, auf die Zwillinge. „Jungs oder Mädchen?"

„Es sind Mädchen", antwortete ich.

„Cool. Eineiig?"

Ich blickte auf die Köpfe der Mädchen herab. Die Mützen hatte ich ihnen bereits ausgezogen und während die blonde Ella sich munter glucksend in der Gegend umsah, schlief Mina, deren dunkles Haar bereits so lang war, dass es sich in ihrem Nacken kräuselte. Die beiden hatten nicht allzu viel Ähnlichkeit miteinander – und dennoch kam die Frage, ob sie ein- oder zweieiig waren, ständig.

„Zweieiig", antwortete ich.

„Toll." AJ nickte, befand den notwendigen Smalltalk offenbar nun für beendet und schob mir den Kugelschreiber mitsamt einiger Zettel zu, die sauber in einer Klarsichthülle steckten. „Da steht alles drin, was wir heute sowieso miteinander besprechen werden. Außerdem ist der Vertrag dabei. Datenschutz, AGBs und und und. Das ganze Bürokraten-Tohuwabohu, du verstehst?"

Und wieder dieses Zwinkern. Würde ich es nicht besser wissen, würde ich glatt glauben, dass er mit mir flirtete. Aber das war unmöglich. Ich hatte mich zwar am Morgen dezent geschminkt, ausnahmsweise mal etwas Fleckenfreies angezogen und sogar meine Haare zu einem ordentlichen Zopf hochgebunden, doch ich war immer noch eine dreißigjährige Fünffachmutter mit hartnäckigen Schwangerschaftskilos, Augenringen und einem Ehering am Finger, während er hingegen durchtrainierter, erfolgreicher und mit Sicherheit jünger war als ich – und definitiv ausgeschlafener. Wie gesagt, es war unmöglich. Oder? Ich musste an Leonard denken und bekam ein schlechtes Gewissen, das sogleich von neu aufkommendem Trotz abgelöst wurde.

„Wie schon gesagt, ich brauche dich als meine persönliche Assistentin." AJ legte den Kopf ein wenig schief und grinste jungenhaft. „Ich brauche jemanden, der sich um mich kümmert."

„Wie eine Mutter?", schloss ich.

„Nein!" AJ schüttelte den Kopf. „Oder ja ... irgendwie schon. Wie *eine* Mutter – nicht wie *meine* Mutter." Ruckartig stand er auf, schritt um seinen Schreibtisch herum und verweilte am Fenster, um hinauszublicken. „Ich bin gut organisiert, Jo, einige sagen sogar zu gut. Das ist es nicht, wobei ich Hilfe benötige. Aber manchmal verlegt eine meiner Angestellten meinen Terminplaner ... oder trinkt aus meiner Lieblingstasse." Sichtlich empört verzog er das Gesicht. „Letzte Woche hat eine der Damen einen Termin um 11:55 Uhr vergeben. 11:55 Uhr! Wieso nicht 12? Das sah dermaßen unsauber aus im Kalender." Er wandte den Blick vom Fenster ab und sah mich an. „Manchmal muss etwas aus der

Reinigung geholt, Kaffee besorgt oder mein Schreibtisch aufgeräumt werden. Ich habe viele Termine mit meinen Klienten und schaffe nicht immer alles selbst. Doch wenn ich es von anderen erledigen lasse, dann machen sie es oft nicht zu meiner Zufriedenheit. Das hier", er deutete auf seinen Kopf, „verstehen leider nur die wenigsten."

„Verstehe." Ich erhob mich ebenfalls, da es mir falsch vorkam, sitzen zu bleiben, während er dastand. Außerdem wurde Mina allmählich auch wach und die beiden zappelten herum. „Also möchtest du quasi, dass ich die Aufgaben eines ... eines Praktikanten übernehme?"

AJ klatschte in die Hände.

„Genau!", rief er aus. „Aber auf eine wertschätzende Art und Weise. Und qualitativ hochwertiger. Und natürlich gegen Bezahlung." Bei jedem Ausspruch nickte er bekräftigend. „Meine letzte persönliche Assistentin hat gekündigt. Ihr Freund mochte mich nicht und anscheinend habe ich sie zu sehr von ihrem Studium abgelenkt." Er seufzte. „Als ob BWL so furchtbar kompliziert wäre." Dann wanderte sein Blick zu mir herüber. Er lächelte. „Du denkst, dass ich ein Riesenbaby bin, nicht wahr?"

Ich biss mir auf die Unterlippe. Kurz dachte ich darüber nach, es zu leugnen, aber er lag schon ganz richtig.

„Hab' ich ein Glück, dass du Babys magst", schloss er selbstbewusst.

Ich musste lachen. Mein Blick glitt auf die Papiere in meinen Händen. Meine Fingernägel könnten mal wieder lackiert werden und Handcreme wäre auch nicht fehl am Platz. Instinktiv fiel mein Blick auf den Ehering, der wie selbstverständlich am Ringfinger meiner rechten Hand steckte. Schnell sah ich weg und musterte wieder die Unterlagen.

„Du musst das nicht sofort unterschreiben", sagte AJ, der meine kurze, verschwiegene Pause wohl als Nachdenklichkeit deutete.

„Ich glaube, ich brauche ein wenig Bedenkzeit", gab ich zu.

„Die sollst du selbstverständlich bekommen." Er verschränkte die Hände ineinander. „Nimm alles mit und lies es dir in aller Ruhe durch. Wenn du möchtest, kannst du auch ein paar Tage zur Probe arbeiten … dann siehst du, ob es das Richtige für dich ist. Den Kugelschreiber darfst du natürlich behalten."

„Danke", sagte ich in Ermangelung passenderer Worte. Es fühlte sich so falsch an, hier zu sein und tatsächlich in Erwägung zu ziehen, hier zu arbeiten – ohne Leonards Wissen. Und zugleich empfand ich eine Art Hochgefühl bei der Vorstellung, mal etwas anderes tun zu dürfen, als im Haus in Oldmallow zu sitzen und das wachsende Chaos erfolglos zu bekämpfen.

„Gern. Ich bin ein großzügiges Riesenbaby." AJ grinste und hielt mir seine Bürotür auf. „Lass mich wissen, wie du dich entschieden hast, Jo. Ich würde mich sehr freuen, wenn du die Stelle annehmen würdest, ob sofort oder erst im neuen Jahr, und vielleicht freust auch du dich über ein wenig frischen Wind in deinem Leben."

Frischer Wind? Nachdenklich schritt ich die Treppe herunter, um im Erdgeschoss von drei Frauen empfangen zu werden, deren leises Gespräch sofort verstummte, als sie mich sahen. Ohne Frage hatten sie über mich gesprochen.

„Man sieht Ihnen an, dass Sie gerade bei Prince Charming waren", flötete die größte der drei, eine schlanke Mittvierzigerin mit einem blonden Pagenschnitt.

„Er weiß, wie man Frauen den Kopf verdreht", pflichtete die zweite, die ein altmodisches graues Kleid trug und hüftlange dunkle Locken hatte, ihr bei.

„Ich bin verheiratet", stellte ich schnell höflich klar, ehe in der Kanzlei noch falsche Gerüchte ihre Kreise zogen, bevor ich überhaupt hier arbeitete.

„Ach Liebes, das sind wir alle", lachte die altmodisch Gekleidete und zeigte wie zum Beweis ihre rechte beringte Hand.

Die dritte, die in meinem Alter zu sein schien, lächelte mich nur freundlich an. Sie war adrett gekleidet und auffallend hübsch. Ihr feines, helles Haar hatte sie zu Gretchenzöpfen geflochten, die ihr in den Rücken fielen.

„Sie werden seine neue persönliche Assistentin?", fragte sie freundlich.

„Eventuell", antwortete ich vage und deutete vielsagend auf die Köpfe der Zwillinge. „Ich muss das noch mit den beiden hier besprechen – deren persönliche Assistentin bin ich nämlich auch."

Die drei lachten höflich.

„Na ja ... ich werde dann mal nach Hause gehen und mir das hier durchlesen", erklärte ich meinen drei potenziellen neuen Kolleginnen und verabschiedete mich, indem ich mit den Unterlagen winkte.

Als ich wenig später zu Hause ankam, fand ich einen Zettel im Briefkasten.

Auch das noch. Ich seufzte abgrundtief. Naomi und Becca hatten nichts Gutes über ihn berichtet und ich war nicht sonderlich erpicht darauf, ihn kennenzulernen, vor allem nicht in meiner derzeitigen Verfassung.

Ich nahm kurzerhand die Babyschalen der Zwillinge, die auf der kurzen Rückfahrt eingeschlafen waren, und stiefelte los Richtung Haus Nummer neun. Beim Tragen der Babyschalen merkte ich erst so richtig, wie groß und schwer die Kleinen seit ihrer Geburt geworden waren. Mich befiel bei der Erkenntnis spontane Schwermut, dass sie in einigen Monaten nicht mehr in die Schalen passen würden.

Das Jenkins-Haus war ziemlich klein, dafür aber hoch. Die abblätternde weiße Farbe der Fassade sah aus, als könnte sie einen neuen Anstrich vertragen und auch der Briefkasten hatte Rost angesetzt. Im Stillen fragte ich mich, ob der Alte schon immer alleine hier gelebt hatte.

Ich atmete tief durch, bevor ich die schweren Babyschalen vorsichtig auf der Veranda absetzte und die Klingel betätigte. Es dauerte eine Weile, bis die Tür geöffnet wurde und ein untersetzter Mann mit Rollkragenpullover mich skeptisch über den Rand seiner Brille hinweg ansah. Er rümpfte die Nase, als er die Babys sah.

„Sie müssen der alte Jenkins sein", rutschte es mir heraus. „Ich meine ... Mr. Jenkins."

„Was hat mich verraten, das Alter oder der Name an meiner Tür?", grunzte er unfroh.

„Beides." Ich lächelte tapfer und zeigte ihm den Zettel, den ich aus dem Briefkasten gefischt hatte. „Ein Paket für mich ist bei Ihnen abgegeben worden."

Wieder grunzte er, dann wandte er sich wortlos ab und verschwand im Inneren des Hauses, um wenig später mit einem großen Karton zurückzukehren, den er mir unsanft in die Hände drückte.

„Das wird hoffentlich nicht zur Gewohnheit werden", murrte er, nicht ohne Ella und Mina weiterhin argwöhnisch anzustarren.

„Natürlich nicht", beteuerte ich.

„Eines Ihrer Kinder hat gestern Schnee von meinem Geländer geleckt", beschwerte er sich und stemmte die Hände in die Hüften. „Mit der *Zunge!*"

„Oh", machte ich. „Nun ja, es sind Kinder. Aber ich werde ihnen sagen, dass sie das nicht mehr tun sollen. Danke für das Paket. Einen schönen T ..."

Mitten im Wort schlug er mir die Tür vor der Nase zu. Wow. Becca und Naomi hatten nicht übertrieben, als sie ihn einen verbitterten und komischen alten Kauz genannt hatten. Erst jetzt wurde mir bewusst, dass es unmöglich war, das Paket *und* die Babys zu tragen. Also ließ ich die Sendung kurz auf der Jenkins-Veranda stehen, trug die Babyschalen voller Eile zum Haus zurück, stellte sie in den warmen Flur und lief los, um das wenige Meter weit entfernte Paket zu holen. Es war ziemlich schwer. Der Schnee knirschte und knackste bei jedem Schritt unter meinen Füßen. Obwohl diese kalt und mein Atem sichtbar war, war mir aufgrund meiner kurzen Sporteinlage heiß.

Da Ella und Mina immer noch schliefen, Jackson sich bei Naomi befand und Elliot und Maddie in der Schule waren, nutzte ich die Chance, das Paket in aller Ruhe zu öffnen und auszupacken. Der Inhalt, einige der Weihnachtsgeschenke, lenkten mich zumindest ein wenig vom Gedanken an Leonard und dem restlichen Tohuwabohu in meinem Kopf ab. Eilig trug ich alles in den Keller und versteckte es dort, als auch schon die Babys aufwachten. Nachdem ich sie gestillt hatte, steckte ich beide ins Tragetuch und machte mich auf den Weg zu Naomi, um Jackson abzuholen.

„Er war vorbildlich brav", begrüßte diese mich an der Tür. „Was man von Parker nicht behaupten kann. Er hat alle Seiten von Charlottes Matheheft mit Honig zusammengeklebt. Mit Honig!" Genervt deutete sie auf den Schuldigen, der mit wütendem Gesichtsausdruck und verweinten Augen auf einem Kinderstuhl in der Küche saß.

Ich wusste nicht ganz, was ich dazu sagen sollte. Irgendwie erleichterte es mich, nicht die einzige Mutter zu sein, die sich von ihren Kindern teilweise überfordert fühlte.

„Wo ist Jackson?", erkundigte ich mich.

„Mabel liest ihm und Jimmy oben in ihrem Zimmer etwas vor", erklärte Naomi und deutete nach oben zur Decke.

„Oh ... super." Jackson konnte also zuhören, wenn man ihm etwas vorlas? Das war mir neu.

„Ich brauche jetzt erst mal einen Kaffee", schloss Naomi mit einem Kopfschütteln Richtung Parker. „Und du siehst aus, als würdest du auch einen brauchen – und zwar dringend."

„Oh, so schlimm?" Betroffen blickte ich an mir herab.

„Dein Äußeres nicht", beruhigte Naomi mich und schaltete die Kaffeemaschine an. „Dein Äußeres sagt: Hey, mir geht's fantastisch! Aber ich sehe hinter diesem Lächeln eine ganz andere Laune. Liege ich da richtig?"

„Irgendwie schon", gab ich zu, nahm am Küchentisch Platz, holte die Babys aus dem Tragetuch und befreite sie endlich aus ihren Fleeceanzügen, die sie schon die ganze Zeit über trugen.

„Lass mich raten ..." Naomi nickte mir wissend zu und schien nicht zu bemerken, dass Peter in die Küche geschlichen kam, um seinen Zwilling heimlich dazu aufzufordern, den Stuhl zu verlassen. Beide begannen, hinter vorgehaltener Hand kichernd, umherzulaufen.

„Leonard?" Sie warf den beiden einen scharfen Blick zu, sagte jedoch nichts.

Ich nickte. Lautstark lief der Kaffee vom Vollautomaten in die Tassen. Naomi breitete wie selbstverständlich eine Decke auf dem Boden aus, sodass ich die Zwillinge ablegen konnte.

„Passt bloß auf, wo ihr hintretet!", ermahnte sie die Jungen daraufhin, nahm die beiden vollen Tassen und setzte sich zu mir an den Küchentisch.

„Ach, ich weiß nicht, Naomi ..." Ich wuschelte Peter oder Parker – die beiden sahen sich einfach zu ähnlich – durch die Haare und unterdrückte ein Aufseufzen. „Es läuft einfach nicht gut bei uns zurzeit. Vor allem, seit wir in Oldmallow sind. Die Kinder, der Stress mit dem Haus, Leonards neuer Job ..." Dass er mich mit einer gewissen Annabel betrog, brachte ich nicht über die Lippen. „Es ist alles nicht mehr, wie es mal war."

Naomi betrachtete mich einen Moment lang, bevor sie mir antwortete.

„Liebe ist nicht immer rosarot und duftet nach Blumen, Jo. Manchmal riecht sie auch nach Schweiß, Babykotze oder angebranntem Toast."

Ich öffnete den Mund, um etwas zu entgegnen, aber Naomi fuhr fort: „Du musst dich von der Vorstellung lösen, dass eine Beziehung immer eitel Sonnenschein ist. Das mag auf Social Media und im Fernsehen so aussehen, aber die Realität ist anders."

Ich schluckte die Worte, die mir auf der Zunge lagen, herunter. Naomi sollte sie nicht hören. Sie hatte recht. Natürlich hatte sie das. Doch das, was mich an Leonard derzeit aufregte, war mehr als ein Streit, ein nicht abgeräumter Esstisch oder eine Meinungsverschiedenheit. So viel mehr. Kurz zog ich in Erwägung, sie mit meinem Verdacht zu konfrontieren, nur um es aussprechen zu können, doch dann kamen eine Handvoll Kinder angerannt und hatten Durst.

„Liegt dir sonst noch was auf dem Herzen?", fragte Naomi, während sie ein Glas Apfelschorle an ihren Sohn Keith reichte, einen properen Fünfjährigen mit wilden Locken.

„Nein." Ich schüttelte den Kopf.

„Red einfach mal mit ihm", schlug Naomi vor, stellte die Apfelschorle zurück in den Kühlschrank und nahm Peter oder Parker vom Küchentisch herunter, was mit lautem Gebrüll beantwortet wurde. „Aber sprich in einfachen, kurzen Sätzen. So, als würdest du mit einem Hund sprechen. Anders bleibt bei denen nichts haften." Sie zwinkerte mir zu. „Und weißt du, was du auch tun solltest?"

„Nein. Was denn?"

„Etwas anderes als das." Sie deutete auf die Babys, die sich zwischen prügelnden Zwillingsjungs und Keith, der seine Apfelschorle größtenteils verschüttete, befanden. „Tu was, was dir selbst guttut. Etwas, das dich erdet. Etwas, das frischen Wind in dein Leben bringt."

„Frischen Wind ...", wiederholte ich nachdenklich. „Ich glaube, ich weiß, was ich tun könnte."

Kapitel 15

Ein eigenes Universum voller Sterne

„Einmal ein frisch aufgebrühter schwarzer Kaffee mit einem Würfel Zucker, deine Hemden … frisch aus der Reinigung, und hier noch mal die Daten für deinen 15 Uhr-Termin." Ich überreichte AJ seinen Coffee-to-go-Becher, hängte eine Handvoll Hemden an die Tür und klebte einen Post-it-Zettel an den Bildschirm seines PCs, bevor ich ihm seinen Mantel von der Garderobe anreichte.

AJ schnalzte bewundernd mit der Zunge und schlüpfte in seinen Mantel.

„Du arbeitest erst seit drei Tagen für mich – und das auch nur zur Probe – und ich würde dich am liebsten jetzt schon befördern", bemerkte er und schlug galant die langen Ärmel seines Mantels um.

„Ich bin deine persönliche Assistentin, AJ. Wozu willst du mich befördern? Zu dir selbst?", konterte ich.

AJ lachte. Ein klares, melodisches Lachen, das echter klang als die kurzen, hellen Lacher, die er von sich gab, wenn er mit seiner Klientel telefonierte. Ich mochte sein echtes Lachen. Es klang irgendwie vertraut, und das, obwohl wir uns noch nicht lange kannten.

Im Büro zu sein, AJ ein wenig unter die Arme zu greifen und hier und da mal Kaffee oder etwas aus der Reinigung zu holen, fühlte sich wie ein Wellnessurlaub an, wenn ich die meterhohen Wäscheberge, die tägliche Frage nach dem zu kochenden Gericht und den wieder mal vollen Windeleimer zu Hause dagegen sah. Es war mir ein Leichtes, eine Ordnung aufrechtzuerhalten, die sowieso schon gegeben war, und das saubere, minimalistisch eingerichtete, ja fast schon sterile Klima in der Kanzlei gefiel mir. Hier fiel es mir leicht, ich selbst zu sein.

„Und? Hast du deinem Mann inzwischen gesagt, dass du hier zur Probe arbeitest?" AJ verharrte mit der Klinke in der Hand und musterte mich neugierig. Spätestens Anfang Januar würde ich den Vertrag unterschreiben, hatte ich ihm zugesichert.

„Ja. Gestern", antwortete ich einsilbig.

Ich wollte mich nicht an das Gespräch zurückerinnern, das in einen lautstarken Streit ausgeartet war. Daran, dass ich einen ohnehin schon gestressten, offenbar müden und nachdenklichen Leonard, der seit Tagen auf der Couch oder in seinem Büro schlief, mit einer Tatsache konfrontiert hatte, die er nicht ändern konnte. Daran, dass er kein gutes Haar an AJ gelassen und ihm falsche Motive unterstellt hatte. Und daran, dass ich ihn mit Annabel hatte konfrontieren wollen, es aber nicht über mich gebracht hatte. Wie ein dicker, harter Kloß in meinem Hals, den ich partout nicht herunterschlucken konnte, hatte die Angst vor dem, was danach geschehen würde, mir den Atem für jegliche Worte genommen. Ich hatte an die Kinder denken müssen und an das so bald bevorstehende Weihnachtsfest.

Sollten Sie am Heiligen Abend ohne ihren Vater unter dem Tannenbaum sitzen?

„Hm", machte AJ bloß und bedachte mich mit einem kritischen Blick, bevor er an seinem Kaffee nippte. „Wenn du mal reden willst, Jo, über … über was auch immer … du weißt, dass ich mich nicht nur als dein Boss, sondern auch als deine Freund sehe?"

„Und als deine Mutter?", scherzte ich.

„Das sowieso." AJ lachte sein klares, heiteres Lachen und zwinkerte mir zu.

Für den Bruchteil einer Sekunde wurde mir mit einer geradezu erschlagenden Heftigkeit bewusst, dass ich mich – in einem anderen Leben, zu einem anderen Zeitpunkt und in einer anderen Situation – höchstwahrscheinlich längst Hals über Kopf in ihn verliebt hätte. Schnell sah ich weg, als könnte er meine Gedanken hören.

„Was wünschen deine Kinder sich eigentlich zu Weihnachten?", erkundigte AJ sich, der von meinem Gedankenwirrwarr zum Glück nichts mitbekommen zu haben schien, und knöpfte betont langsam seinen Mantel zu. „Ich würde ihnen gern etwas schenken", fügte er erklärend hinzu.

„Oh, das musst du wirklich nicht", beeilte ich mich zu sagen. „Santa wird großzügig sein dieses Jahr, hat er mir geflüstert. Die bekommen alle fünf mehr als genug."

„Ich weiß, dass ich nicht muss. Ich möchte aber gerne. Mag der Große", er deutete mit der flachen Hand ungefähr Elliots Kopfhöhe an, „zufällig Football?"

Ich schüttelte den Kopf. „Nein, nicht wirklich. Er ist eher der Bücherwurm. Aber Maddie spielt Fußball."

„Das ältere dunkelhaarige Mädchen?“

„Genau.“

„Und … Jackson?“ Offenbar stolz, dass er sich an den Namen meines Mittleren erinnern konnte, strahlte er mich an und richtete den Kragen seines Mantels. Er zupfte nun schon eine Ewigkeit an seinem Mantel herum – wohl, um einen Vorwand zu haben, um sich länger mit mir zu unterhalten.

Ich genoss die Gespräche mit ihm ebenfalls. Es war lange her, dass ich mich so auf einer Wellenlänge mit jemandem gefühlt hatte. AJ schien mich zu verstehen. Er konnte nachvollziehen, dass ich nur Ordnung und Harmonie in meinem Inneren empfinden konnte, wenn dieses auch um mich herum herrschte. Es fiel ihm leicht, da es ihm genauso erging.

Einen Moment lang beobachteten wir beide Jackson, der am Boden saß und einträchtig mit einigen Büroutensilien spielte, die Helen, die Pagenschnitt tragende Anwaltsgehilfin, ihm vorhin gebracht hatte.

„Oh, Jackson mag hauptsächlich Kekse und selbstzerstörerisches Verhalten.“ Ich lächelte milde.

„Danke für die Tipps. Ich werde sehen, was sich daraus machen lässt. Aber fürs Erste muss ich leider jetzt los.“ AJ warf einen bedauernden Blick auf seine teure Armbanduhr und wandte sich schon zum Gehen, ehe er im Türrahmen noch einmal verweilte. „Und du, Jo?“

„Ich? Was ist mit mir?“

„Was wünschst du dir zu Weihnachten?“

„Mir schenkst du nichts!“, stieß ich heftig aus.

„Das klang wie eine Drohung.“

„Das war eine!“

„Dann muss ich wohl noch abwägen, ob ich es riskieren kann, die Wut der bezaubernden Jo McEvans auf mich zu ziehen", stellte er schmunzelnd fest und zwinkerte mir zu.

Nun war ich nicht mehr unsicher ... AJ flirtete definitiv mit mir. Eine paradoxe Mischung aus Unwohlsein und sich geschmeichelt fühlen rumorte in meiner Magengegend. Viel zu lange schon sah er mir direkt in die Augen. Zum ersten Mal, seit ich ihn kannte, stellte ich fest, dass seine Augen gar nicht blau waren. Nicht *ausschließlich* blau. Die strahlend azurblaue Iris hatte grüne, feine Linien – und all überall waren goldene Sprenkel verteilt. Wie ein eigenes Universum voller Sterne. Meine Kopfhaut begann zu prickeln.

Dann endlich wandte er sich ab, verschwand durch die Tür und ließ mich mit einem kribbelnden Gefühl zurück. Ich konnte es mir selbst nicht erklären – ich mochte AJ, natürlich mochte ich ihn. Es war schwer vorstellbar, dass irgendjemand ihn nicht mögen könnte. Aber irgendwie war da ... mehr. Ich mochte seine Aura. Ich mochte, wie *ich* selbst war, wenn ich Zeit mit ihm verbrachte – konzentriert, fokussiert, schnell und ordentlich. Es war, als hätte er eine Seite an mir zum Vorschein gebracht, die ich lange Zeit verloren hatte, obwohl ich sie einst wahrhaft und aufrichtig geliebt hatte.

Am Abend dieses Tages stand ich in der Küche und bereitete eine schnelle Nudelpfanne mit Lachs, Sahne und Brokkoli zu, während ich Mina auf dem Arm hielt, Ella in der Wippe auf der Arbeitsfläche der Küche untergebracht hatte und Maddie auf den Mathetest vorbereitete, der am nächsten Tag anstand. Es war ein ruhiger Donnerstagabend.

„Und wie viel ist … neun mal sieben?“, fragte ich gerade, würzte die Sahnesauce mit etwas Salz, Pfeffer und Paprikagewürz und rührte behutsam um, damit nichts über den Pfannenrand schwappte.

„Dreiundsechzig“, antwortete Maddie und musterte mit zusammengekniffenen Augen die Adventskalender an der Wand. „Elliot hat seine Fünfzehn noch nicht aufgemacht.“

Ich folgte ihrem Blick. Es war bereits der fünfzehnte Dezember? Schnell ging ich gedanklich alle Weihnachtsgeschenke durch. Fast alle befanden sich inzwischen gut verborgen im Keller, einige sollten Anfang nächster Woche noch ankommen. Selbst Geschenkpapier hatte ich inzwischen besorgt, als ich am Mittwoch ein Sandwich für AJ geholt hatte. Beruhigt wandte ich mich wieder der Lachspfanne zu.

„Fünf mal fünf?“

„Babyleicht! Fünfundzwanzig.“

„Neun mal neun?“

„Auch babyleicht … ähm … einundachtzig!“

„Sechs mal sechs?“

„Dreiunddreißig!“

Plötzlich klingelte es an der Tür.

„Überleg noch mal“, verlangte ich, stellte den Herd aus, zog die Pfanne von der Platte, hob die Babywippe von der Arbeitsfläche auf den Boden und deutete auf Ella. „Bleib kurz bei deiner Schwester, okay?“

„Sechsunddreißig!“, brüllte Maddie mir lauter als nötig hinterher, als ich die Haustür erreicht hatte.

Ich öffnete sie und hielt überrascht den Atem an – es war AJ. Einen Moment lang sah er mich bloß sprachlos an, fast so, als wäre er ebenso erstaunt, mich hier anzutreffen.

„Hi, Jo", sagte er dann endlich und winkte Mina kurz zu. „Hi, Baby."

Mina brabbelte munter drauflos.

„Elliot, stimmt's?", schloss AJ mit fragendem Unterton in der Stimme.

„Mina", erklärte ich.

„Stimmt. Die Zwillinge sind Mädchen." AJ schlug sich mit der flachen Hand vor den Kopf. „Sorry, ich war wohl abgelenkt davon, wie hübsch du aussiehst."

Hübsch? Ich blickte an mir herab. Nach der Arbeit hatte ich mich in eine schwarze Thermoleggins, ein Strickkleid und eine zusätzliche dünne Jacke geworfen, weil ich so gefroren hatte. Dazu trug ich ziemlich unattraktive, aber warme Hausschuhe. Hübsch wäre eines der letzten Adjektive, die mir einfielen, hätte ich mich in diesem Augenblick selbst beschreiben müssen.

„Was treibt dich zu mir?", erkundigte ich mich und hoffte inständig, dass er nicht erwartete, ins Haus gelassen zu werden. Abgesehen davon, dass dieses wie eigentlich immer ein einziges großes Chaos war und meine Fähigkeiten als seine persönliche Assistentin in Frage stellen würde, wusste ich nicht, wie Leonard reagieren würde, der im Wohnzimmer saß und die Arbeitspläne der Agentur durchging.

Als hätte er meine Gedanken gehört, erschien er just in diesem Moment neben mir im Türrahmen. AJ und Leonard sahen einander an wie zwei männliche

Gorillas vor dem Kampf, dann schüttelten sie sich die Hände.

„Was für eine unerwartete Überraschung“, fand Leonard als Erster die Sprache wieder. „Der Chef meiner Frau!“ Er betonte das Wort *Chef,* als würde er eigentlich etwas anderes meinen.

„Der Mann meiner persönlichen Assistentin“, konterte AJ und zeigte jenes aufgesetzte Lächeln, das er ansonsten nur Klienten gegenüber aufsetzte. Dann wandte er sich an mich und reichte mir etwas. „Du hast deinen Planer im Büro liegen lassen.“

Ich warf einen Blick auf das hübsche bordeauxrote Buch, das mir schwer in der Hand lag. „AJ ... das ist *dein* Planer.“

„Ach, wirklich?“ AJ legte die Stirn in Falten. „Aber da du meine persönliche Assistentin bist, ist es quasi *unser* Planer. Würdest du ihn für mich morgen früh durchgehen und die Termine darin mit denen im Computer abgleichen? Vielleicht ist Helen hier und da mal etwas durchgerutscht. Du weißt schon ...“ Er ahmte sie nach, die sich das kurze Haar aus der Stirn strich und verträumt in der Gegend herumblickte. „Da vertraue ich dir und deinen Adleraugen wesentlich mehr.“

AJ machte keinerlei Anstalten, das Buch wieder an sich zu nehmen. Nach wie vor lächelte er mich an und nach wie vor stand Leonard neben mir, der ihn ansah, als wäre er etwas Ekliges, das unter seinem Schuh klebte.

„Ja. Natürlich.“ Nach einer viel zu lange, viel zu stillen Pause nickte ich und drückte das Buch an mich. „Kein Problem. Also dann ... du musst sicher weiter. Ich muss ... na ja ... zurück in die Küche.“ Vielsagend sah ich Mina

an, die AJ mit neugierigen Augen von meinem Arm aus
musterte. „Wir kochen gerade das Abendessen."

„Fleißig wie immer." AJ tippte sich an seinen nicht
vorhandenen Hut. „Schönen Abend noch."

„Danke, dir auch." Obwohl ich dagegen ankämpfte,
glühte mein Gesicht, als ich die Haustür quälend langsam schloss. Ich spürte Leonards Blick auf mir.

„Was ist?" Trotzig schob ich das Kinn vor. „Raus mit
der Sprache, dir liegt doch ein dummer Kommentar auf
der Zunge!" Ich wusste gar nicht, woher diese Worte kamen. Es war fast so, als würde ich mich rein instinktiv
auf Konfrontationsebene begeben, anstatt zuzulassen,
dass Leonard mich mit irgendetwas, das er nun tun
oder sagen könnte, verletzte. Ich wollte nicht, dass er
schlecht von AJ dachte oder sprach – mein Chef war
mir wichtig. Dieser Job auch. Dass ich mich selbst nach
all der Zeit langsam wiederfand, bedeutete mir viel.

Ohne seine Reaktion abzuwarten, wandte ich mich
von ihm ab und stolzierte mit Mina zurück in die Küche, in der Maddie immer noch ganz brav vor Ellas
Schaukel saß und Grimassen schnitt, um diese bei
Laune zu halten. Leonard folgte mir. Ella gluckste fröhlich.

„Wieso hat das so lange gedauert?", fragte Maddie mit
einem vorwurfsvoll klingenden Unterton in der
Stimme.

Ich zuckte nur mit den Schultern, zog die Pfanne zurück auf die noch heiße Platte und rührte unnötig
lange in der Sahnesauce herum. Der Appetit war mir
gänzlich vergangen.

„Du hast hoffentlich nicht vor, diesen Vertrag zu unterschreiben." Leonards Stimme war ruhig, aber

bestimmt. Seine Art, mit mir zu reden, erinnerte mich daran, wie er mit den Kindern sprach, wenn er sie ermahnte, ohne wirklich schimpfen zu wollen. Aus irgendeinem Grund machte mich das unfassbar wütend.

„Und wieso nicht?" Schwungvoll drehte ich mich zu ihm um, den Holzlöffel immer noch in der Hand. Ein dicker Tropfen Sahne fiel auf das Ceranfeld. Ehe ich darauf reagieren konnte, hatte Leonard bereits einen Spülschwamm vom Waschbecken geholt und den Fleck beseitigt. Daraufhin fing er an, das eigentlich schon saubere Waschbecken zu schrubben. Wie immer, wenn er unter emotionalem Stress stand, begann er, wie im Wahn, den nächstbesten Gegenstand zu säubern. Das war schon zu unseren WG-Zeiten so gewesen.

„Weil er auf dich steht und dich flachl...", setzte er an, während er sich auf die Reinigung konzentrierte, schien sich aber rechtzeitig daran zu erinnern, dass Maddie schon seit einer ganzen Weile sehr gut buchstabieren konnte und schüttelte den Kopf, ohne mich anzusehen. „Ist ja auch egal. Ich will nicht, dass du für ihn arbeitest."

„Und ich will vielleicht nicht, dass du für die Agentur arbeitest?" Ich bemühte mich, nicht allzu wütend zu klingen, denn Streit vor den Kindern fand ich kontraproduktiv. Diskussionen waren aber durchaus in Ordnung – und noch diskutierten wir bloß.

„Ach, das ist mir neu." Leonard spülte den Schwamm gründlich aus und polierte das Waschbecken nun mit einem trockenen Tuch nach. Es hatte seit unserem Einzug nicht so geglänzt, wie ich innerlich neidlos anerkennen musste. „Warst du nicht diejenige, die mich dazu ermutigt hat, den Job anzunehmen?"

„Ja, weil du mich mit deiner übertriebenen Euphorie unter Druck gesetzt hast! Du hast mir das Gefühl gegeben, dass ich Ja sagen *muss*!“ Ich legte Mina in die Schaukel neben Ella, holte fünf Teller aus dem Geschirrschrank und fünf Gabeln aus der Besteckschublade, um damit ins Esszimmer zu gehen.

„Und du setzt mich nicht unter Druck mit deiner dauernden miesen Laune und deinem Ich-hasse-dieses-Dorf-Gesicht?“ Leonard war mir mit einem Untersetzer in der einen und der Pfanne in der anderen Hand gefolgt. „Ja, sieh mich nur entsetzt an, hältst du mich für blind? Ich *sehe*, dass du rund um die Uhr Heimweh hast, Josephin, ich *sehe* auch, dass du nicht hier sein willst, ich *sehe*, dass es dir nicht gefällt, wie selten ich zu Hause bin! Ich ...“, er deutete mit dem Daumen auf sich selbst, „... sehe dich!“ Mit dem Zeigefinger wies er in meine Richtung. „Aber siehst du irgendetwas anderes außer dir selbst? Siehst du mich? Siehst du, wie hart ich arbeite, wie sehr ich mich anstrenge, trotz der Agentur Zeit mit euch zu verbringen? Siehst du, wie viel Mühe ich mir gebe, um diesen Zustand so schnell wie möglich zu beenden, damit wir das bessere, tolle Leben führen können, das ich euch versprochen habe?“

„Du verbringst Zeit mit uns? Das ist mir neu!“ Viel zu laut stellte ich die Teller auf dem Tisch ab, wirbelte zu ihm herum und verschränkte die Arme vor der Brust. „Du verbringst Zeit in deinem Büro! Mit deinem Handy! Mit ...“

Ich schaffte es nicht, den Namen Annabel auszusprechen. Ich schaffte es einfach nicht. Jeder einzelne Buchstabe dieses Namens brannte in meinem Hals und versengte mir die Zunge beim bloßen Gedanken daran, ihn laut zu nennen.

Leonard knallte den Untersetzer auf den Tisch und die Pfanne darauf – so heftig, dass die Sahnesauce überquoll und an der Seite auf den Tisch lief.

Eine gefühlte Ewigkeit lang funkelten wir einander zornig über den Tisch hinweg an, dann erklang Jacksons typisch wütendes Gebrüll aus dem Obergeschoss, gefolgt von einem langgezogenen Mama-Ruf aus Elliots Mund.

„Er hat mein Bio-Buch angekaut!", beschwerte er sich. „Und als ich es ihm weggenommen habe, hat er sich fallen lassen. Ich habe nichts gemacht!"

Ich versuchte zu schlucken, aber ein dicker Kloß in meinem Hals hinderte mich daran. Ohne Leonard eines weiteren Blickes zu würdigen, verließ ich das Esszimmer und stampfte die Treppen hinauf. Als ich bei Jackson angekommen war, der mit seinen Fäusten zornig den Boden in Elliots Zimmer bearbeitete, hörte ich die Haustür ins Schloss fallen.

Kapitel 16

Marmelade, noch mehr Schnee und traurige Gewissheit

„Der sechzehnte Dezember. Ein herrlicher Tag." Becca machte Dehnübungen im Schnee. Ihr vor Anstrengung tiefrot gefärbtes Gesicht passte perfekt zu ihrem ebenfalls roten Sportanzug und der dazugehörigen Mütze, unter der nur wenige ihrer krausen Locken den Weg in die Freiheit gefunden hatten. Während sie sichtlich schwitzte, fror ich trotz mehrerer Schichten Kleidung. Ich hatte spazieren gehen wollen, um den Kopf frei zu bekommen und die Kinder ein wenig auszulasten, doch weiter als bis zu Beccas Haus waren wir bisher nicht gekommen.

„Ja", erwiderte ich langgezogen und warf einen Blick in den klaren blauen Himmel. Die Luft war so kalt, dass jeder Atemzug sich schneidend anfühlte. Bis ins tiefste Innere erfüllte sie mich und schien mich innerlich ein Stück weit gefrieren zu lassen. „Ich bin eher so der Sommer-Typ."

„Ach was, Sommer." Becca schüttelte angewidert den Kopf und fuhr sich mit dem Ärmel über die schweißnasse Stirn. „Da schwitzt man doch immer so."

Ich wollte mir lieber nicht vorstellen, wie sehr sie bei dreißig Grad im Schatten schwitzte, wenn ihr der Schweiß schon bei Minusgraden unaufhörlich floss. Allein der Anblick ihrer nackten, maskulin anmutenden Knöchel ließ mich, wenn das überhaupt möglich war, noch mehr frieren. Wie ertrug sie nur diese Kälte, dass ihr dabei offensichtlich sogar warm war?

„Jo!“ Naomi winkte uns aus ihrem Garten heraus zu. Wie ich war sie in einen übermäßig langen und dicken Mantel gehüllt, hatte sich die Kapuze tief ins Gesicht gezogen und zusätzlich noch einen Schal darum gewickelt. „Es hat zehn Grad unter null!“, rief sie zu uns herüber. „Wenn ich nicht so viele Kinder und Eddi zu versorgen hätte, würde ich bis Anfang Mai Winterschlaf halten!“

Ich musste schmunzeln. Die Vorstellung, mit einer großen Ration an Schokolade und Kaffee gemütlich zugedeckt im beheizten Schlafzimmer zu liegen und den Winter größtenteils zu verschlafen, gefiel mir.

„Wartet kurz, ich habe etwas für euch!“ Naomi eilte zu uns, Peter und Parker quengelnd in dicken Schneeanzügen hinter sich her ziehend, und reichte sowohl Becca als auch mir ein großes Glas mit orangefarbener Füllung.

„Na endlich! Ich habe schon darauf gewartet.“ Becca drückte einen Kuss auf ihr Glas. „Das gute Zeug! Ich gönne mir nach dem Training direkt eine Scheibe Schwarzbrot dazu.“

„Was ist das?“, erkundigte ich mich.

„Meine Adventsmarmelade!“ Naomi lächelte stolz und sah für einen kurzen Moment sehr viel jünger aus als sie eigentlich war. „Ich mache sie jedes Jahr im

Dezember und verteile sie in ganz Oldmallow – also an alle hier, die ich wirklich mag. Es ist ein Zeichen meiner uneingeschränkten Zuneigung, dass du eins bekommst, Jo, du darfst dich geschmeichelt fühlen. Dieses Jahr bin ich ein wenig spät dran."

„Ein wenig ist gut. Letztes und vorletztes Jahr hast du sie am dritten Dezember, davor das Jahr sogar am ersten Dezember verteilt." Becca schnalzte mit der Zunge.

„Sie schmeckt köstlich", fuhr Naomi fort, ohne auf deren Worte einzugehen. „Ich mache sie aus Äpfeln, Zimt, Kürbis, Marzipan, einem Schuss Limette und einer Geheimzutat. Ein altes Familienrezept. Glaub mir, wenn du sie einmal probiert hast, isst du keine andere Marmelade mehr."

„Sogar mein Chester hat diese Marmelade geliebt – fast so sehr wie seinen Whiskey."

„Wow. Danke!", freute ich mich.

Naomi hatte das Glas mit einem Made with love-Sticker und bunten Bändern verziert.

„Gern." Sie nickte und ignorierte die Zwillinge, die sich hinter ihr in den Schnee fallen ließen und theatralisch schrien. „Ihr habt die ersten beiden Gläser bekommen. Ich mache mich dann mal daran, die restlichen zu verteilen, bevor mich noch weitere Beschwerden erreichen."

Sie zwinkerte mir zu und kehrte zurück zum Haus. Peter und Parker folgten ihr unter lautstarkem Protestgeschrei. Auch Becca hatte es nun eilig, zurück ins Haus zu gehen – offenbar konnte sie es nicht mehr erwarten, sich das Schwarzbrot mit ihrer heiß geliebten Adventsmarmelade zu schmieren.

„Dann bringen wir das Glas besser mal schnell heim“, sagte ich zu den Kindern, obwohl ich eigentlich nach Hause wollte, weil ich fror. Sowohl Elliot als auch Maddie, die warm eingepackt neben dem Kinderwagen liefen, nickten zustimmend. Nur Jackson hatte seinen Spaß und aß begeistert Schnee von seinem Handschuh, den er von Beccas niedriger Gartenmauer klaubte. Früher hätte ich ihm wahrscheinlich sofort den Handschuh desinfiziert und den Mund ausgewaschen, inzwischen jedoch stimmte ich dem Grundsatz *Dreck reinigt den Magen* zumindest manchmal zu.

Erstaunt stellte ich fest, dass Leonards Firmenwagen vor dem Haus stand. Wir mussten uns knapp verpasst haben. Nachdem ich Jackson aus dem Schneeanzug geholfen und die Babys aus dem Kinderwagen geholt, ausgezogen und auf die Krabbeldecke verfrachtet hatte, fand ich ihn in der Küche vor, in der ich zunächst Naomis Marmelade in den Kühlschrank stellte.

Im Flur hörte ich Elliot und Maddie darum streiten, wessen Jacke an welchen Knauf an der Kindergarderobe gehängt werden durfte. Wie so oft bei Streitigkeiten, die in meinen Augen keinen Sinn ergaben, versuchte ich einfach wegzuhören. Das konnten sie schon selber klären.

Leonard stand lässig im Türrahmen, mit der linken Schulter angelehnt, in der rechten Hand sein Handy haltend, in das er so versunken war, dass er meine Anwesenheit gar nicht bemerkte. Das Haar fiel ihm leicht in die Stirn. War es kürzer geworden? Er musste beim Friseur gewesen sein. Er tippte etwas ein, wartete augenscheinlich auf eine Antwort und lächelte dann. Ein sanftes, aufrichtiges Lächeln, das ich seit einer geraumen Zeit nicht mehr in seinem Gesicht gesehen hatte.

„Mit wem schreibst du?“ Meine Stimme klang schneidend.

Leonard blickte kurz ertappt drein, dann ließ er das Handy schnell in der hinteren Hosentasche seiner Jeans verschwinden.

„Arbeitskollege“, antwortete er einsilbig.

„Aha.“ Ich glaubte ihm nicht. „Ach, und *hallo*.“

„Hallo“, murmelte er genervt. „*Du* kommst doch rein und machst mich direkt blöd von der Seite an, ohne mal guten Tag zu sagen.“

Ich reagierte nicht darauf. „Ich habe übrigens alle Weihnachtsgeschenke besorgt. Nicht dass es dich interessieren würde.“

„Wieso sollte es mich denn nicht interessieren?“

„Oh bitte ...“ Ich verdrehte die Augen.

„Nein, Josephin, raus mit der Sprache.“ Leonard verschränkte die Arme vor der Brust, lehnte sich mit dem Rücken an den Türrahmen und betrachtete mich. Etwas Provokantes lag in seinem Blick. „Erzähl mir doch, wieso es mich nicht interessieren sollte. Oder – noch besser – erzähl mir, wieso dich meine Meinung *plötzlich* wieder interessiert. Du hast doch immer darauf bestanden, die Weihnachtsgeschenke zu kaufen – du *liebst* das, hast du gesagt. Scheint ja nicht mehr so zu sein. Und, kleiner Tipp am Rande, wenn du meine Hilfe brauchst, dann frag mich doch einfach.“

„Ich will aber nicht fragen müssen“, brummte ich.

„Soll ich also riechen, wenn du ein Problem hast?“, schloss Leonard herablassend.

„Nein, verdammt, du sollst es *sehen*!" Ich warf die Hände in die Luft. „Ich habe momentan genug am Hals, darf mich dann noch komplett alleine um die Weihnachtsvorbereitungen kümmern, und du kommst nicht mal darauf, auch etwas zu tun! Irgendetwas!"

„Ich bitte dich, Josephin. Du findest doch auch die Zeit für so ein nutzloses Probearbeiten bei diesem geleckten Primaten. Zeit, dich für ihn hübsch zu machen und diesen komischen Selbstfindungstrip, oder was auch immer das sein soll, zu beschreiten. Aber Weihnachten – ausgerechnet Weihnachten, dein ach so heiliges Lieblingsfest aller Feste – das wird dir zu viel?" Leonard sah mit einem Mal müde aus, dann vibrierte das Handy in seiner Tasche. Er zog es hervor und warf einen Blick darauf.

Dass er während einer Diskussion mit mir einfach auf sein Handy blickte, anstatt mir in die Augen zu sehen, machte mich wütender, als seine Worte es taten. Normalerweise empfanden wir diese Geste beide als respektlos. Aber normal war hier schon lange nichts mehr.

„Selbstfindungstrip?", wiederholte ich. „In dieser Kanzlei fühle ich mich das erste Mal seit einer halben Ewigkeit wie ein Mensch, Leonard! Wie einfach nur Jo. Einfach nur ich. Nicht Mama, Frau, Haushälterin, Lehrerin, Erzieherin, Köchin, Putzfrau", zählte ich mit vor Wut zitternder Stimme an meinen Fingern ab. „AJ sieht mich! Meinen Wert! Mein Können! Aber weißt du was?" Ich hob die Arme in die Luft und ließ sie kraftlos wieder fallen. Schwer hingen sie an meinem Körper herab. „Es geht hier gar nicht um mich. Nicht ich mache das hier …“, ich deutete auf ihn und mich, „… kaputt. Du tust das.“

„Was für ein bodenloser Schwachsinn, Josephin.“ Leonard steckte das Handy wieder weg und sah mich an, als würde er mich gar nicht kennen. „Du bist anscheinend so unglücklich mit mir und unserer Familie, dass du diesen *AJ*…“, er sprach seinen Namen aus, als würde es sich um eine hoch ansteckende Geschlechtskrankheit handeln, „… brauchst, um dich irgendwie gut zu fühlen.“

„Dreh den Spieß jetzt bloß nicht rum!“ Mein Herz trommelte von innen wie mit tausend Fäusten wider meine Brust. „Du bist es, Leonard, du! Ich reagiere bloß darauf.“

„Ja, genau“, stimmte er mir mit vor Sarkasmus triefender Stimme zu und verdrehte die Augen.

„Ist ja auch egal.“ In gespielter Gleichgültigkeit zuckte ich die Schultern. „Ich habe keine Zeit für deine komische Midlife Crisis oder was auch immer du hast.“

„Das ist nicht fair.“ Leonard seufzte, als wäre ich ein Kind, dem er etwas schon dutzende Male erklärt hatte und mit dem er allmählich die Geduld verlor. „Ich *wollte* mit dir darüber reden, Josephin. Aber du bist ja so sehr damit beschäftigt, unglücklich zu sein, dass du mir nicht mal zuhören kannst, wenn mich vielleicht etwas belastet. Wenn mich etwas wirklich beschäftigt.“

„Ich sagte, ich habe keine Zeit dafür!“ Ich schrie nun fast. „Ich will es nicht hören!“

„Dann sprich mich nicht blöd von der Seite an!“ Leonards Stimme war genau so laut wie meine.

„Gut.“

„Gut.“

Just kam Elliot in die Küche gelaufen, wie so oft ein Buch unter den Arm geklemmt. Er schien von der schlechten Stimmung nichts zu bemerken, schob sich mit dem Zeigefinger die Brille hoch auf den Nasenrücken und wandte sich an Leonard.

„Darf ich dir heute beim Pizza backen helfen?", fragte er.

„Heute gibt's keine Pizza", antwortete Leonard ungewohnt schroff.

„Aber ... aber es ist Pizzatag!" Elliot blickte schier fassungslos drein. Einen Freitag ohne Pizza hatte es bei uns seit Jahren nicht gegeben. Selbstgebacken, aus der Pizzeria, bestellt oder auch mal günstig und schnell aus der Tiefkühlabteilung des Supermarkts – die Pizza gehörte für uns dazu wie der Disneyfilm am Abend. Ein Ritual, das das Wochenende für uns einläutete. Oder eingeläutet hatte ...

„Dann mach doch mit deiner schlecht gelaunten Mutter Pizza." Leonards Blick blieb auf sein Handy gerichtet. Er sah Elliot nicht einmal an. „Ich habe keinen Bock auf Pizza – und muss sowieso noch mal in die Agentur."

„Keinen ... Bock auf Pizza?", wiederholte Elliot, als wäre das völlig unvorstellbar, während er Leonard dabei zusah, wie er zu seinem Büro ging, um seine Tasche zu holen.

Plötzlich fasste ich einen Entschluss. Oder eher gesagt, der Entschluss fasste mich. Wie ein Blitzschlag durchzuckte er meinen Körper und von einer Sekunde auf die andere stand für mich fest, dass ich Leonard folgen würde. Meine Intuition sagte mir, dass er nicht in die Agentur fahren würde. Ich würde die Wahrheit herausfinden. Mit meinen eigenen Augen und Ohren. Die ganze Wahrheit – und nicht irgendetwas, das er glaubte, mir erzählen zu müssen.

„Essen wir wirklich keine Pizza, Mum?", holte Elliot mich zurück in die Gegenwart.

„Wir essen Pizza. Sonst wäre das doch kein richtiger Freitag!" Ich tätschelte ihm den Kopf und nahm mein Handy hervor, um Naomis Nummer einzugeben. „Ich muss nur noch mal kurz in die Stadt, um Pizzakäse zu besorgen", erklärte ich abwesend.

Ich tippte mit zitternden Fingern.

Kannst du kurz auf die Kids aufpassen? Notfall!

Leonard hatte seine Tasche geholt und stand nun mit grimmigem Gesichtsausdruck an der Garderobe, um seinen Mantel anzuziehen. Innerlich sandte ich ein Stoßgebet an Naomi. Sie musste sich beeilen, sonst würde ich Leonard nicht einholen können. Dieser schlüpfte derweil in seine Schuhe und ging auf die Knie, um sie zu binden. Ohne sich zu verabschieden, riss er die Haustür auf und fand sich Angesicht zu Angesicht mit Naomi wieder, die atemlos in den Flur stürmte, noch ein Marmeladenglas im Arm, das sie wohl gerade hatte verschenken wollen.

„Ich komme auf einen Kaffee rüber, passt es euch gerade?", schaltete sie blitzschnell, nachdem sie und ich einen kurzen Blick miteinander getauscht hatten.

„Passt", brummte Leonard und verschwand.

„Die Babys schlafen und Maddie und Jackson sehen fern", raunte ich Naomi beim Vorbeigehen zu. „Tausend Dank!"

„Nicht dafür." Naomi schüttelte den Kopf. „Das tun Freundinnen."

Ich wartete, bis Leonards Firmenwagen um die Ecke gebogen war, dann eilte ich hinaus. Wie in einem verrückten Film, auf dessen Handlung ich keinen Einfluss hatte, beobachtete ich mich selbst dabei, wie ich in den Minivan stieg, den Motor anließ und Leonard mit großem Sicherheitsabstand folgte.

Erst auf der Landstraße fiel mir auf, dass ich kaum geatmet hatte. Angestrengt holte ich Luft. Es tat fast weh, als sie in meine Lungen eindrang.

Leonard fuhr schnell. Ich überholte einen LKW, ließ aber ausreichend Platz, sodass er mich nicht bemerken konnte. Ein unangenehmes Kribbeln breitete sich in mir aus. Ich hatte Angst, war wütend, fühlte mich schuldig und auf eine paradoxe Art und Weise war ich gespannt auf das, was ich herausfinden würde. All das fühlte ich mit jedem Atemzug. Es war fast zu viel für einen einzigen Menschen.

Als Leonard an der nächsten Ausfahrt vorbeifuhr, stand fest, dass die Agentur nie sein Ziel gewesen war. Das war mir eigentlich zwar bereits klar gewesen, andererseits jedoch hatte natürlich ein kleiner Teil von mir leise gehofft, dass er es doch tun würde. Ich biss mir fest auf die Unterlippe, um die Tränen zurückhalten zu können. Ich wollte mir nicht erlauben zu weinen.

Eine weitere Ausfahrt wurde von Leonard zurückgelassen. Ich vergrößerte den Abstand zu ihm ein wenig, behielt den großen Wagen aber nach wie vor konzentriert im Auge. Das Radio ließ ich bewusst ausgeschaltet. Aus irgendeinem selbstzerstörerischen Impuls heraus wollte ich diese Situation in absoluter Stille aushalten, wollte jeden Schmerz zu einhundert Prozent spüren und mir selbst keine Ablenkung erlauben.

Irgendwann setzte Leonard den Blinker und verließ die Landstraße. Zwei PKWs, einen Minivan und einen LKW zwischen uns folgte ich ihm. An einer auf Rot springenden Ampel drohte die laienhafte Verfolgungsjagd jäh beendet zu werden, doch irgendwie schaffte ich es, ihn wieder einzuholen. Es folgte ein Kreisverkehr, dann fuhr er auf den Parkplatz eines großen Einkaufszentrums. Verwundert parkte ich am anderen Ende und beobachtete ihn aus sicherer Entfernung. Mein Herz raste so schnell, dass es beinahe wehtat.

Er ging mit schnellen Schritten Richtung Eingang, wobei er sich einige Male umsah, jedoch nicht in meine Richtung blickte. Ob er spürte, dass er verfolgt worden war?

Ich wartete, bis er hineingegangen war, dann sprang ich aus dem Van und joggte mit weit ausholenden Schritten hinter ihm her.

Ich hatte dieses Einkaufszentrum nie zuvor besucht. Und ich war mir ziemlich sicher, dass ich es auch nach dem heutigen Tag nicht wieder tun würde. Ich ließ den hip wirkenden Klamottenladen, aus dem unangenehme Technomusik dudelte, links liegen und folgte meinem Mann an einem Schmuckladen, einem Drogeriemarkt, einer Eisdiele und einem Spielzeugladen vorbei. Es war mir sogar inzwischen egal, ob er mich sah. Ich war nicht mehr ich selbst. Ich war bloß ein ferngesteuertes Etwas, das den Bruch seines eigenen Herzens beschleunigte.

Leonard betrat eine Rolltreppe, um ins Obergeschoss zu fahren. Als er dort fast angekommen war, fuhr ich ebenfalls hoch und rempelte dabei eine ältere Dame an, ohne mich dafür zu entschuldigen. Wie auch – ich hätte meinen Mund nicht öffnen können, ohne den Schrei zu befreien, der tief in mir saß. Meine Zähne presste ich so fest aufeinander, dass mein Kiefer bereits wehtat. Meine Zunge fühlte sich schwer und heiß an, meine Lippen ganz trocken. Ich stolperte über das Ende der Rolltreppe, Leonards Rücken immer noch im Visier. Kurz wandte er sich zur Seite. Ein klein wenig mehr nach rechts und er hätte mich gesehen.

Vorbei an einem Schuhgeschäft, einem Schnellimbiss und einem Fachladen für Haustierbedarf steuerte mein Ehemann nun auf ein Café zu, vor dem einige kleine runde Tische mit hellblauen Tischdecken standen. Nun hob er die Hand und winkte jemandem. Ich folgte seinem Blick und wusste, wem das galt, noch ehe sie den Gruß erwidert hatte. Ich blieb stehen. Meine Beine zitterten so sehr, dass ich mich an das Schaufenster des Tiergeschäfts lehnen musste, damit es mir nicht den Boden unter den Füßen wegriss.

Sie war klein, einen guten Kopf kleiner als ich vielleicht. Ihr hellblondes Haar trug sie zu einem jener lässigen, super perfekten hohen Zöpfe zurückgebunden, die man sonst nur auf Instagram sah. Sie sah schlank aus – und sehr, sehr jung. Ihr Modelkörper steckte in hautengen Jeans, hohen Stiefeln und einem Trenchcoat in Pastellrosa. Paradoxerweise schoss mir der Gedanke in den Kopf, dass dieser Trenchcoat während dieser kalten Jahreszeit unmöglich warm genug sein konnte. Sie würde sicher frieren, wenn sie das Einkaufszentrum verließ.

Leonard beschleunigte seine Schritte und schloss sie in die Arme. Eine gefühlte Ewigkeit lang hielt er sie fest, bevor er ihr einen Kuss auf die Wange drückte und ihren Stuhl zurückschob, damit sie Platz nehmen konnte. Obwohl ich die beiden leibhaftig vor mir sah, fühlte es sich komplett surreal an. Mein ganzer Körper wurde erst von einem heißen, dann von einem kalten Schauer geschüttelt, während ich nach wie vor an die Fensterscheibe gelehnt dastand und nach Atem rang. Es fühlte sich an, als hätte mir jemand ein Messer mitten ins Herz gerammt ... nein ... es schmerzte deutlich mehr. Keine Klinge der Welt konnte so wehtun.

Mit einem Gefühl, das einem Keuchen sehr nahekam, stieß ich mich von der Schaufensterscheibe ab, kehrte Leonard und seiner Geliebten den Rücken zu und stürzte davon. Meine Beine, die meinen Körper anfangs kaum tragen zu können schienen, begannen unwillkürlich, schneller zu werden. Ich verfiel in eine Art Laufschritt, dann in ein schnelles Joggen und schließlich rannte ich, als würde es um mein Leben gehen. Dabei fühlte es sich gar nicht an, als würde ich rennen. Eher, als würde ich fallen. Ich fiel am Schuhgeschäft vorbei, am Schnellimbiss, am Spielwarenladen und an der Eisdiele. Aus dem hippen Klamottenladen drang immer noch dieselbe stumpfsinnige Technomusik wie vorhin. Mein Herz synchronisierte sich mit dessen schnellem Bass. Ich fiel aus dem Einkaufszentrum hinaus, über den Parkplatz und ins Auto hinein, um sofort den Motor zu starten und viel schneller als erlaubt loszufahren.

Fort.

Fort von diesem Einkaufszentrum, von dieser Stadt.

Fort von Leonard.

Kapitel 17

Alles hat ein Ende

Wie ich die Fahrt nach Hause geschafft hatte, konnte ich im Nachhinein nicht einmal mehr für mich selbst rekonstruieren. Es grenzte an ein Wunder, dass ich keinen Unfall gebaut hatte, denn ich hatte nicht nur die Geschwindigkeitsbegrenzungen missachtet, sondern auch kaum etwas sehen können. Ein Meer aus Tränen hatte meine Sicht getrübt, während tief in mir alles Stück für Stück zerbrochen war.

Mit zittrigen Fingern und feuchten Augen dauerte es eine ganze Weile, bis ich es schaffte, die Tür aufzuschließen. Naomi, die meine verzweifelten Versuche, den Schlüssel ins Schloss zu stecken, wohl gehört hatte und mir zu Hilfe hatte kommen wollen, blieb im Flur stehen und schlug die Hände vor den Mund, als sie mich sah. Von irgendwoher – keine Ahnung, ob sie mich beobachtet hatte oder zufällig gerade unterwegs war – gesellte sich auch Becca zu uns, die nach mir ins Haus kam, die Tür hinter uns schloss und ihren zum Sprechen geöffneten Mund sofort wieder schloss, als Naomi den Kopf schüttelte.

Aus dem Wohnzimmer dudelte die Titelmusik irgendeiner Kinderserie. Naomi deutete wortlos auf die

Packung Kekse, die sie in der Hand hielt und beeilte sich, den Kindern diese zu bringen, während Becca ihre Schuhe auszog, sie zu all den anderen stellte und mich mit sanfter Gewalt, mit ihrer Hand in meinem Rücken, in die Küche schob. Dort deutete sie auf einen Stuhl, auf den ich mich wie betäubt sinken ließ. Das Blut rauschte so laut in meinen Ohren wie nie zuvor.

Im Küchenradio lief ein Lied von Olivia Rodrigo, das in den letzten Tagen auf und ab gespielt worden war. Zum ersten Mal hörte ich auf den Text, der nicht passender hätte sein können.

I played dumb but I always knew
That you'd talk to her, maybe did even worse,
I kept quit so I could keep you.

„So", setzte Becca an. „Was ist passiert, Liebes?"

„Leonard", würgte ich hervor. Mein Hals tat weh. Meine Lippen ebenfalls. Eigentlich tat mir alles weh. Der seelische Schmerz war so stark, dass er körperlich geworden war. Ich konnte mich nicht daran erinnern, mich je zuvor so elend, so hintergangen, so zerbrochen gefühlt zu haben. Hatte ich damals auch fest geglaubt, die Trennung von Marten hätte mein Leben erschüttert, so wusste ich nun, dass das damals ein Witz gegen das war, was mir gerade widerfuhr. Marten war ein Erdbeben gewesen, Leonard ein Weltuntergang.

„Hat er ...", begann Becca den Satz, um mich zum Sprechen zu bringen. Mitleid und Neugierde hielten sich in ihrer Stimme die Waage.

„Eine andere Frau." Ich nickte unter Tränen. „Ich wusste es schon längst ... eigentlich. Aber es mit eigenen

Augen zu sehen, es *wirklich* zu wissen ..." Meine
Stimme brach.

And I know if you were true
There's no damn way that you
Could fall in love with somebody that quickly,

sang Olivia Rodrigo voller Inbrunst.

Naomi kam in die Küche. Die Kekse war sie losgewor-
den, stattdessen hielt sie Ella im Arm.

„Ich glaube, sie hat Hunger", erklärte sie fast entschuldigend und schaltete das Radio ab.

Resigniert nahm ich meine Tochter an mich und legte
sie an, um sie zu stillen. Der kleine warme Körper, der
sich sofort sichtlich entspannte, als er meinen spürte,
ließ mich noch mehr weinen. Unaufhaltsam liefen mir
die Tränen über das Gesicht, fielen von meinem Kinn
in den Kragen des Mantels, den ich immer noch trug,
und tropften von meiner Nase auf Ellas weichen blonden Haarflaum.

„Leonard betrügt sie", klärte Becca Naomi ungefragt
auf und schnalzte tadelnd mit der Zunge. „Typisch
Mann! Mein Chester ..."

Naomi brachte sie mit einem strengen Blick zum
Schweigen. Behutsam legte sie mir eine Hand auf die
Schulter.

„Bist du dir sicher, Jo?"

Ich hob den Blick und sah ihr ins Gesicht – oder vielmehr versuchte ich, das zu tun. Durch den Tränenschleier war alles ziemlich verschwommen. Unsanft
fuhr ich mir mit der freien Hand über Augen und Nase

und wischte all die nasse Kälte fort. Mein ganzes Gesicht brannte und glühte.

„Ich habe sie gesehen", brachte ich mit zitternder Stimme hervor.

„Du hast sie gesehen?", fragte Naomi.

„Ihn und ...", ich musste tief ein- und wieder ausatmen, bevor ich ihren Namen aussprechen konnte, „... Annabel. Ihr Name ist Annabel."

Becca und Naomi tauschten einen Blick miteinander, den ich nicht einordnen konnte.

„Ich kenne Leonard nicht besonders gut", setzte Naomi an, stützte ihr Kinn nachdenklich mit der Hand ab, während sie die andere in die breite Hüfte stemmte und schüttelte langsam den Kopf. „Aber ich kann mir absolut nicht vorstellen, dass er ..."

„Ich habe sie gesehen!", wiederholte ich etwas lauter und spürte nun zusätzlich zu all der Traurigkeit und Verzweiflung auch etwas wie Wut in mir aufsteigen. Hatte sie mir denn nicht zugehört?

Sofort dämpfte ich meine Stimme, als Ella aufhörte zu trinken und zu mir aufblickte. Beruhigend strich ich ihr mit dem Daumen über die Wange, woraufhin sie lächelte und ein zufriedenes Glucksen hören ließ, bevor sie weitertrank.

„Das tut mir sehr, sehr leid, Jo", sagte Naomi aufrichtig. „Ich habe euch als tolle Familie und starkes Paar empfunden. Das hast du nicht verdient."

„Also in dieser Online-Partnersuch-App, bei der ich angemeldet bin, gibt es junge, heiratswillige Männer wie Sand am Meer", erklärte Becca mit wachsendem Enthusiasmus in der Stimme. „Wir könnten dir dort ein Profil anlegen, mit einem hübschen Foto, und dann schauen wir mal, ob ...“

Naomi räusperte sich geräuschvoll.

„Zu früh?“ Becca legte den Kopf schief.

„*Viel* zu früh.“ Naomi klang entnervt. „Lass sie doch erst mal mit Leonard reden, bevor du sie schon mit dem Nächsten verkuppelst!“

Mit Leonard reden? Ich hörte auf zu weinen und legte mir die inzwischen satte Ella an die Schulter, um ihr sanft zwischen die Schulterblätter zu klopfen. Ich hatte gar nicht darüber nachgedacht, dass ich Leonard noch einmal sehen würde. Sehen *musste*. Für mich hatte in diesem Einkaufszentrum alles geendet, er jedoch wusste noch nichts davon. Ein Schauder lief mir über den gesamten Körper. Ich hatte absolut keine Ahnung, wie ich mit ihm reden sollte. Würde ich es für mich behalten und mich ihm gegenüber normal verhalten können, bis die Kinder im Bett waren? Allein die Vorstellung ließ eine unterschwellige Übelkeit in mir aufkommen. Eines stand fest – ich würde ihm nie wieder in seine grau-grünen Augen sehen können, in die ich mich damals so sehr verliebt hatte, ohne dabei an das zu denken, was er mir angetan hatte.

„Ich weiß nicht, ob ich das kann“, würgte ich hervor und setzte mir Ella auf den Schoß.

„Du musst!“, begehrte Becca auf. „Pack ihn bei den ... *Schultern* und konfrontiere ihn mit den Tatsachen. Und dann wirfst du all seine Klamotten in den Kamin!“ Sie lachte ein diabolisches Lachen. „Misch ihm Haarentferner in sein Shampoo, bevor er geht – ich habe noch eine Flasche daheim – und putz mit seiner

Zahnbürste das Klo. Zerkratz seinen Firmenwagen! Oder lass es Naomis Kinder tun – die machen so was gerne."

„Mabel war gerade *drei* Jahre alt!" Naomi verdrehte die Augen. „Und wenn du den Schraubenzieher nicht hättest liegen lassen ... außerdem hat sie dir ein Herz in die Fahrertür geritzt, du solltest dich geschmeichelt fühlen."

„Ich will sein Auto nicht zerkratzen", warf ich leise ein.

Becca und Naomi schienen einen kurzen Moment vergessen zu haben, dass ich auch noch da war. Beide blickten ein wenig schuldbewusst drein. Es stimmte, was ich gesagt hatte, ich hatte nicht vor, Leonard irgendetwas anzutun. Mir war nicht nach Rache zumute. Ich war wütend auf ihn, selbstverständlich – aber hauptsächlich fühlte ich mich traurig, verletzt, beschämt, erniedrigt – all das. Nicht nur wütend. Und ich hatte Angst. Angst davor, ihn ohne jegliches schlechtes Gewissen durch die Wohnungstür spazieren zu hören und ihm sagen zu müssen, was ich gesehen hatte. Ich hatte Angst vor diesem Gespräch, vor seiner Reaktion, vor den Konsequenzen für unsere Familie, die dies alles unwiderruflich haben würde.

***

Es wurde spät, bis Leonard nach Hause kam. Hätte mich seine Textnachricht mit der Info, dass er es nicht zur Schlafenszeit der Kinder schaffen würde, auch unter normalen Umständen geärgert, so hatte ich lediglich mit einem knappen:

geantwortet und innerlich etwas wie Erleichterung verspürt.

Ich wollte das Ganze auf keinen Fall vor den Kindern klären. Ihnen bald sagen zu müssen, dass ihre Eltern von nun an getrennte Wege gehen würden, würde schwer genug werden. Gedanken an Sorgerechtsstreits, Feiertage ohne die Kinder und Scheidungsanwälte kamen in mir auf. Ich erstickte sie im Keim. Ich wollte dies alles nicht denken. Natürlich, ich würde mir sehr bald genau diese Gedanken machen müssen, doch noch war ich nicht bereit dazu. Mein schmerzendes, im Sterben liegendes Herz ging gerade vor. Die Vernunft und die Planung der Zukunft waren erst mal zweitrangig.

Nachdem ich alle Kinder zu Bett gebracht hatte, schlich ich lautlos wie ein Geist durch die Räume im Erdgeschoss. Das Haus, das bei unserem Einzug so groß, leer und baufällig gewesen war, wirkte inzwischen viel wohnlicher. Hier und da stand zwar etwas, das noch keinen festen Platz hatte und auch wenige vereinzelte Umzugskartons hatten wir noch nicht ausgeräumt. Aber das Spielzeug am Boden, Maddies am Ladekabel eingestecktes Grafik-Tablet und eine kleine Schüssel mit zwei bräunlichen Apfelspalten, die Jackson nicht aufgegessen hatte, zeigten, dass wir hier inzwischen angekommen waren. Wir waren hier zu Hause. In Anbetracht der neusten Umstände erschienen mir mein Heimweh der letzten Tage und mein

Gefühl des nicht Ankommens in Oldmallow geradezu lachhaft.

Als ich Leonards Wagen vor dem Haus parken hörte, wurde mir ganz flau im Magen. Wie sehr wünschte ich mir plötzlich meine Gefühle und Probleme der letzten Wochen zurück, in denen der Umzug mir zwar schwer zu schaffen gemacht hatte, aber innerhalb unserer Familie alles in Ordnung gewesen war. Nun wusste ich, dass auch das vorbei war. Leonard und ich als Paar, als Eltern, als Hausbesitzer – all das war nun Geschichte. Zerplatzt wie eine Seifenblase. Dass ich die Einzige unter diesem Dach war, die in diesem Moment darüber Bescheid wusste, war ein Gefühl, das einen Kloß in meinem Hals entstehen ließ.

Leonard schloss die Tür auf und strich sich an der Fußmatte säuberlich den Schnee von den Schuhen. Leise summte er die Melodie eines Liedes vor sich hin, das momentan tagein, tagaus im Radio lief.

Er wirkte deutlich besser gelaunt, als er es beim Verlassen des Hauses gewesen war. Logisch, er hatte offensichtlich ein tolles Date gehabt. Schmerz und etwas wie Scham, obwohl nicht ich es gewesen war, die betrogen hatte, krampften meinen Magen zusammen. Gedemütigt, erniedrigt, beschämt – so fühlte ich mich. Als hätte man mir nicht nur meine Liebe, sondern auch meinen Wert genommen.

Ich schlang die Arme um meinen Körper und rieb mit den Handinnenflächen über meine kalten Oberarme. Trotz Strickjacke fror ich. Es war eine lebendige Kälte, eine pulsierende Kälte, eine, die von innen heraus kam und die man von außen nicht zu vertreiben vermochte. Nicht einmal durch Wärme.

Leonard hängte seinen Mantel an die Garderobe, schlüpfte aus seinen Schuhen und bemerkte mich erst, als er beinahe an mir vorbeigelaufen wäre. Sein Gesichtsausdruck durchlief ein ganzes Repertoire an Emotionen, von überrascht über erschrocken bis hin zu irritiert. Eine gefühlte Ewigkeit lang sahen wir einander schweigend an. Eine Ewigkeit, in der ich mich jäh an unser erstes Treffen zurückerinnerte.

„Leonard McEvans."

„Freut mich, Josephin Carter, die ich ganz gewiss nicht Jo nennen werde. Und du musst Elliot sein. Coole Brille."

„Was ist passiert?", fragte er endlich und beförderte mich zurück in die Gegenwart. Sein Blick bohrte sich forsch in mich hinein. „Ist was mit den Kindern?"

„Den Kindern geht es gut." Ich zog lautstark die Nase hoch. Sie schien ununterbrochen zu laufen, seit ich so stark geweint hatte. „Ich weiß es, Leonard."

„Du weißt ... was?"

„Stell dich doch nicht dumm!", verlangte ich mit so viel Bitterkeit in der Stimme, dass ich sie geradezu schmecken konnte. „Hilft dir der Name Annabel zufällig auf die Sprünge?"

Leonard schien aus allen Wolken zu fallen. „Du weißt von Annabel?", fragte er fassungslos.

Selbst jetzt noch, obwohl ich das geheime Treffen und die Intimität zwischen den beiden mit eigenen Augen gesehen hatte, rissen mir seine Worte gefühlt den Boden unter den Füßen weg. Was hatte ich erwartet? Dass er das Ganze leugnete, mir eine völlig logische Erklärung dafür ablieferte oder gar seinen geheimen Zwillingsbruder präsentierte, den ich im Einkaufszentrum statt seiner gesehen hatte? Ich wusste es selbst nicht. Ich wusste nur, dass die Abneigung in jeder Sekunde, die verging, in mir wuchs.

„Natürlich weiß ich von ihr", versuchte ich so kühl wie möglich zu sagen, doch meine Stimme zitterte hörbar. „Ich weiß alles."

Leonard fuhr sich mit der Hand über das jäh müde aussehende Gesicht, bevor er einen Schritt auf mich zumachte. Die letzten Wochen hatten ihn altern lassen. Feine Fältchen und vereinzelten grauen Haare an den Schläfen und im Dreitagebart waren stumme Zeugen des Umzugsstresses, des Schlafmangels wegen der Babys und wohl auch der Anstrengung, die ein Doppelleben so mit sich führte.

„Josephin, ich wollte mit dir darüber sprechen. Ich wollte es dir sagen, mehr als nur einmal." Leonards Stimme überschlug sich beinahe.

Als ich jäh zischte, weil die Kinder bereits schliefen, fuhr er leiser, aber nicht weniger aufgeregt fort.

„Aber du wolltest es nicht hören. Du warst so gestresst, so nervös, so überfordert von diesem Umzug, dass ich es erst einmal für mich behalten habe. Das war ein Fehler. Du hast ein Recht, es zu erfahren."

Ich starrte ihn an und konnte nicht fassen, was er da sagte. Da stand der Mann, den ich mehr liebte als alles andere, vor mir und ließ alles, was wir hatten, wie Seifenblasen zerplatzen.

Unsere Vergangenheit, unsere Gegenwart, unsere Zukunft – alles kaputt.

„Wie lange?" Ich biss mir auf die Zunge.

„Kurz nachdem wir hergezogen sind, habe ich sie kennengelernt", erklärte Leonard leise. „Josephin, ich bin so froh, dass ich das endlich aussprechen kann. Ich verstehe, dass das erst mal ein Schock ist – für mich war es das auch."

Ich wollte etwas sagen, brachte aber kein Wort hervor. Meine Zunge fühlte sich schwer und träge an, wie nach einer örtlichen Betäubung beim Zahnarzt. Für ihn war es also ein Schock? Für *ihn*? Als wäre er diese Affäre nicht aus freien Stücken eingegangen! Ich lachte unfroh auf.

„Es fühlt sich an, als würde ich sie schon ewig kennen, auch wenn ich natürlich bedaure, sie nicht schon früher gekannt zu haben." Leonard machte einen Schritt auf mich zu und nickte mit betretener Miene, als ich zurückwich. „Lass dir so viel Zeit, wie du brauchst – aber vielleicht möchtest du sie im neuen Jahr kennenlernen?"

„Kennenlernen?!", wiederholte ich fassungslos.

„Ja, sie ist großartig!" Leonard betonte jede einzelne Silbe des Wortes. „Du würdest sie mögen."

Ich konnte es nicht fassen – Leonard *lächelte*! Und in seinem Gesicht breitete sich etwas aus, das ich nur als Liebe bezeichnen konnte.

„Sie ist witzig, intelligent und sie züchtet Meerschweinchen, ist das nicht cool?"

Jedes seiner Worte war ein Stich in mein Herz. Wie konnte er es nur wagen, mir so wehzutun und diese Frau noch in den höchsten Tönen zu loben? Dass es sie gab, war schon schlimm genug. Dass er offensichtlich tiefere Gefühle für sie hegte, jedoch wesentlich schmerzhafter. Ich hatte gedacht, es sei Sex gewesen, eine Ausflucht aus der momentanen Situation, vielleicht auch der Reiz des Verbotenen. Aber es war mehr.

„Du glaubst, ich würde Annabel ... mögen?", fasste ich
tonlos zusammen. Ihr Name brannte nach wie vor wie
Feuer in meiner Kehle. Jeder einzelne Buchstabe.

„Ich hoffe es. Immerhin gehört sie zu meinem Leben
und es wäre wunderbar, wenn sie zu *unserem* gemeinsamen Leben gehören würde. Du bist meine Frau, sie ist
mei ..."

„Stopp!" Ich starrte Leonard mit offenem Mund an.
Verlangte er gerade ernsthaft von mir, dass ich eine
zweite Partnerin an seiner Seite akzeptierte?

Er öffnete den Mund, wahrscheinlich um weiter von
ihr zu schwärmen, doch ich streckte ihm meine Hand
entgegen.

„Stopp!", brachte ich erneut hervor. „Kein Wort mehr!
Verschwinde, Leonard. Pack deine Sachen und geh!"

Offenbar hatte er nicht damit gerechnet, dass ich so
reagieren würde.

„Ist das dein Ernst? Wegen Annabel?"

„Ja, Leonard! Wegen Annabel." Ich wollte nicht weinen, aber mir flossen sofort neue Tränen über die Wangen. „Und weil du mich belogen hast. Weil sich deine
Prioritäten verschoben haben. Weil du dieser Familie
den Rücken zugekehrt hast. Weil ich dich nicht mehr
wiedererkenne. Aber vor allem ... ja, du hast recht ... vor
allem wegen Annabel."

„Josephin!" Leonard machte einen erneuten Schritt
auf mich zu und blickte drein, als hätte ich ihm ins Gesicht geschlagen, als ich abermals vor ihm zurückwich.
„Du wusstest, dass ich eine Vergangenheit hatte, als wir
ein Paar wurden! Du hast in der WG sogar anfangs miterlebt, dass ich mehrere Frauen nur für Sex mit nach
Hause gebracht habe!"

Ich kniff vor Schmerz kurz die Augen zusammen. An diese Bilder in meinem Kopf wollte ich nicht erinnert werden.

„Ich hatte Beziehungen!", fuhr er fort. „Es gab Cassidy, mit der ich verheiratet war, und aus der Maddie entstanden ist. Ich sage nicht, dass ich stolz darauf bin, aber es gab all diese Frauen und ..."

Ich versuchte, seine Stimme auszublenden. Ich wollte all das nicht hören. Was versuchte er, mir damit zu sagen? Wollte er sich herausreden? Wollte er mir erklären, dass er nun einmal nicht der monogame Typ Mensch war und ich das schon vor Jahren hätte wissen sollen?

„Das ist etwas anderes", fiel ich ihm ins Wort. „Ich will, dass du verschwindest, Leonard. Geh!" Ohne nachzudenken, griff ich den nächstbesten Gegenstand, eine Vase vom Schrank im Flur, die Leonards Mutter gehört hatte, und warf sie in seine Richtung. Ich wollte ihn gar nicht treffen, ich wollte einfach nur, dass er endlich aufhörte zu reden und mir mit jedem Wort mehr wehtat. Die Vase zerbarst unter lautem Scheppern an der Wand. Abertausende Scherben fielen zu Boden. Splitter, große wie winzige, rutschten durch den Flur, in die Küche hinein, sogar bis zum Fuß der Treppe.

Leonard hatte aufgehört zu sprechen. Einen Augenblick lang schien er wie in einer Art Schockstarre gefangen. Zitternd vor Wut fixierte ich ihn. Blass und schweigend nahm er schließlich seinen Mantel von der Garderobe, zog seine Schuhe an, steckte Handy und Schlüssel ein und öffnete die Haustür.

„Wenn du willst, dass ich gehe, dann gehe ich“, hörte ich ihn leise sagen. Er sah mich nicht an. „Fürs Erste. Bis du es verarbeitet hast.“

„*Verarbeitet?*“, hörte ich mich selbst mit vor Schmerz verzerrter Stimme schreien. Schluchzend schlug ich die Hände über meinem Mund zusammen.

Leonard tippte sich mit dem Zeigefinger heftig auf seine eigene Brust. „*Ich* musste es auch erst mal verarbeiten!“, behauptete er lautstark. Tränen glitzerten in seinen Augen. Die blanke Hilflosigkeit lag darin. „Ich werde gehen und dir die Zeit dafür geben. Aber ich gebe dich nicht auf, Josephin. Ich habe dich schon einmal aufgegeben und es war der schlimmste Schmerz, den ich je verspürt habe.“

„Dann weißt du ja, wie es mir gerade geht“, brachte ich hervor, bevor die Tür lautlos ins Schloss fiel.

Kapitel 18

Ferngesteuert

Obwohl ich mir absolut nicht hatte vorstellen können, in dieser Nacht überhaupt Schlaf zu finden, fielen mir bereits nach wenigen Minuten im Bett vor lauter Erschöpfung die Augen zu. Zwar nahm mir dies glücklicherweise die Möglichkeit, immer und immer weiter über das nachzudenken, was geschehen war, doch wesentlich besser als dies waren die Träume, die mich heimsuchten, auch nicht.

In einem von ihnen verfolgte ich Leonard und seine Affäre durch ein menschenleeres Einkaufszentrum. Ich lief, so schnell ich konnte, doch meine Beine waren schwer wie Blei und es gelang mir nicht, die beiden einzuholen. Obwohl sie Arm in Arm nur wenige Meter vor mir her liefen, hörten sie meine Schreie nicht, die immer wieder in der Luft zerrissen wurden. Sie waren völlig aufeinander fixiert, einander auf liebevolle, vertraut wirkende Art und Weise zugewandt ... ja, sogar ihre Schritte waren gleich. Zudem war AJ ein Teil des Traums, weil er neben mir her joggte und mich wiederholt bat, seine Krawatte zu binden, damit er für seinen 14 Uhr-Termin ordentlich aussah. Ich solle die beiden doch einfach glücklich sein lassen und mich voll und ganz auf die Krawatte konzentrieren, riet er mir pragmatisch.

Als ich schweißgebadet hochfuhr, entdeckte ich Jackson, der nachts, seine geliebte Kuscheldecke unter den Arm geklemmt, wohl heimlich zu mir ins Schlafzimmer gekommen war und sich quer über meine Oberschenkel gelegt hatte. Er schlief tief und fest. Das erklärte auf jeden Fall das Gefühl der bleiernen Beine. Angestrengt schob ich ihn von mir herunter, legte ihn neben mich und deckte ihn zu. Die Zwillinge schliefen eng aneinander gekuschelt im Beistellbett. Ihre Atemzüge waren völlig synchron.

Ich zog mir die Decke bis unter das Kinn und versuchte wieder einzuschlafen, doch die Bilder des Traumes verfolgten mich immer noch. Ohne es zu wollen, glitt mein Blick zu Leonards unberührtem Kopfkissen und seiner Bettdecke, die glatt neben mir lagen. Die Vorstellung, ihn dort nie wieder liegen zu sehen, schnürte mir die Kehle zu. Wie sollte ich all das nur ohne ihn schaffen? Er war doch mein Mann, mein bester Freund, mein Seelenverwandter. Wie hatte er mir, wie hatte er *uns* das nur antun können? Verzweiflung schwappte über mich hinweg wie eine riesige Monsterwelle, riss mich mit sich fort und drohte mich zu ertränken. Und nicht einmal am Horizont war Land in Sicht.

Der nächste Tag brach an, der siebzehnte Dezember, und somit wieder ein Tag näher an Weihnachten. Viel früher als an einem gewöhnlichen Samstag wachte ich auf und lag einfach nur da, während drei meiner fünf Kinder noch tief und fest neben mir schliefen. Der Geruch von Wundschutzcreme mit Calendula und

Jacksons frisch mit Weichspüler gewaschener Kuscheldecke lagen in der Luft. Draußen war alles noch so dunkel, sodass ich das Licht der Straßenlaternen sehen konnte. Das Geräusch einer Schneeschaufel, die über den Boden kratzte, ließ mich die Stirn runzeln. Das klang nicht, als wäre es bei den Nachbarn, sondern viel näher.

So leise wie möglich schlug ich die Bettdecke beiseite und stieg aus dem Bett. Unter meinen nackten Füßen war der Boden eiskalt. Ich trat ans Fenster und erkannte im Lichtkegel der Laterne Naomis ältesten Sohn Joe, der mit einer Mütze und dicken Handschuhen ausgestattet, den Schnee vor meinem Haus schippte. Als hätte er bemerkt, dass ihn jemand beobachtete, blickte er hoch, hob die Hand zum Gruß und lächelte kurz, bevor er seine Arbeit umso gründlicher fortsetzte. Mein Herz zog sich in einer Gefühlsmischung aus Dankbarkeit und Trauer zusammen.

Ein Blick auf mein Handy verriet mir, dass es erst halb sieben war. Da ich jedoch hellwach war, ließ ich die Kinder schlafen, griff mir meinen Morgenmantel und schlich die Treppe hinunter in die Küche, in der ich mir erst mal einen Kaffee machte. Mit der heißen Tasse in der Hand setzte ich mich an den Küchentisch und ließ mir die Szene vom Vorabend noch einmal durch den Kopf gehen. Wie ein Echo hallte Leonards Stimme durch meine Gedanken.

Sie ist großartig! Du würdest sie mögen. Sie ist witzig und intelligent und sie züchtet Meerschweinchen, ist das nicht cool?

*Es fühlt sich an, als würde ich sie schon ewig kennen,
auch wenn ich natürlich bedaure, sie nicht schon früher gekannt zu haben.*

Schmerzverzerrt fuhr ich zusammen. Der zeitliche
Abstand zu diesen Worten machte sie nicht erträglicher. Hätte mir jemand noch vor einem halben Jahr
von diesem Gespräch erzählt – ich hätte ihn ausgelacht
und für verrückt erklärt. Es sah Leonard überhaupt
nicht ähnlich, eine Affäre zu haben. Oder etwa doch? In
meinem Kopf begann das Gedankenkarussell zu rotieren. Hatte sich der Mann, den ich damals in der WG
kennengelernt hatte, gar nicht aus Liebe zu mir geändert, sondern sein eigentliches Verhalten bloß pausiert? War es nur eine Frage der Zeit gewesen, bis er
sein wildes altes Leben vermisst hatte und rückfällig
geworden war? Hätte ich all das ahnen sollen? Ich versuchte, im Nachhinein die Zeichen zu sehen, die es gegeben haben musste, aber es wollte mir nicht gelingen.

Eine Träne lief mir über das Gesicht, über die Lippen,
bis hin zu meinem Hals. Ich ließ sie gewähren. Eine
weitere folgte. Ich nahm einen Schluck aus meiner
Tasse und schmeckte süßen Kaffee und salzige Tränen,
während die Hitze, die durch die Keramik drang, meine
kalten Finger zumindest ein wenig wärmen konnte.
Kopfschüttelnd stellte ich die Tasse ab und fuhr mir eilig mit dem Ärmel meines Morgenmantels über das Gesicht. Falls die Kinder aufwachten, sollten sie mich
nicht so vorfinden. Ich musste für sie stark sein.

Die Frage, wie und wann ich ihnen sagen würde, dass
es die Familie, die sie kannten, nicht mehr gab, drängte
sich mir auf, doch ich schaffte es, sie beiseite zu wischen. Auf keinen Fall würde ich zulassen, dass diese

Sache ihr Weihnachtsfest zerstören oder auch nur die Freude daran mindern würde. Für mich stand fest, dass ich eine fröhliche Miene aufsetzen und ihnen eine besinnliche, schöne Zeit ermöglichen würde. Was danach kam, damit würde ich mich zu einem späteren Zeitpunkt auseinandersetzen. Noch tat es zu weh, auch nur ansatzweise daran zu denken.

Das alte Haus war zu dieser frühen Stunde still. Kein Kinderlärm, kein Weinen, kein Streit, kein vergnügtes Lachen. Nur das Ticken der Uhr an der Wand, hier und da ein Knarzen im alten Gewölbe und meine eigenen lauten Gedanken. Plötzlich fragte ich mich, ob ich hier bleiben würde. Ob ich es überhaupt dürfen würde, denn schließlich gehörte es Leonards Arbeitgeber und nicht meinem. Oder sollte ich mit den Kindern in unser altes Haus zurückkehren, das wir noch nicht verkauft hatten? Und was, wenn Leonard sich dafür entscheiden würde, hierzubleiben – in der Nähe der Agentur und seiner Geliebten? Wie sollte ich gewährleisten, dass er seine Kinder regelmäßig sah?

Gequält legte ich das Gesicht in meine Hände. Ich konnte nicht den ganzen Tag hier sitzen und grübeln. Ich musste mit jemandem reden. Nicht mit Naomi, die hatte selbst genug zu tun, und auf keinen Fall mit Becca, die wahrscheinlich bereits heimlich ein Profil für mich erstellt und ein Blind Date mit dem nächstbesten Mann mittleren Alters arrangiert hatte.

Ich nahm mein Handy zur Hand und hielt es einen Moment lang fest, während ich in Gedanken all unsere Bekannten durchging. Mit einem mulmigen Gefühl im Magen wurde mir bewusst, dass es kaum jemanden gab, den ich hätte anrufen können. Von meinen

Modelfreundinnen aus der Vergangenheit hatte ich mich, obwohl wir noch hin und wieder Kontakt zueinander hatten, inzwischen entfernt. Jede lebte ihr eigenes Leben. Meine Mutter und Marten würde ich gewiss nicht anrufen. Und AJ, der mir so ähnlich war und mit dem ich mich so gut verstand? Nein, so nahe standen mein Chef zur Probe und ich uns noch lange nicht und ich wollte ihn auch nicht mit meinen Problemen belasten. Hatte mich in der Vergangenheit etwas bedrückt, war ausschließlich Leonard meine Anlaufstelle gewesen. Meine Rückendeckung, mein Halt, meine Unterstützung. Ich schluckte. War es ein Fehler von mir gewesen, ihm und den Kindern so nahe und allen anderen gegenüber etwas distanziert zu sein?

Etwas hin- und hergerissen, schließlich war Leonard sein Sohn und der einzige enge Verwandte, der ihm nach dem Tod seiner Frau geblieben war, rief ich schließlich William an. Es ging mir nicht darum, Leonard an den Pranger zu stellen oder meinen Schwiegervater auf meine Seite zu ziehen. Ich wollte einfach nur eine bekannte Stimme hören, die mir Trost zusprach und mir in dieser Zeit, die so dunkel schien, ein kleines Licht sein konnte. Es dauerte nicht lange, bis ich ihn an der anderen Leitung atmen hörte.

„Hallo?", machte er nach einer kurzen Atempause.

Im Hintergrund lief der Fernseher. Die nasale Stimme einer Nachrichtensprecherin sprach über einen politischen Konflikt. Ich hörte, wie William die Lautstärke verringerte.

„Hi, William. Hier ist Jo." Ich ärgerte mich über mich selbst, denn meine Stimme klang extrem weinerlich und wehleidig, dabei hatte ich gar nicht vor, direkt mit der Tür ins Haus zu fallen.

„Josephin!" Aufrichtige Freude lag in seiner Stimme. „Hallo, Liebes. Schon so früh auf den Beinen? Haben die kleinen Racker dich nicht schlafen lassen?"

„Oh … so in etwa." Ich schniefte ins Handy. Wieder liefen die Tränen mir unaufhaltsam über das Gesicht. „William, Leonard und ich …" Meine Stimme brach. Es dauerte einen Moment, bis ich mich wieder halbwegs gefasst hatte. „Es ist aus zwischen uns. Er hat … und … und … und ich habe …" Mein Körper wurde von Schluchzern geschüttelt.

„Oh, Schätzchen." William machte eine lange Pause und ich hörte, dass er den Fernseher nun ganz ausmachte. „Ich wünschte, es wäre nicht so. Ich dachte immer, ihr würdet zusammen alt und grau werden. Und wenn ich ehrlich bin, dann hoffe und glaube ich immer noch, dass das möglich ist, wenn du ihm vergibst."

Geräuschvoll zog ich die Nase hoch, dann hielt ich irritiert inne. Moment mal. William wirkte zwar betroffen, aber nicht im Mindesten überrascht.

„Weißt du, Liebes, früher hat man immer gesagt, dass man alles reparieren sollte, bevor man auch nur in Erwägung zieht, es wegzuwerfen", hörte ich ihn wie durch eine dicke Watteschicht murmeln.

„William." Ich fasste mir mit der linken Hand unwillkürlich an mein Herz. „Du wusstest es?"

Beinahe sah ich vor mir, wie er den Blick betreten Richtung Boden senkte und nickte.

„Ja", gab er leise zu.

Eine Schrecksekunde lang hielt ich den Atem an. Mein Herz schlug wie verrückt.

„Und ich habe dich für loyal gehalten!", brach es schließlich bitter aus mir heraus. Nicht nur Leonard hatte mich verraten, auch William hatte es getan.

„Schätzchen, versteh doch …", setzte er an.

„Ja ja, ich weiß, er ist dein Sohn und du hältst zu ihm", fauchte ich mit gedämpfter Stimme, um die Kinder nicht aufzuwecken. „Aber hast du mal darüber nachgedacht, was er deiner Schwiegertochter und deinen Enkelkindern mit seinem Egoismus da antut?"

„Aber Josephin … Leonard hat Annabel doch nicht in sein Leben gelassen, um euch zu verletzen." Williams Stimme klang ein wenig heiser. „Du kennst ihn doch! Er will immer nur das Beste für euch. Selbstredend hätte er es dir früher sagen müssen, aber er hat dir Annabel nicht vorenthalten, um dich zu belügen. Er tat es, um dich zu beschützen."

Ich konnte es nicht mehr ertragen, Williams Worten zu lauschen. Wie konnte er es nur wagen, Leonards Taten auch noch in Schutz zu nehmen und mir somit zu unterstellen, dass ich überreagierte? Ohne ein weiteres Wort beendete ich das Gespräch und musste kurz an mich halten, um nicht erneut in Tränen auszubrechen.

Ich hatte gerade erst aufgelegt, als das Handy zu vibrieren begann. Zuerst nahm ich an, dass William mich zurückrief, doch dann erschien AJs Name auf dem Display. Erstaunt ging ich ran.

„Montag kommt ein wichtiger Klient", erklärte AJ nach einer kurzen Begrüßung und der Frage, ob er mich geweckt hätte, ohne Umschweife. „Leider bin ich vorher noch zum Mittagessen mit diesem japanischen Geschäftsmann verabredet."

„Mit Mr. Kobayashi“, erinnerte ich mich an den Termin im Kalender. Ich klang immer noch verschnupft, aber AJ schien es nicht zu bemerken.

„Kobayashi. Stimmt. Wahnsinn, dass du dir das gemerkt hast, Jo. Und deshalb will ich dich und niemand anderen als meine persönliche Assistentin haben!“ Ich hörte, wie AJ sich bei jemandem knapp, aber nicht minder charmant bedankte und sagte, dass der Rest Trinkgeld sei. „Ich habe mir gerade einen Kaffee geholt. Nicht in Oldmallow, aber trotzdem ein guter Laden. Wir sollten dort mal zusammen hingehen.“ Er machte eine kurze Pause und fuhr dann, nachdem auch ich nichts gesagt hatte, fort: „Jedenfalls bräuchte ich deinen Sinn für perfekte Ordnung, bevor der Klient kommt. Mein Büro soll eins A aussehen. Würdest du das für mich machen?“

„Ich weiß nicht, ob ich es am Montag schaffe, AJ“, erklärte ich mit zitternder Stimme.

„Wie meinst du das? Ist was mit deinem Van? Sind die Kids krank? Kann ich was tun, um dir zu helfen?“

Irgendetwas in seiner Stimme, in der Art, wie er nachbohrte, ließ mich zusammensacken. Ein erstickter Schluchzer entfuhr mir, bevor ich mir erschrocken die Hand auf den Mund schlug.

„Jo, weinst du?“ AJ klang nun aufrichtig besorgt. „Was ist passiert?“

„Leonard“, würgte ich hervor. „Er ist ... weg. Es ist ... vorbei.“

„Scheiße.“ AJ atmete vernehmlich ein und wieder aus. „Ich komme zu dir, Jo. Am Telefon kann man nicht gut reden.“ Und damit legte er auf, noch ehe ich ihm sagen konnte, dass dies gerade weder besonders günstig, noch wirklich vonnöten sei.

Als er eine knappe halbe Stunde später vor der Tür stand, hatte ich die verquollenen Augen und die roten Flecken in meinem Gesicht größtenteils mit Concealer abgedeckt und den Kindern, die inzwischen alle wach waren, als Allergie verkauft.

„Gegen was denn?", hatte Elliot verwundert gefragt.

„Gegen ... Schnee", hatte ich in Ermangelung eines besseren Einfalls geantwortet und gespielt zitternd mit den Knien geschlottert, während ich Ella gewickelt hatte. „Und gegen diese extreme Kälte."

AJ sah mir besorgt in die Augen, was fast ein wenig unangenehm war. Dann reichte er mir eine große Flasche Rotwein, die ganz schön teuer aussah.

„Hilft super gegen Liebeskummer", raunte er mir verschwörerisch zu, während er seine Schuhe auszog und mit neugierigem Blick durch das Haus seinen Mantel aufknöpfte.

„Ich stille die Zwillinge noch, AJ", erklärte ich. Meine Stimme klang, als wäre ich ziemlich erkältet.

„Oh." AJ blickte betroffen drein. „Na gut, dann ... besser nicht."

Er folgte mir in die Küche, wo ich Elliot, Maddie und Jackson gerade Cornflakes zum Frühstück servierte. Die Babys hatten bereits getrunken und spielten zufrieden unter ihrem Spielebogen. Ich hatte ihre Spieldecke kurzerhand in die Küche gelegt, damit sie bei uns sein konnten, und allerlei Rasseln und Plüschtiere darauf verteilt.

Überall lag etwas herum. Hier ein leeres Paket Saft, dort ein Kinderstrumpf, da ein Paket Windeln, das ich vor Tagen auf Vorrat gekauft, aber noch nicht weggeräumt hatte. Mir entging AJs überraschter Blick nicht, der sich wahrscheinlich gerade fragte, wie die Frau, die in seinem Büro alles im Griff hatte, hier in so einem Chaos hausen konnte. Tatsächlich war es mir kaum unangenehm. Ich war gerade belogen und betrogen worden und es gab Wichtigeres, als eine perfekt aufgeräumte Wohnung.

„Wer ist das?“ Maddie hob eine Augenbraue und sah jäh aus wie ein skeptischer kleiner Leonard.

„Das ist AJ, mein Chef“, erklärte ich und verteilte Milch über den Cornflakes. „Er holt ein paar Unterlagen ab, die er für die Kanzlei benötigt.“

„Bist du nicht der Kerl aus Logans Café?“, kombinierte Elliot.

„Ja, der bin ich.“ AJ nickte.

„Mein Dad sagt, du stehst auf unsere Mum“, erinnerte Maddie sich trocken.

„Maddie!“, ermahnte ich sie. „Kaffee?“, wandte ich mich an AJ. „Nimm doch Platz.“

„Ähm … ja, gern.“ Sichtlich verunsichert nahm er ein Spucktuch und einen Spielzeugbagger von einem der Stühle und setzte sich zu den Kindern an den Tisch. Der selbstsichere junge Anwalt wirkte plötzlich ganz klein, ja fast schon unbeholfen. Mit Kindern hatte er keinerlei Erfahrung, das spürte man sofort. Er sah aus wie jemand, der von mehreren Polizisten zugleich ins Kreuzverhör genommen wurde.

„Und … ähm … was geht ab?“, versuchte er unsicher, einen kleinen Smalltalk zu starten.

„Permanentmarker schon mal nicht", antwortete Maddie mit dem Mund voller Cornflakes. Einige Tropfen Milch fielen von ihren Lippen auf den Tisch.

„Iss bitte vernünftig", tadelte ich abwesend.

Ein lautes Scheppern erklang und ich wusste, ohne hinzusehen, dass Jacksons Schüssel zu Boden gefallen war. Lautstark schreiend betrauerte er den Verlust seiner heißgeliebten Nougat-Kissen. Die Milch war bis hoch an die Stuhllehne gespritzt, die Schüssel in zwei Teile zerbrochen.

„Nicht schlimm", sagte ich automatisch, wischte die Sauerei schnell auf, warf die kaputte Schüssel in den Mülleimer, drückte Jackson einen Kuss auf den Kopf und bereitete ihm eine neue Portion Cornflakes zu, bevor ich mich der Kaffeemaschine zuwandte.

„Mum, Jackson macht schon wieder meine Mauer kaputt!", klagte Elliot kurz darauf.

„Es sind doch genug Packungen da. Baut euch *gemeinsam* eine." Abwesend verteilte ich die insgesamt vier Pakete Cornflakes auf dem Tisch und bildete daraus eine Art Mauer zwischen den Kindern, so wie sie es immer taten. „Die Honig-Herzen stehen hier, die Schoko-Kugeln dort, die Beeren-Bären da und die Nougat-Kissen hier, okay?" Mit einem unterdrückten Seufzer ging ich zurück zur Kaffeemaschine. Was für mich eine alltägliche Frühstückssituation war, musste für AJ eine Art Vorhölle sein, zumindest war er nun ein wenig blass um die Nase. Ich spürte seinen Blick auf meinem Gesicht, als ich den Vollautomaten anschaltete und zwei saubere Tassen aus der Spülmaschine holte.

„Soll ich vielleicht ... später wiederkommen?", fragte er vorsichtig. Wahrscheinlich meinte er mit später die Schlafenszeit der Kinder, in der hier weder volle Keramikschalen zu Boden fielen, noch Krieg um eine Mauer aus Cornflakespackungen entfachte. Ich zuckte die Schultern und reichte ihm seinen Kaffee, schwarz, mit einem Würfel Zucker. Es war mir egal, ob er hier war oder nicht, ob er später erneut vorbeikommen oder es lassen würde – gerade funktionierte ich einfach nur auf Standby, um irgendwie die nächste Stunde, diesen Tag, diese Woche zu überstehen.

„Vielleicht war es keine gute Idee, einfach zu entscheiden, dass ich herkomme", stellte auch AJ nun ein wenig kleinlaut fest. Er hatte sich mit der Kaffeetasse in der Hand vom Frühstückstisch der Kinder entfernt und sich neben mich gestellt, mit dem Rücken an die Arbeitsfläche gelehnt. „Ich will euch nicht stören."

„Du störst nicht", versicherte ich ihm und rührte Milch und Zucker in meinen Kaffee.

„Aber ich nutze dir gerade auch nichts", schloss er leise, pustete in seine Tasse und nahm einige Schlucke Kaffee.

Maddie starrte ihm ohne zu blinzeln in die Augen und aß absichtlich mit offenem Mund. Ich erinnerte mich daran, dass sie sich mir gegenüber anfangs auch so verhalten hatte. Dass ich dieses kleine, freche Mädchen mit der Zahnlücke eines Tages genauso sehr lieben würde wie Elliot, hätte ich damals nie gedacht.

AJ musterte mich fragend. Offenbar erwartete er, dass ich für ihn entschied, ob er ging oder blieb. In seinen blauen Augen lagen Mitleid und Hilflosigkeit dicht beieinander. Es war unübersehbar, dass er sich hier gerade komplett unwohl und fehl am Platze fühlte.

Ich drehte mich leicht von den Kindern weg und senkte meine Stimme zu einem Flüstern. „Ich würde wirklich gerne mit dir reden ... aber ich kann das nicht vor den Kindern. Ich muss gerade einfach stark sein und das alles irgendwie verdrängen."

„Verstehe." AJ nickte, dann drückte er kurz meine Schulter. „Ich finde allein raus. Lass den Kopf nicht hängen, Jo."

„Ich doch nicht", flapste ich.

„Wo ist eigentlich Dad?", unterbrach Maddie uns.

„Auf Dienstreise, er wird einige Tage nicht zu Hause sein.", antwortete ich monoton und sah AJ dabei zu, wie er erstaunlich elegant durch das Chaos zurück zur Haustür watete.

Im Nachhinein betrachtet wusste ich nicht mehr, wie ich diesen Tag überlebt hatte. Ja, ich hatte es sogar geschafft, mit den Kindern einkaufen zu fahren, einen kleinen Spaziergang zu machen und sie bei der Schneeballschlacht anzufeuern, die sie mit Naomis Kindern austrugen. Dabei hatte ich deren besorgten Blick mit einem Kopfschütteln abgetan. Ich hatte Wäsche gewaschen, dutzende Male gestillt, Streitigkeiten beendet und Pflaster auf kleine Verletzungen geklebt. Außerdem hatte ich den Kindern mehrfach am Tag erzählt, dass ihr Vater geschrieben und ihnen Grüße und Küsse hatte ausrichten lassen und dass er leider nicht anrufen könnte, weil er während der Dienstreise so viel zu tun hatte. Dabei hatte ich mich, wenn ich überhaupt irgendwas empfunden hatte, wie ein Roboter gefühlt. Mechanisch und emotionslos.

Nun lagen die Kinder allesamt im Bett, meine Augenlider waren schwer und meine Beine taten weh. Ich wollte nur noch auf der Couch liegen, mir eine Schnulze ansehen und mich selbst bemitleiden, denn sobald die Sonne wieder aufgehen würde, würde ich weiter funktionieren müssen. Ich schaltete den Fernseher an, legte die Beine hoch und ließ den Tränen, denen ich den ganzen Tag verboten hatte zu fließen, endlich ihre Freiheit. Allmählich kam der Schmerz zurück, den ich am frühen Morgen noch empfunden hatte. Mit aller Heftigkeit legte er sich auf meine Brust und erschwerte mir das Atmen.

Endlich holte ich mein Handy hervor, das ich den ganzen Tag lang auf stumm gestellt hatte. Mehrere Anrufe von Leonard waren eingegangen, zwei von AJ und einer von Naomi. Ich überflog die Textnachrichten und musste alle ein weiteres Mal lesen, da ich mich kaum auf deren Inhalt konzentrieren konnte. Die Worte verschwammen vor meinen Augen und ergaben kaum einen Sinn.

Kopf hoch, Jo. Ich bin für dich da, wenn ich darf. AJ

Geht's dir gut, Süße? Ich bringe euch morgen etwas Kartoffelgratin rüber, mache sowieso immer zu viel. Falls du Parker vorhin hast schreien hören wie am Spieß – er wurde geduscht, nicht gefoltert. Melde dich, wenn du reden willst. Naomi

Josephin – bitte lass uns noch einmal miteinander sprechen, sobald du dir die Zeit für dich genommen hast, die du brauchst. Ich werde dich nicht drängen,

*aber ich bitte dich darum. Annabel ist kein Weltunter-
gang! Sie hat schon ein ganz schlechtes Gewissen. Ich
bleibe ein paar Tage in der Agentur, danach werde ich
nach Hause kommen und wir setzen uns zusammen.
Sag den Kindern, dass ich sie lieb habe. Leonard*

Annabel ist kein Weltuntergang.
Ich schaltete das Handy aus und schob es unter das
nächstbeste Sofakissen. Anschließend bettete ich meinen Kopf darauf, schloss die Augen und versuchte, ruhig zu atmen. So lag ich da, vielleicht fünf, vielleicht
zwanzig, vielleicht sogar sechzig Minuten – ich hatte
keinerlei Zeitgefühl – und weinte, ohne auch nur ein
einziges Mal zum Fernseher zu sehen, als es jäh an der
Tür klopfte.

Kapitel 19

Von Pralinen und Annäherungen

Man weiß nicht, welcher Tag der schlimmste des Lebens ist, bis man ihn tatsächlich erlebt – und ich war mir ziemlich sicher, dass ich ihn gerade hinter mich gebracht hatte. Es konnte nicht schlimmer werden. Oder doch?

Das Klopfen an der Tür durchdrang erneut das Erdgeschoss des Hauses. Einen Moment lang zögerte ich noch, dann raffte ich mich von der Couch auf und schlurfte Richtung Tür. Ob es Naomi war, die sich Sorgen um mich machte? Leonard, der um Vergebung bitten wollte? Oder AJ, der darauf hoffte, dass meine Mini me's inzwischen alle schliefen? Vielleicht auch nur der alte Jenkins, der sich beschweren wollte, weil eines meiner Kinder einen Schneeball in die Nähe seines Vorgartens geworfen hatte. Wer auch immer es war – mir war partout nicht nach Gesellschaft, nach sozialer Interaktion, nach Blickkontakt oder Gesprächen. Und würde ich die Tür überhaupt öffnen? Ich wusste es nicht.

Beim vorsichtigen Blick durch den Spion entdeckte ich AJ, der mit einem Strauß Blumen und etwas anderem in der Hand, das ich im fahlen Licht des

Bewegungsmelders nicht erkennen konnte, dastand und abwartend auf seinen Schuhsohlen wippte. Langsam öffnete ich die Tür einen Spalt weit.

„Hey", sagte er leise. Seine Stimme war weich und sanft und ein wenig rauer als normalerweise. Ein Blick in mein Gesicht genügte und er sah aus, als würde er gleich mitweinen müssen. „So schlimm?"

„Schlimmer", brachte ich mit quakend klingender Stimme hervor und ließ ihn hinein. Genauso schlurfend, wie ich zur Tür gegangen war, ging ich auch wieder zurück. AJ folgte mir, nachdem er Mantel und Schuhe ausgezogen hatte, auf dem Fuße, wobei er besonders leise war, wohl, um niemanden aufzuwecken. Ich konnte nicht sagen, ob er es aus Rücksicht oder aus Sorge davor tat, erneut in den *Genuss* der Gesellschaft meiner Kinder zu kommen.

Mit ein wenig Sicherheitsabstand setzte er sich zu mir auf das Sofa, legte den runden Blumenstrauß – es war eine Mischung aus Hortensien, Rosen und Nelken in diversen Rosatönen und gewiss nicht günstig – auf dem Couchtisch ab und reichte mir den anderen Gegenstand, den er mitgebracht hatte. Es war ein hübsch geflochtener Weidenkorb voller Pralinen, Taschentüchern, Gesichtsmasken und Nagellackfläschchen. Zudem entdeckte ich ein Taschenbuch, eine Duftkerze, ein hübsches Lesezeichen und ein Tütchen Tassenpudding. Lauter schöner, bunter Krimskrams, über den ich mich unter anderen Umständen sicher immens gefreut hätte. Als ich ihn fragend ansah, hob er mit einem sanften Lächeln die Schultern und ließ sie wieder sinken.

„Ich habe keine Ahnung, wie man ein guter Freund bei Liebeskummer ist, aber die Verkäuferinnen im

Drogeriemarkt haben mir das alles empfohlen. Ist das
... in Ordnung?“

„Das ist super, wirklich. Dankeschön.“ Ich rang mir
ein Lächeln ab. Obwohl ich mir nicht vorstellen
konnte, dass eine Gesichtsmaske und eine teure Marzi-
panpraline mein gebrochenes Herz heilen würden,
wusste ich AJs Bemühungen zu schätzen. Normalerweise wäre es mir wahrscheinlich sogar unangenehm
gewesen, ein Geschenk von ihm anzunehmen. Erstens
war er sozusagen mein Chef in spe, zweitens kannte ich
ihn erst seit kurzer Zeit und drittens war er einige Jahre
jünger als ich.

„Wie geht es dir?“, fragte AJ in die Stille hinein.

Ich öffnete den Mund, um zu antworten, schloss ihn
jedoch sogleich wieder, als sich ein Schluchzen ankün-
digte. Angestrengt schluckte ich es herunter.

„Wir müssen nicht reden, Jo.“ AJ rückte ein kleines
Stückchen näher an mich heran und sah mir mitfüh-
lend in die Augen. „Ich kann auch einfach nur hier sitzen und da sein. Ich bin mangels Erfahrung nicht gerade gut in so was, aber ich gebe mir alle Mühe. Wenn
ich etwas besser machen kann, sag das. Taschentücher
reichen, das Licht dimmen, Musik auflegen – keine Ahnung.“

Ein kurzes, ersticktes Lachen platzte aus mir heraus.
Es fühlte sich merkwürdig an und schmerzte in der
Brustgegend. Mit dem Handrücken rieb ich mir die Trä-
nen aus dem Gesicht.

„Es ist einfach so, dass ...“, setzte ich an und musste
schlucken, weil meine Stimme so heiser und angestrengt meine Lippen verließ, „... na ja. Es ist nicht das
erste Mal, dass mir das passiert.“

„Leonard hat dich schon einmal betrogen?", fragte AJ fassungslos.

„Nein." Ich schüttelte den Kopf. „Marten. Mein Ex, Elliots Vater. Er hat mich für seine Affäre verlassen. Sie zog in unser damaliges Haus, Elliot und ich mussten ausziehen. Nach einer Weile überlegte er es sich anders und wollte mich plötzlich zurückhaben." Ich zuckte gleichgültig mit den Schultern. Es war geradezu erstaunlich, wie leicht es mir fiel, über diese Zeit zu sprechen, die damals doch so unglaublich schwer für mich gewesen war. Die Erinnerung an die Emotionen, die ich damals verspürt hatte – all diese Einsamkeit, Verzweiflung und Angst vor der ungewissen Zukunft – fühlten sich fremd und fern an. Wie Erinnerungen einer anderen Person.

„Ich verstehe es nicht." AJ rückte noch ein Stück näher an mich heran, legte die Hände auf seinen Oberschenkeln ab, lehnte sich mit dem Rücken an die Lehne des Sofas und sah mir nachdenklich ins Gesicht. „Ich verstehe einfach nicht, wie jemand überhaupt darauf kommt, eine Frau wie dich zu betrügen. Ich meine, wenn man dich hat ...", er deutete mit der Hand in meine Richtung, „... wie kann man dann irgendetwas anderes wollen? Ich wüsste nichts, was besser wäre."

„Ähm ... danke für das Kompliment." Verunsichert zog ich die Pralinenpackung aus dem Weidenkorb, öffnete sie und steckte mir eine in den Mund. Eine Übersprunghandlung, denn mir war überhaupt nicht nach Essen zumute. Wahrscheinlich war sie köstlich, aber für mich schmeckte sie nach absolut gar nichts. Der Kloß in meinem Hals und die salzigen Tränen, die gefühlt überall waren, überdeckten alles. Genauso gut

hätte ich auf einem Stück Pappe herumlutschen können. Eine unangenehme Stille entstand, während ich
die Praline kaute und herunterschluckte.

„Du wirst ihm aber nicht vergeben, oder?", fragte AJ
endlich und schüttelte den Kopf, als ich ihm auch eine
Praline anbot.

„Nein." Ich senkte den Blick. Resigniert nahm ich eine
weitere Praline aus der Verpackung, eine weiße mit roten Krümeln, die aufdringlich nach Kirschen roch. „Ich
werde nie wieder vergeben, dass mir mein Herz gebrochen und meine Familie zerstört wird. Das habe ich
schon einmal getan und es war ein großer Fehler."

Ein Funke Bitterkeit hatte sich in meine Stimme geschlichen. Sie lag mir auf der Zunge und vermischte
sich mit dem Geschmack der Praline, die wahrscheinlich sehr geschmacksintensiv war, aber, wie die vorige,
nur nach Pappe schmeckte – mit ein wenig künstli-
chem Kirscharoma.

„Schmecken sie?", erkundigte AJ sich.

„Nein", antwortete ich wahrheitsgemäß. „Aber das
liegt nicht an den Pralinen, sondern an mir", besann ich
mich. „Ich fühle mich irgendwie wie betäubt, weißt du?
Ich spüre nur ... nur Schmerz, Verrat und etwas wie ..."
Ich brauchte einen Moment, um das richtige Wort zu
finden. „Etwas wie *Scham*. Ich schäme mich dafür, dass
mir das angetan wurde. Dass ich es nicht bemerkt habe.
Dass ich ihm nicht genug war." Ich schluckte. Mein
Hals tat weh. „Alles andere ist wie narkotisiert, mein
Geschmackssinn, meine Konzentration ... ich funktio-
niere einfach nur und hoffe, dass beides irgendwann
nachlassen wird ... der Schmerz und diese abartige
Taubheit."

Ich hatte keine Ahnung, wieso ich ausgerechnet AJ etwas so Tiefgründiges und Persönliches erzählte. Vielleicht lag es daran, dass er gerade präsent war, vielleicht auch daran, dass ich glaubte, er würde mich verstehen, da wir uns so ähnlich waren. Ob er es tatsächlich tat, stand in den Sternen. Er wirkte betroffen und aufmerksam, aber nicht mehr als das. Dann lehnte er sich zu mir herüber, griff in die Pralinenschachtel, nahm eine aus dunklem Kakao heraus und steckte sie sich in den Mund. Sehr konzentriert lutschte er darauf herum, kaute und schluckte sie herunter.

„Ich glaube, das liegt nicht an dir – die schmecken scheußlich", verkündete er daraufhin und verzog das Gesicht.

Ich wusste nicht, was es war – vielleicht sein angewiderter Gesichtsausdruck, vielleicht die Ernsthaftigkeit in seiner Stimme oder die absurde Situation – womöglich alles zusammen – aber irgendetwas daran erschien mir plötzlich urkomisch. Ich prustete los, hielt mir den Bauch vor Lachen und spürte, wie mir Tränen über das Gesicht rannen. Das Lachen wurde immer heftiger, es schüttelte meinen gesamten Körper und ließ mir eine heiße Röte in die Wangen schießen, die sich in meinem gesamten Körper ausbreitete.

AJ wirkte erst verwirrt, dann fiel er mit ein. Wir lachten so lange, dass mein Hals sich rau und mein Mund sich völlig ausgedörrt anfühlte, als wir aufhörten.

„Es ist bloß so komisch", brachte ich, unterbrochen von einem letzten kleinen Kichern hervor und wischte mir eine Lachträne aus dem Augenwinkel. „Da sitzt mein zukünftiger Arbeitgeber neben mir auf dem Sofa und bewertet den Geschmack von

Schokoladenpralinen, während mein Ehemann irgendwo da draußen mit seiner Affäre vögelt."

Auf einen Schlag verging mir das Lachen. Es fühlte sich an, als hätten meine eigenen Worte mir einen Hieb in die Magengrube verpasst.

„Total komisch", wiederholte ich mit brechender Stimme. Meine Mundwinkel begannen zu zucken und wurden plötzlich von einer unkontrollierbaren Kraft nach unten gezogen. Und genau so, wie ich vorhin gelacht hatte, weinte ich plötzlich. Tränen rannen mir unaufhörlich über die Wangen, mein Körper bebte, mein Gesicht glühte vor Hitze. Ich hielt mir den Bauch, weil er schmerzte, aber auch mein Kopf, mein Hals und mein Herz – vor allem das – taten unsagbar weh.

AJ saß einen Moment lang wie in einer Schockstarre auf der Sofalehne, dann überwand er den letzten Rest Abstand zwischen uns und legte mir den Arm um die Schulter. Ehe ich mich versah, lag mein Kopf an seiner Brust und meine Tränen durchnässten sein hübsches weißes Hemd. AJ roch nach Rasierwasser und einem teuren Parfum, das mich an Marten erinnerte. Es war völlig paradox, aber auf eine beruhigende Art und Weise fühlte ich mich bei ihm geborgen. Es tat schrecklich weh, so zu weinen, aber es tat auch gut, alles endlich herauszulassen, ohne mich zu bremsen.

Eine gefühlte Ewigkeit lang hielt AJ mich und tat nichts, außer da zu sein. Er sagte nichts, ließ mich nicht los und beschwerte sich nicht darüber, dass meine Tränen ihn dabei völlig unter Wasser setzten. Ich hätte ihm nicht dankbarer dafür sein können.

Irgendwann, als endlich keine mehr kamen und die Schluchzer abebbten, nahm ich den Kopf von seinem

nassen Hemd und sah ihn durch einen Tränenschleier
an.

„Hey", machte er sanft und reichte mir von irgendwoher ein Taschentuch.

Ich nahm es, tupfte mein Gesicht trocken und putzte
mir lautstark die Nase. Wenig ladylike, aber leider absolut notwendig.

„Besser?", erkundigte er sich leise.

Ich hörte tief in mich hinein. „Irgendwie schon." Ich
lächelte gequält. „Danke. Und tut mir leid wegen deines
Hemdes."

„Alles gut." AJ schüttelte den Kopf. „Es gibt Wichtigeres im Leben als ein trockenes Hemd. Dich zum Beispiel, Jo."

Irgendetwas an der Art, in der er es sagte, ließ mich
aufhorchen. Mit einem Mal klang er anders ... oder bildete ich mir das bloß ein? Sein Gesicht wirkte, durch
meine glasigen Augen gesehen, immer noch ein wenig
verschwommen, doch mir entging nicht, dass sein
Blick mich fixierte. Jäh fühlte es sich merkwürdig an,
ihm so nahe zu sein. Ich schämte mich für meinen Ge-
fühlsausbruch. Ich kannte ihn doch kaum.

Instinktiv rutschte ich ein Stück zurück. AJ bemerkte
nicht, dass ich mich auch innerlich von ihm distan-
zierte oder er verstand die Intention hinter meinem Zu-
rückweichen nicht. Er holte den Abstand zwischen uns
schnell wieder ein. Seine linke Hand legte er auf meine
Schulter, mit der rechten richtete er plötzlich mein wir-
res Haar.

Wieso zum Teufel richtet er mein Haar?

Wie ein kleines Tier im Scheinwerferlicht hielt ich
still und bekam das merkwürdige Gefühl, dass das alles

gerade gar nicht wirklich geschah. Als würde ich mir einen Film ansehen, von außerhalb beobachtend, wie AJs Hand von meinen Haaren nun über mein Gesicht glitt, während er mich mit der anderen Hand mit sanfter Gewalt an sich zog. Mein Körper war wie der einer Puppe. Keine Körperspannung, keine Gegenwehr, aber auch kein Entgegenkommen, was AJ paradoxerweise wohl als Zustimmung deutete. Der Geruch seines Rasierwassers, vermischt mit dem der Kakaopraline, die er gegessen hatte, wurde intensiver, als er mir noch näher kam und seine Lippen auf meine presste.

Stop!

Ich spürte seine Daumen auf meinen Wangen, seine Hände an meinem Hals. Seine Lippen versuchten, meine zu öffnen, doch ich hielt den Mund fest geschlossen, wie ein Tor, das ihn davon abhielt, mir noch näherzukommen.

„Vergiss Leonard", raunte er mir mit seinem warmen Atem ins Gesicht, bevor er meine Lippen erneut, dieses Mal fordernder, auf meine presste.

Stop!

Endlich erwachte ich aus meinem tranceartigen Zustand, wirbelte zurück und dann erneut nach vorn, um AJ eine Ohrfeige zu geben. Erschrocken legte er die Hand auf seine Wange, während das Brennen in meinen Fingern mir zeigte, dass ich ziemlich fest zugeschlagen hatte.

„Entschuldige", brachte ich atemlos hervor. „Ich ... ich will das nicht."

„Schon in Ordnung." AJ wirkte beschämt. „Ich dachte, weil du ... und wir ... ich dachte, du wolltest es auch ...

die Situation war irgendwie so ... keine Ahnung .... das war dumm von mir.“

„Ja.“ Ich richtete mich auf und schlang die Arme um meinen Körper. Plötzlich war mir kalt. „Du solltest jetzt gehen.“

„Es tut mir leid, Jo, ich wollte nicht ...“, setzte AJ an, doch ich unterbrach ihn, indem ich mit ausgestrecktem Arm Richtung Haustür wies. „Es ist nur so ... mir ist während deines Probearbeiten absolut klar geworden, wie gut wir beide eigentlich harmonieren. Ich passe doch viel besser zu dir als Leonard. Wir beide sind ... uns so ähnlich.“ Seine Stimme überschlug sich beinahe.

„Du solltest jetzt gehen“, wiederholte ich fest.

Wortlos und mit hängenden Schultern stand AJ auf, schlurfte Richtung Haustür und schlüpfte in seine Schuhe und den Mantel. Eisige Kälte drang ins Innere des Hauses, als er die Haustür öffnete. Es roch nach Schnee.

„Ich mag dich wirklich, Jo. Vom ersten Tag an“, beteuerte AJ. „Mehr als du glaubst. *Ich* würde dir nie wehtun.“ Auf seiner rechten Wange prangte dort, wo meine Hand ihn getroffen hatte, ein dicker roter Fleck.

Ich fand ihn immer noch attraktiv und er tat mir leid, wie er so dastand und schier am Boden zerstört war. Ich mochte immer noch, wie und wer ich war, wenn ich mich in seiner Nähe befand und seine Augen, ein eigener Himmel mit tausend Sternen, faszinierten mich nach wie vor. Doch ein anderes Gefühl hatte sich dazugesellt, eines, das intensiver und dominanter war als all die anderen ... ich verspürte Ablehnung. AJ würde mir nie wieder nahekommen. Niemals würde ich romantische Gefühle für ihn empfinden.

Ohne ein weiteres Wort schloss ich die Haustür hinter ihm, lehnte mich mit dem Rücken dagegen und verbarg das Gesicht in den Händen. Dann, noch bevor ich seinen Wagen hatte fortfahren hören, öffnete ich in meinem Handy den Maileingang und tippte eine kurze, förmliche Nachricht ein.

Hiermit bestätige ich, Josephin McEvans, dass ich das besprochene Arbeitsverhältnis nicht antreten und die Probearbeit zum sofortigen Zeitpunkt beenden werde. MfG

Das Gefühl seiner Lippen auf meinen schmerzte wie ein Brandzeichen, das nicht mehr verschwinden würde.

Kapitel 20

Weihnachtsmarkt

Es hatte seit zwei Tagen nicht mehr geschneit. Der Schnee, der noch geblieben war, war fest, strahlend weiß und aufgrund der Minusgrade an einigen Stellen gefährlich glatt. Meine Augen schmerzten, als ich die Haustür öffnete und die Sonne sich in dem kalten Weiß widerspiegelte.

„Auf zum Weihnachtsmarkt", trieb ich die Kinder an und schaffte es tatsächlich, dabei fröhlich zu klingen. Ich war selbst ein wenig beeindruckt von meinem Schauspieltalent.

Es war der zwanzigste Dezember. Ich hatte keine Ahnung, wie ich es geschafft hatte, die letzten Tage zu überleben, aber irgendwie hatte es geklappt. Wären die Kinder nicht, hätte ich mich wohl ins Bett gelegt und mit der Decke über dem Kopf bis an mein Lebensende geweint. Zumindest malte ich mir das so aus. In der Realität jedoch waren da andere Tränen als die meinen, die getrocknet werden wollten, Windeln, die gewechselt werden und Mahlzeiten, die gekocht werden mussten. Es musste eingekauft, aufgeräumt und Streit geschlichtet werden – Letzteres gefühlt andauernd. Zwischen all den Stillmahlzeiten, lebensbedrohlichen

Kletteraktionen von Jackson und Prügeleien zwischen den beiden Großen blieb mir, selbst wenn ich es gewollt hätte, keine Zeit, um über Leonard und das, was er mir angetan hatte, nachzudenken.

„Ich möchte gar nicht auf diesen blöden Weihnachtsmarkt", beschwerte Elliot sich und schob seine Brille mit dem behandschuhten Zeigefinger hoch auf den Nasenrücken.

Ach, Kind, ich doch auch nicht. Aber euer Dad kommt gleich nach Hause und ich will nicht hier sein, wenn er die Haustür aufschließt und euch in die Arme nimmt, dachte ich.

„Ach, komm schon, das wird super", versuchte ich stattdessen ihn zu motivieren und half Jackson die rutschigen Verandastufen herunter. „Becca sagt, der Oldmallow-Weihnachtsmarkt findet schon seit Jahrhunderten am zwanzigsten Dezember statt. Jeder macht etwas selbst oder bietet etwas an, was er nicht mehr benötigt und man kann bezahlen, was man möchte. Der gesamte Erlös kommt dann Oldmallow zugute. Also haben wir im Endeffekt alle etwas davon."

„Wow." Maddie rollte mit den Augen. „Wie rührend. Ich kotze gleich."

„Maddie!", ermahnte ich sie streng.

„Kotze", wiederholte Jackson freudig.

Elliot und Maddie brachen in schallendes Gelächter aus.

„Kotze!", freute Jackson sich über die unerwartete Aufmerksamkeit.

„Das ist *nicht* komisch!" Ich verstaute den Haustürschlüssel in meiner Jackentasche und zog das Tragetuch etwas höher, bis es den Zwillingen über den Kopf reichte. Warm eingepackt und dicht aneinander gekuschelt waren sie so bestens vor der eisigen Kälte geschützt. „Er spricht doch erst so wenig und ich möchte nicht, dass Kotze zur Top Five seiner ersten Worte gehört!"

„Kotze", plapperte Jackson und lief, so schnell seine kleinen, im Schneeanzug steckenden Beine ihn trugen, vor mir weg. „Kotze Kotze Kotze!"

Na toll. Da war mir *Kekse Kekse Kekse* lieber gewesen. Mit einem schlecht gelaunten Elliot und einer nicht wesentlich besser gelaunten Maddie im Rücken folgte ich Jackson durch den Schnee. Vor Naomis Haus erwartete uns der erste Stand. Eddi verkaufte wortkarg ihre berühmte Marmelade sowie hausgemachte Lebkuchen und klebrige Zuckerstangen, während Naomi munteren Smalltalk mit Prija hielt. Letztere sah aus, als wäre sie direkt vom Catwalk in New York hierhergekommen. Sie trug einen umwerfenden Mix aus Schwarz und Weiß in Form eines fast bodenlangen Mantels, Handschuhen und einer Mütze, dazu einen roten Kussmund. Als sie mich sahen, verstummte ihr Gespräch und sie winkten mich zu sich. Obwohl sie sich sichtlich Mühe gaben, nicht allzu mitleidig dreinzublicken, sah ich ihre Gedanken. Ich war die arme Frau, die der Liebe wegen hierhergezogen, dann betrogen worden war und nun sehen musste, wie sie das Leben mit ihren Kindern allein meistern würde. Allein mit *ihren* Kindern ... ein dicker Kloß entstand in meinem Hals und ich wischte den schrecklichen Gedanken, den ich plötzlich hatte, eilig beiseite.

„Hier, kauft euch einen Lebkuchen", verlangte ich und reichte Maddie einen Zehn-Dollar-Schein, dann wandte ich mich Prija und Naomi zu. „Hi."

„Hi", machten beide im Gleichklang.

„Schön, dich zu sehen", sagte Prija.

„Du siehst scheiße aus", murmelte Naomi und es klang mitleidig und überrascht zugleich.

„Naomi!", zischte Prija.

„Schon gut." Ich rang mir ein Lächeln ab. „Ist nur die Wahrheit. Ich habe ja Spiegel zu Hause."

„Wie geht es dir, meine Liebe?" Prija legte mir eine Hand auf die Schulter. Mir fiel auf, dass ihre Wimpern beneidenswert lang waren.

„Oh, es geht so", antwortete ich vage.

In dem Moment stürmten Peter und Parker an uns vorbei, eine zornig aussehende Mabel im Rücken.

„Wer von euch kleinen Giftzwergen hat in meinen Schulranzen gepinkelt?", schrie sie.

„Das war Keith!", rief Charlotte. „Er wollte es dir heimzahlen, dass du gestern den letzten Erdbeerjoghurt gegessen hast."

Mabel ließ einen erstickten Wutschrei hören, dann verschwand sie Türen knallend im Haus. Naomi, die das Ganze ohne Einmischung verfolgt hatte, zuckte die Achseln, als wäre dies völlig normal und meinte dann zu Prija: „Manchmal verstehe ich, dass du keine Kinder magst. Und manchmal beneide ich dich sogar ein bisschen darum, dass du keine hast."

Sie hatte es nicht ernst gemeint, sogar eher neckisch ausgesprochen, doch irgendetwas in Prijas Gesicht veränderte sich plötzlich. Es war nicht so, dass sie aufhörte zu lächeln, nein, das Lächeln blieb, aber ihre Augen

wurden ganz dunkel, als wäre ein Schatten über sie gefallen. Naomi schien dies im Gegensatz zu mir gar nicht
zu bemerken.

„Ja", sagte Prija gedehnt und blickte dann mit leerem
Blick in die Ferne. „Nun denn, ihr Lieben, ich mache
mich mal auf die Suche nach Hao. Er wollte Logan ir-
gendeinen Brot-Grill oder so was abkaufen." Sie raffte
ihren hübschen Mantel, winkte uns zum Abschied zu
und schwebte davon.

Während Naomi mir irgendetwas von ihrem Sohn
Jimmy, einem Dreirad und einer Treppe erzählte,
konnte ich nicht aufhören, an Prija zu denken. Ich
kannte diesen Blick. Ich hatte ihn schon selbst bei mir
im Spiegel gesehen.

„Sei mir nicht böse, aber wir müssen weiter", fiel ich
ihr ins Wort und hoffte, dabei nicht allzu unhöflich zu
sein. „Vielleicht kommen wir auf dem Rückweg noch
mal vorbei."

„Oh ... okay." Naomi winkte den Kindern zum Abschied zu, die sich alle einen Lebkuchen ausgesucht
und Eddi das Geld gegeben hatten, und bedachte mich
mit einem letzten prüfenden Blick. „Und du bist sicher,
dass du klarkommst?"

„Ich habe doch gar keine andere Wahl", antwortete
ich ehrlich und lächelte ihr zum Abschied knapp zu.
„Danke für die Lebkuchen. Viel Erfolg beim Verkaufen
noch."

Wir holten Prija drei Stände weiter ein. Sie stand etwas abseits von den anderen und richtete ihre Handschuhe, während ihr Mann Hao mit fachmännischem
Blick geschnitzte Holzfiguren besah. Als sie mich

erblickte, lächelte sie schwach. Ich war mir ziemlich sicher, dass ihre Augen feucht glänzten.

„Wie lange versucht ihr es schon?", erkundigte ich mich leise, während ich Jackson im Blick behielt, der sich ebenfalls für die Holzfiguren interessierte.

„Was meinst du?", fragte Prija.

„Du brauchst mir nichts vorzumachen, Prija. Ich habe mir auch mal von ganzem Herzen ein Kind gewünscht." Ich sah in ihre dunklen traurigen Augen und erinnerte mich an die Zeit mit Marten zurück, als mein größter Wunsch ein Geschwisterchen für Elliot gewesen war. „Es stimmt gar nicht, dass du Kinder nicht leiden kannst, oder? Du erträgst es bloß manchmal nicht, sie anzusehen, weil dich das daran erinnert, dass du keine eigenen hast."

Prija sah aus, als hätte ich ihr ins Gesicht geschlagen. Dann senkte sie den Blick und nickte.

„Fast zehn Jahre." Ihre Stimme war so leise, dass nur ich sie hören konnte und sie nicht zu den anderen vordrang, die sich um den Stand mit den Holzfiguren herum versammelt hatten. „Wir haben alles versucht. Tees und Kräuter, künstliche Befruchtung, Ernährungsumstellungen noch und nöcher. Gesundheitlich ist alles im Reinen bei uns. Es gibt absolut keinen medizinischen Grund. Man weiß nicht, wieso es nicht funktioniert." Je mehr sie sprach, umso leichter schien es ihr zu fallen, sich mitzuteilen. Fast machte es den Eindruck, als würde es sie zu ihrem eigenen Erstaunen erleichtern, über das Thema zu sprechen, das sie eigentlich für sich hatte behalten wollen.

„Das tut mir so leid, Prija", sagte ich wahrheitsgemäß. Es fühlte sich auf eine merkwürdige Art und Weise befriedigend an, sich mit den Problemen anderer zu befassen. Die eigenen rückten dabei gänzlich in den Hintergrund und warteten auf ihren nächsten Einsatz. Ich wollte ihr keine Tipps geben, keine dummen Sprüche wie *Ihr müsst euch einfach entspannen, dann passiert es wie von selbst* klopfen. „Wenn du mal reden willst ...“, sagte ich stattdessen. „... bin ich da.“

„Gerne.“ Prija lächelte traurig. „Danke, Jo. Ich habe das noch nie jemandem aus Oldmallow erzählt. Ich wollte lieber, dass sie mich für meinen Lifestyle hassen, als dass sie mich mitleidig ansehen.“

„Das kann ich sehr gut nachvollziehen“, murmelte ich.

„Sieh mal, ist der nicht cool?“ Hao legte seiner Frau von hinten einen Arm um die Schulter und hielt ihr einen kleinen dicken Buddha aus Holz vors Gesicht.

„Wow.“ Prija besah sich das handgeschnitzte Kunstwerk von allen Seiten. „Der passt ja hervorragend zu unserer Sammlung.“

Die beiden verabschiedeten sich von uns und zogen mit ihren schicken Kleidungsstücken, der Buddha-Figur und dem unerfüllten Kinderwunsch von dannen. Und ich wusste, dass sie ihren ganzen Reichtum jederzeit gegen den meinen eintauschen würden. Mit schwererem Herzen und von einer sentimentalen Dankbarkeit für meine fünf tollen Kinder erfüllt, folgte ich ihnen durch den Schnee, wo sie bei Claire stehen blieben und dort um den besten Platz rangelten. Wie sich herausstellen sollte, gab es nichts wirklich Spannendes zu sehen – eine Handvoll Krippenfiguren, Kerzen und einige Ketten mit Kreuzen als Anhängern – doch die Kinder stritten und schubsten sich weiterhin.

„Hört bitte auf", verlangte ich ohne Erfolg, nachdem ich Claire begrüßt hatte, die in der Bibel las und nur kurz abwesend zu uns aufsah.

„Du bist ein Idiot!", schrie Maddie und versetzte Elliot einen so groben Stoß, dass dieser gegen Jackson stolperte. Der fiel in den Schnee und begann vor Schreck bitterlich zu weinen.

„Das ist deine Schuld, du blöde Kuh!", warf Elliot Maddie vor.

„*Du* hast ihn doch angerempelt!", keifte Maddie zurück.

„Ja, aber nur, weil *du* mich geschubst hast!"

„Schluss jetzt, alle beide!" Ich ging in die Knie, hob Jackson aus dem Schnee und klopfte seinen Schneeanzug sauber. Mit meinen Handschuhen strich ich vorsichtig den Schnee und die Tränen aus seinem Gesicht.

„Geht's? Du hast dich ganz schön erschrocken, was?", fragte ich so ruhig wie möglich, während die beiden Großen sich immer noch gegenseitig die Schuld zuwiesen.

Sie waren ganz und gar zum Davonlaufen in den letzten Tagen, frech und streitsüchtig, und ich war mir durchaus bewusst, dass dies mein Verdienst war. Denn obwohl ich äußerlich ruhig, gelassen und fröhlich war, tobte es in meinem Inneren. Ich vermisste den Mann an meiner Seite, war einsam und traurig und dachte immer wieder mit Grauen an den Abend mit AJ zurück. Jackson und den Babys konnte ich vielleicht etwas vormachen, aber Maddie und Elliot hatten mich ziemlich sicher längst durchschaut. Sie spürten, dass etwas ganz und gar nicht stimmte. Die Kinder spiegelten mit ihrem

Verhalten nur meine Seele wider – und das konnte ich ihnen schlecht vorwerfen.

Ich würde mich verbessern müssen, irgendwie lernen müssen, mit dem Schmerz zu leben, ihn vielleicht sogar eines Tages zu überwinden. Ich würde wieder leben, nicht nur funktionieren, auch wenn ich mir das aktuell kaum vorstellen konnte. Noch wagte ich es kaum, über das nachzudenken, was mich noch erwartete – ein erstes Aufeinandertreffen mit Leonard, das Klären unserer Zukunft, eventuelle Sorgerechtsfragen. Meine Kehle schnürte sich zu, wie jedes Mal, wenn ich auch nur anfing, daran zu denken.

Vor dem Café hatten Logan und Mandy einen langen, breiten Stand aufgebaut und boten Donuts, frische Waffeln und anderes Gebäck an. Die heißen Kirschen, die sie zu den Waffeln reichten, dufteten meterweit. Plötzlich schmeckten den Kindern Naomis Lebkuchen nicht mehr. Ich kaufte ihnen je einen Donut und hielt, während sie ihn aßen, ein bisschen oberflächlichen Smalltalk mit Logan, wobei er sich sichtlich anstrengte, so zu tun, als wüsste er nichts von mir und Leonard. Als hätte sich dies nicht längst in Oldmallow herumgesprochen ...

Eine ganze Menge Stände mit Spielzeug, Weihnachtsdekoration und noch mehr Essen sowie viele freundliche Einwohner des Dorfes später – fast ganz Oldmallow machte mit – kamen wir durchgefroren nach Hause. Mir fiel direkt auf, dass Leonards Firmenwagen noch nicht vor dem Haus stand, obwohl er diese Uhrzeit in seiner Textnachricht gestern angegeben hatte. Obwohl ich Angst vor diesem Aufeinandertreffen gehabt hatte, fühlte ich nun eine Welle der Enttäuschung in mir aufsteigen. Ich versuchte, mir die schlechte Laune nicht anmerken zu lassen und zog Jackson und die Zwillinge aus, während Elliot und Maddie sich schnell selbst ihrer Stiefel, Mützen, Schals, Handschuhe und Jacken entledigt hatten. Der gesamte Flur sah aus, als wäre ein Kleidercontainer explodiert. Seufzend machte ich mich daran, alles aufzuräumen. Leonard sollte nicht denken, dass das Haus ohne ihn völlig dem Chaos verfallen war. Danach verfrachtete ich Ella und Mina in ihre Babyschaukeln und gab ihnen je eine Fernbedienung in die Hand, sodass sie erst mal beschäftigt waren. Freudig begannen beide, daran herumzulutschen.

Nach dem Aufräumen ging ich in die Küche, wo ich Jackson und Maddie vorfand. Ich brauchte dringend einen Kaffee – um mich aufzuwärmen und um die Müdigkeit loszuwerden, die die kalten Wintertage mit sich brachten und die mir tief in den Gliedern steckte.

„Na, alles gut bei euch beiden?", erkundigte ich mich abwesend und kramte meine Lieblingstasse aus dem Schrank.

„Mama, er hat meine Zeitschrift", beschwerte Maddie sich mit weinerlichem Unterton in der Stimme.

Jackson stand kichernd auf seinem kleinen blauen Kinderhocker, die Zeitschrift in den Händen, und streckte seiner Schwester die Zunge heraus. Ich hatte ihm schon dutzende Male gesagt, dass er sich jederzeit auf den Hocker setzen, aber nicht stellen durfte.

„Jackson, das gehört deiner Schwester. Maddie, er ist noch klein, denk bitte daran", versuchte ich, unparteiisch zu sein und schaltete die Kaffeemaschine an.

Maddie ignorierte meine Worte, stürmte stattdessen mit zorniger Miene auf Jackson zu und versuchte ihm die Zeitschrift aus den Fingern zu reißen.

„Lass los, Jackson! Immer machst du alles kaputt!"

Ich sah es geschehen, noch bevor es wirklich geschah und dennoch reagierte ich nicht schnell genug. Maddie zog an einem, Jackson am anderen Ende der Zeitung, die nun bereits einen Riss hatte. Dieser vergrößerte sich zunehmend und mit einem lautstarken *Ratsch* ging die Zeitung schließlich entzwei. Maddie stolperte zurück, konnte sich jedoch gut abfangen, während Jackson die Kontrolle über seinen Körper verlor und rückwärts vom Hocker fiel. Es konnten bloß Sekundenbruchteile gewesen sein, doch für mich fühlte es sich an wie eine Ewigkeit. In quälendem Zeitlupentempo sah ich Jackson dabei zu, wie er mit dem Rücken und dem Hinterkopf auf den Küchenfliesen aufschlug. Der Aufprall klang, als hätte man einen Blumentopf fallen lassen. Für einen Moment blieb er liegen, die Augen weit aufgerissen und starr, der Blick darin leer. Dann krampfte sich sein ganzer Körper zusammen, er richtete sich auf, ließ sich erneut zurückfallen und ballte die Hände zu Fäusten, während seine Augen nach oben rollten.

Ein Krampf. Mein Kind krampfte.

Mein Gehirn wusste das, doch die Panik in mir war stärker als jedes klare Denken.

„Was ist mit ihm?", hörte ich mich selbst schreien, während ich ihn geistesabwesend auf meinen Schoß zog. Ich schüttelte ihn und rief wiederholt seinen Namen. Das Blut in meinen Ohren rauschte wie verrückt.

„Das wollte ich nicht! Das wollte ich nicht!", weinte Maddie im Hintergrund.

„Maddie, wähl den Notruf", verlangte ich mit heftig zitternder Stimme. „Wähl *sofort* den Notruf!"

Kapitel 21

Endlich Klarheit

Eines der vielen grellen Lichter im Krankenhausflur funktionierte nicht richtig. Hin und wieder fiel es kurz aus, blinkte und surrte, und strahlte dann wieder hell wie all die anderen. Ich hatte nicht bewusst dorthin gesehen, um die Funktionstüchtigkeit dieser Lampen zu überprüfen, aber es war mir aufgefallen, während ich dort auf diesem unbequemen roten Plastikstuhl saß und wartete. Ebenso war mir aufgefallen, dass mehr Menschen sich einen Kaffee in der Krankenhauscafeteria holten als etwas zu Essen. Und im Snackautomaten, der am Ende des Ganges stand, mussten die Nummer sechsundzwanzig und die drei aufgefüllt werden. All das hatte ich wahrgenommen, während ich synchron beide Babysitzschalen vor- und zurückgeschaukelt hatte, damit Ella und Mina auf keinen Fall aufwachten.

Ich erkannte Leonard an seinen Schritten, noch ehe ich ihn sah. Eilig hörte man sie auf dem sterilen Boden näherkommen, beinahe laufen. Ich hatte ihn viel später informiert, als ich eigentlich gewollt hatte, doch ich war einfach vorher nicht dazu gekommen. Zu viel Aufruhr, zu viel Sorge, zu viel von allem. Ich konnte nicht

einmal sagen, seit wie vielen Stunden wir im Krankenhaus waren. Vielleicht zwei, womöglich drei, eventuell
sogar mehr. Das Sirenengeräusch des Rettungswagens
lag mir noch immer in den Ohren und ich wusste bereits jetzt, dass es mich noch eine ganze Weile lang verfolgen würde. Naomi und Eddi passten auf Elliot und
Maddie auf und auch William war auf dem Weg zu unserem Haus.

Wortlos stand ich auf und ließ zu, dass Leonard mich
in die Arme schloss. Ich fiel geradezu gegen ihn, sackte
mit dem Gesicht an seine Brust und klammerte mich an
ihn. All die Kraft, die ich binnen der letzten Stunden
hatte aufbringen müssen, wich aus meinen Gliedern.
Es war mir egal, dass es Annabel gab. Es war mir egal,
dass er mich belogen, betrogen und mit seinen Taten
und Worten lächerlich gemacht hatte – für diesen einen kurzen Moment war mir all das völlig gleich. Ich
brauchte ihn gerade. Vielleicht, ja vielleicht hatte ich
ihn nie so sehr gebraucht wie jetzt in diesem einen Augenblick.

Leonard roch vertraut und fremd zugleich. Zu dem
Geruch, den ich an ihm kannte und liebte, hatte sich etwas anderes gesellt, etwas wie Druckertinte und leichter Zigarettenrauch. Seine Hände lagen ganz sanft an
meinem Rücken, als hätte er Angst davor, mich zu sehr
zu berühren. *Einen Atemzug lang noch*, redete ich mir
selbst gut zu, *nur einen Atemzug lang halte ich mich
noch an ihm fest.* Als ich schließlich losließ, tat er es
mir gleich und ließ seinen Blick suchend über den Gang
streifen.

„Wo ist er?"

„Er schläft." Ich deutete auf das Zimmer, neben dem ich die ganze Zeit über mit den Zwillingen gesessen und auf ihn sowie auf den Arzt gewartet hatte. Die Tür war angelehnt, sodass ich ihn die ganze Zeit über hatte sehen können.

„Darf ich zu ihm?", fragte Leonard leise. Etwas Flehendes lag in seiner Stimme, das mich beinahe zerbrechen ließ.

„Natürlich", flüsterte ich.

Ich sah dabei zu, wie er in das Zimmer schlich, sich auf die Bettkante setzte und zaghaft über Jacksons Hand streichelte. Unser Sohn sah in diesem riesigen, weiß bezogenen Krankenhausbett winzig aus. Am liebsten hätte ich mich zu ihm gelegt und wäre nie wieder von seiner Seite gewichen. Doch die Geräusche der unruhigen Babys, die sich im Krankenhaus spürbar unwohl fühlten, hätten ihn immer wieder aufgeweckt.

Leonard verließ Jacksons Seite erst, als er etwas später hörte, dass der Arzt mit mir sprach. Blass und immer noch ziemlich erschüttert dreinblickend, stellte er sich neben mich.

„Wie ich vorhin schon zu Ihrer Frau sagte, handelte es sich bei dem, was Ihrem Sohn heute widerfahren ist, um einen sogenannten Affektkrampf", erklärte Dr. Blunt, nachdem er sich bei Leonard vorgestellt hatte. Ich kannte den untersetzten, freundlichen Mann mit dem weißen Schnurrbart bereits und war ihm mehr als dankbar, dass er so leise wie möglich sprach, um die Zwillinge nicht aufzuwecken. Seine Stimme war klar und angenehm und erinnerte mich an die des Sprechers eines Kinderhörspiels.

„Sie müssen sich das so vorstellen: Durch den
Schmerz des Sturzes hat sein Körper auf einen altbe-
währten Schutzmechanismus zurückgegriffen und das
ganze System sozusagen heruntergefahren. Das ge-
schieht häufiger als gedacht und ist sehr viel harmloser
als man meinen mag. Sie sagten ja, dass er auch vorher
absolut keine Anzeichen für Epilepsie oder Ähnliches
gezeigt hat, sodass wir auch kein EEG angeordnet haben. Das Verhalten, das er bei der Untersuchung hier
und laut der Rettungssanitäter im Krankenwagen gezeigt hat, deutet auch nicht auf solche Erkrankungen
hin. Er wirkt absolut fit, hat keine Übelkeit oder andere
Anzeichen für eine Gehirnerschütterung. Demnach
können wir alle beruhigt sein. Ihrem Sohn geht es bis
auf die kleine Platzwunde am Kopf, die wir geklebt haben, und einen großen Schrecken gut. Er vergisst das
Ganze hundertprozentig schneller als Sie beide.“
„Ja, das ganz sicher“, murmelte ich erschöpft.
Ich konnte mich nicht daran erinnern, je in meinem
Leben so viel Angst gehabt zu haben. Den Anblick von
Jacksons sich verkrampfendem Körper und dem leeren
Blick würde ich wohl niemals vergessen. Und das dun-
kelrote Blut am Küchenboden ... Ich erschauderte noch
im Nachhinein. Dr. Blunt und Leonard warfen mir ei-
nen schweigenden Blick zu.
„Gehen Sie in ein, zwei Tagen mit ihm zum Kinder-
arzt und lassen dort noch mal einen Blick auf die
Wunde werfen. Sie können ihn mit nach Hause neh-
men.“ Dr. Blunt zwirbelte seinen weißen Schnurrbart.
„Wenn Ihnen irgendetwas ungewöhnlich erscheint, er
sich übergibt, das Ganze erneut auftritt oder die Beule
Probleme macht, kommen Sie jederzeit wieder ins

Krankenhaus. Wir sind für Sie da. Und kümmern Sie sich um Ihre Frau, Mr. McEvans. Sie hat das Ganze hier wirklich großartig gemeistert." Er nickte uns zum Abschied knapp zu.

„Danke, Doktor", sagten Leonard und ich wie aus einem Mund.

Als der freundliche Arzt den Gang verlassen hatte, spürte ich Leonards Hand auf meinem Oberschenkel. Unwillkürlich verkrampfte sich mein Körper. Der kurze Moment, in dem ich ihn so sehr gebraucht hatte, dass ich Annabel für unwichtig befunden hatte, war vorbei. Ich schob seine Hand beiseite und setzte mich auf den harten Plastikstuhl. Er nahm auf dem Stuhl neben mir Platz.

„Josephin ...", setzte er sanft an. In seiner Stimme lag so viel Schmerz.

„Ich habe nur eine Bitte." Ich spürte, wie meine Mundwinkel allein beim Gedanken daran, diese Worte nun aussprechen zu müssen, zu zucken begannen. „Bitte, Leonard, bitte nimm mir Maddie nicht weg."

Leonard starrte mich erschüttert an.

„Ich weiß, sie ist nicht meine leibliche Tochter und ich habe laut Gesetz keinerlei Rechte, was sie betrifft, aber ... aber ..." Ich musste schlucken. „Aber ich liebe sie genauso sehr wie jedes der Kinder, die ich selbst geboren habe. Das weißt du, Leonard. Ich bitte dich ... ich will sie nicht verlieren." Als ich es endlich ausgesprochen hatte, sank ich auf den Stuhl und warf einen Blick ins Zimmer hinein, in dem Jackson immer noch tief und fest schlief. Im gedimmten Nachtlicht sah ich, wie seine Brust sich sanft hob und senkte.

„Ich hatte nie vor, dir etwas wegzunehmen oder dir wehzutun", hörte ich Leonard sagen.

Ich blickte auf und sah, dass er aufgestanden war und mit Tränen in den Augen vor mir stand. Seine grau-grünen Augen waren glasig und unter ihnen lagen tiefe Ringe, die von wenig Schlaf und immenser Traurigkeit zeugten.

„Wie konntest du mich nur betrügen, Leonard?", brachte ich mit erstickter Stimme hervor. „Wie konntest du nach allem, was wir gemeinsam erlebt haben, nur mit einer anderen Frau schlafen und ..."

„Warte!" Leonard streckte mir Einhalt gebietend die Hand entgegen und riss ungläubig die Augen auf. Einen Moment lang sah er nahezu verrückt aus. „Du glaubst, ich hätte dich betrogen?"

Ein erstickt klingender Laut, der nur ansatzweise an ein Lachen erinnerte, kam mir über die Lippen.

„Es ist ein bisschen zu spät, um das zu leugnen, findest du nicht? Du hast es doch längst zugegeben. Annabel, die neue Frau an deiner Seite, die soo toll ist, dass du sie mir gerne vorstellen würdest und es bereust, sie nicht früher kennengelernt zu haben." Pure Bitterkeit lag in jedem meiner Worte. „Außerdem habe ich euch beide zusammen gesehen. Ich bin dir ins Einkaufszentrum gefolgt, wo du dich mit ihr im Café getroffen hast."

„Langsam, langsam, Josephin", verlangte Leonard und schüttelte heftig den Kopf. „Ich fasse es nicht, dass du denkst, ich könnte dich betrügen. Jetzt verstehe ich das alles erst!" Er fasste sich an den Kopf und lief im Krankenhausflur auf und ab. „Jetzt ergibt das Ganze einen Sinn. Du sagtest ... und ich dachte, du weißt ... und

dann sagte ich ... und du hast stattdessen verstanden ...
oh Mann."

Ich verstand nur Bahnhof. Endlich kam er vor mir
zum Stehen, ging in die Knie und sah mir in die Augen.

„Josephin – Annabel ist nicht meine Affäre. Sie ist
meine Tochter."

Kapitel 22

Der geplatzte Knoten

Es war Nacht, als wir die Klinik mit drei schlafenden Kindern im Arm verließen. Die tiefe Dunkelheit, die uns empfing, bildete einen harten Kontrast zu den grellen Lichtern, die ich während der letzten Stunden gesehen hatte. Unwillkürlich fragte ich mich, wie es den Ärzten, Schwestern und Pflegern gehen musste. Im Krankenhaus gab es keine Nachtruhe. Es war immer hell, immer laut und stets voller Patienten, die Schmerzen hatten, bluteten, Hilfe brauchten. Dankbarkeit und Respekt für ihren Einsatz breitete sich in mir aus. So etwas wusste man viel zu wenig zu würdigen – meist erst dann, wenn man selbst Hilfe benötigte.

„Ich habe dort drüben geparkt." Leonard deutete, in Ermangelung freier Hände, da er beide Autoschalen mit den schlafenden Zwillingen trug, mit dem Kopf in Richtung der schrägen Parkplätze, die sich gegenüber vom Krankenhaus befanden.

Jackson lag mit der Nase an meinem Hals und schlief. Ich spürte seinen beruhigenden, warmen Atem auf der Haut. Er war kurz aufgewacht, als ich ihn aus dem Bett gehoben hatte, doch sofort wieder eingeschlafen. Mir fiel wieder einmal auf, wie schwer und groß er geworden war und dass das Babyhafte immer mehr verschwand. Mit ihm auf dem Arm drehte ich mich noch einmal zum Krankenhaus um und warf einen letzten Blick zurück. Es schien mir surreal, dass wir erst vor wenigen Stunden hier angekommen waren, Jackson und ich im Rettungswagen, während Naomi die aufgelöste Maddie sowie Elliot beruhigt hatte und Eddi uns mit den Zwillingen in seinem Auto hinterherfahren musste, weil im Rettungswagen kein Platz für die Sitzschalen gewesen war.

„Josephin, kommst du?" Leonard war bereits am Wagen angekommen, hatte ihn aufgeschlossen und begann nun, die Babys anzuschnallen.

Schnell riss ich mich vom Anblick des großen weißen Gebäudes los und folgte ihm. Ich hatte immer noch eine Gänsehaut. Der Schnee knirschte unter meinen Schuhen, als ich zu Leonard trat, doch kalt war mir nicht. Behutsam nahm er mir Jackson aus dem Arm und bettete ihn in den Kindersitz. Nachdem er ihn angeschnallt und die Tür geschlossen hatte, legte er unerwartet eine Hand an mein Gesicht und versuchte mich zu küssen. Reflexartig wich ich zurück. Er wirkte zerknirscht.

„Entschuldige", murmelte er. Im Licht der Straßenlaterne sah sein Atem wie eine Nebelwolke aus.

„Nein, mir tut es leid." Ich rang mir ein müdes Lächeln ab. „Du hast nichts Falsches getan. Es ist nur ..." Ich suchte nach Worten und fand keine. „Das alles sitzt noch zu tief. Gib mir noch ein wenig Zeit."

Stillschweigend stiegen wir ins Auto. Die Heizung lief ratternd auf Hochtouren und sorgte schnell dafür, dass es trotz Minusgraden angenehm warm wurde. Ich

spürte, wie sehr Leonard sich nach meiner Nähe
sehnte, nach einer echten, richtigen Versöhnung. Aber
obwohl ich erleichtert und glücklich über die unerwartete Wendung war, hielt mich etwas zurück – wie ein
Knoten in meinem tiefsten Inneren, der endlich ge-
platzt war, aber Druckstellen hinterlassen hatte, die
nicht so bald verschwinden würden.

„Erzähl mir von ihr", bat ich leise, als wir durch die
wenig befahrene Straße fuhren. Ich konnte ihn zwar
nicht berühren, aber ich konnte ihm zuhören.

„In Ordnung." Leonard warf mir einen kurzen, prüfenden Blick zu, bevor er sich wieder nach vorne
wandte. „Maja war damals meine erste große Liebe.
Wir waren beide sehr jung und sie besuchte die Klasse
über mir. Nach dem Abschlussball machte sie mit mir
Schluss und brach mir das Herz. Sie zog in eine andere
Stadt, um zu studieren und ich habe sie nie wiedergese-
hen. Was ich nicht wusste, war, dass sie schwanger
war. Laut Annabel hat sie selbst es auch recht spät bemerkt, erst knappe zwei Monate vor der Geburt. Sie
hatte bereits einen neuen Freund, der sich wohl als tol-
ler Stiefvater entpuppte, weshalb Maja nie den Kontakt
zu mir suchte. Sie war aber immer ehrlich zu Annabel
und hat ihr, als sie sie für alt genug befand, meinen Namen mitgeteilt, damit sie eines Tages, wenn sie es
möchte, nach mir suchen kann. Und – ein wirklich ver-
rückter Zufall – sie haben inzwischen ein Haus in Denver und in der Zeitung vom neuen Team der Agentur
gelesen. Annabel, die übrigens sechzehn Jahre alt ist –
nur ein Jahr jünger als ich bei ihrer Zeugung – entdeckte meinen Namen, kontaktierte mich und nach
dem ersten Schock haben wir uns getroffen." Leonard

hielt an einer roten Ampel und betrachtete mich, als würde er herausfinden wollen, wie ich zu dem stand, was er erzählt hatte. „Ich wünschte wirklich, Maja hätte es mir damals sofort gesagt, als sie es selbst herausfand. Dann wäre ich immer ein Teil von Annabels Leben gewesen. Andererseits hätte sich wahrscheinlich alles in meinem Leben anders entwickelt und wer weiß ... vielleicht hätte ich niemals Cassidy geheiratet, Maddie nicht zur Tochter und dich nun nicht zur Frau. Erst dass sie mich verlassen hat, hat mich zu dem Mann gemacht, der ich war, als ich dich kennenlernte. Maja wird damals schon ihre Gründe gehabt haben."

Ich wusste selbst nicht, was ich fühlte. Der Schock über Jacksons Unfall saß mir noch tief in den Gliedern, die Tatsache, dass Leonards Affäre gar keine gewesen war, ebenso. Also sagte ich gar nichts. Es gab keine Worte, die ausdrücken konnten, was ich empfand: Erleichterung, Unsicherheit, Demut, Sentimentalität, das Bedürfnis nach Nähe wie das nach Distanz – eine Mischung aus alledem und noch vielem mehr, das ich nicht zuzuordnen vermochte. Mein Kopf war ein einziger unaufgeräumter Raum voller halb fertiger Gedanken.

„Mein erster Impuls war, damit zu dir zu gehen." Leonard fuhr bei Grün wieder an und atmete tief ein und wieder aus. „Aber du warst so sehr damit beschäftigt, in diesem neuen Zuhause, das so anders ist, als ich es dir versprochen hatte, verzweifelt dich selbst zu finden. Die Kinder waren überall, dazu all die Renovierungsarbeiten, der Vorweihnachtstrubel und der Stress in der Agentur. Es gab keine ruhige Minute und ich wollte dich nicht noch zusätzlich belasten ... wenn ich gewusst hätte, dass es so weit kommt, hätte ich es dir nie verheimlicht. Ich habe so fassungslos versucht zu begreifen, weshalb Annabels Existenz für dich unsere ganze Beziehung infrage gestellt hat."

Ich schwieg weiterhin. Langsam, ganz langsam sickerte bei mir durch, was all das eigentlich zu bedeuten hatte. Leonard hatte mich nie betrogen, aber er hatte eine Tochter. Ein Teenagermädchen, gar nicht allzu weit vom Erwachsensein entfernt, und sie würde ein Teil seines Lebens werden, ein Teil unseres Lebens. Ich dachte an Annabel zurück, an ihr perfektes Haar und ihren Kleidungsstil, der sie viel älter und reifer hatte wirken lassen, als sie tatsächlich war. Angestrengt versuchte ich, die Abneigung, die ich dabei empfunden hatte, in etwas anderes umzuwandeln, doch es gelang mir nicht. Obwohl mein Kopf wusste, dass dieses junge Mädchen nichts Unrechtes getan und jedes Recht dazu hatte, seinen Vater zu treffen, zog sich mein Herz krampfhaft zusammen, als würde es unter Beschuss stehen.

„Sie liest Mangas und steht total auf diesen Justin Bieber", fuhr Leonard fort, als er vor unserem Haus hielt. Einen Moment lang ließ er noch den Motor laufen. „Sie züchtet Meerschweinchen. Wenn wir möchten, schenkt sie uns zwei. Die darf man nämlich nicht allein halten, wusstest du das?"

Ich schüttelte den Kopf. Leonard sprach über Annabel, als würde er über Maddie sprechen.

Eine unangenehme Stille breitete sich zwischen uns aus, während der ich Leonards Blick auf meinem Gesicht spürte. Als er den Schlüssel zog, stieg ich schnell aus.

Jackson weinte kurz auf, als ich ihn aus dem Sitz hob und ins Haus trug. Naomi saß am Rand des Sofas, auf dem Elliot und Maddie zugedeckt lagen und schliefen. Erleichterung breitete sich in ihrem Gesicht aus.

„Die beiden waren absolut fertig mit den Nerven“, berichtete sie mir, nachdem ich Jackson ins Bett gelegt hatte. „Vor allem Maddie. Sie macht sich solche Vorwürfe.“

„Es war nicht ihre Schuld.“ Total erschöpft ließ ich mich zwischen die beiden fallen und strich Maddie sanft das dunkle Haar aus dem Gesicht. Sie hatte definitiv geweint. Auch Elliot, der zusammengerollt dalag, sah aus, als wäre er besorgt eingeschlafen. Behutsam zog ich ihm die Brille aus, klappte sie zusammen und legte sie auf den Couchtisch zwischen Spielzeug, Feuchttüchern, einer halb leer gegessenen Schüssel Cornflakes und einem Beißring ab. In diesem Moment war mir das Chaos absolut egal.

Naomi hob überrascht den Blick, als Leonard zur Wohnzimmertür hereinkam, sie kurz begrüßte und sich neben Elliot setzte.

„Er hat keine Affäre“, murmelte ich.

„Also hatte ich doch recht.“ Naomi lachte leise auf. „Ich habe *immer* recht. Ich bin vielleicht nicht die ordentlichste Hausfrau, konsequenteste Mutter oder feinfühligste Freundin, aber wenn mein Bauchgefühl mir sagt, dass etwas nicht stimmt, dann ist das so.“ Sie erhob sich, reckte das Kinn stolz vor und deutete Richtung Haustür. „Ihr habt sicher viel zu bereden. Ich werde mal nachsehen, ob mein Mann noch lebt oder ob die Kinder ihn in Brand gesteckt haben. Man weiß nie.“

„Ich bringe dich zur Tür." Leonard stand auf. „Vielen vielen Dank, dass du aufgepasst hast, Naomi."

„Ja, danke schön! Und danke auch an Eddi", fügte ich schnell hinzu.

„Kein Ding. Ihr hättet dasselbe für uns getan." Naomi verschwand und mit ihr ging die Leichtigkeit. Da saßen wir also – ausgelaugt, schweigend und auf eine merkwürdige Art und Weise gespannt auf das, was kommen würde.

Der einundzwanzigste Dezember brach für uns später an als all die Tage zuvor. Jacksons Unfall hatte für so viel Aufruhr gesorgt, dass wir alle todmüde gewesen waren und den Schlaf offensichtlich wirklich gebraucht hatten. Als ich die Augen aufschlug, schien bereits die Sonne zum Fenster hinein.

Ella und Mina lagen Stirn an Stirn, Hand in Hand im Beistellbett, für das sie allmählich zu groß wurden. Jackson hatte sich quer im Bett ausgestreckt, das braune gewellte Haar wirr in der Stirn und die Lippen, die denen von Leonard so glichen, leicht geöffnet. Er atmete tief und ruhig und sah überhaupt nicht so aus, als wäre er am Vorabend noch mit Sirenen und Blaulicht in die Notaufnahme gebracht worden. Am Fußende entdeckte ich Elliot und Maddie, jeweils die Füße im Gesicht des anderen. Zuletzt streifte mein Blick Leonard. Zu meinem Erstaunen war er bereits ebenfalls wach und besah sich die Kinderschar um uns herum. Als wir einander in die Augen sahen, lächelte er milde.

„Für nichts in der Welt würde ich das hier eintauschen", flüsterte er und die Ehrlichkeit, die dabei in seiner Stimme lag, war wie Balsam für mein geschundenes Herz. Ich bettete meinen Kopf zurück auf das Kissen. Ein Rest Schläfrigkeit ließ mich gähnen.

„Musst du nicht arbeiten?", erkundigte ich mich leise.

„Nein." Leonard schüttelte sachte den Kopf. „Über Weihnachten bin ich erst mal zu Hause. Ihr seid wichtiger als die Agentur. Das wart ihr immer."

Das Leuchten in den Augen der Kinder, als sie sahen, dass Leonard wieder da war, war all die Strapazen der letzten Tage wert. Zu meiner Verwunderung fiel zuerst Elliot ihm um den Hals, während Maddie sich an mich klammerte und ihr Gesicht in meinem Haar verbarg.

„Bist du böse auf mich?", hauchte sie.

„Nein", hauchte ich zurück. „Es war ein Unfall, Maddie. Ich würde dir niemals die Schuld dafür geben." Behutsam schob ich sie von mir, um ihr in die Augen sehen zu können. „Und ich möchte auch nicht, dass du dir die Schuld gibst, okay?"

Maddie schluckte ein paar Tränen herunter, dann strahlte sie und nickte.

„Wahrscheinlich wollte der kleine Verrückte nur wieder Aufmerksamkeit", schloss sie und verdrehte nur ein kleines bisschen die Augen, als Jackson anfing, auf ihr herumzuturnen.

Als ich nach dem Frühstück in der Küche saß und Ella stillte, kam Leonard hinein und begann, den Abwasch zu machen. Die drei Großen durften sich einen Weihnachtsfilm ansehen, Mina spielte in ihrer Wippe.

„Willst du eigentlich immer noch für diesen Anwalt arbeiten?", erkundigte Leonard sich betont lässig, nachdem er alles gespült, abgetrocknet und in den Schrank geräumt hatte. „Nicht, weil ich es blöd finde. Nur aus reinem Interesse."

Ich biss mir auf die Unterlippe. Plötzlich flammten die Erinnerungen und der Geschmack von Kakaopralinen in meinem Kopf wieder auf.

„Nein. Ich habe ihm per Mail mitgeteilt, dass ich nicht für ihn arbeiten werde und auch nicht mehr zur Probe in die Kanzlei komme. AJ hat mich geküsst, als du fort warst", antwortete ich geradeheraus.

„Oh." Leonards Unterkiefer spannte sich sichtlich an. Es sah aus, als würde er die Zähne fest zusammenbeißen. Dann begann er, das Waschbecken zu polieren. „Und was hast du gemacht?", erkundigte er sich, ohne mich anzusehen.

„Ich habe ihm selbstverständlich eine Ohrfeige gegeben. Niemand küsst mich einfach ungefragt."

Leonard blickte kurz überrascht drein, als hätte er eigentlich mit einer anderen Antwort gerechnet, dann begann er jäh schallend zu lachen. Ein merkwürdiges, kribbelndes Gefühl stieg in mir auf und entlud sich in einer Art Glucksen, das mir unkontrolliert über die Lippen kam. Kurz trafen sich unsere Blicke, dann begannen wir beide zu prusten. Wir lachten nicht nur über die Ohrfeige als Antwort auf AJs Kuss, wir lachten all den Stress, den Schmerz und die Unsicherheiten der letzten Wochen fort. Und mit jedem Kichern, Prusten und Lachen, das meine Lippen verließ, wurde mir ein wenig leichter ums Herz.

Kapitel 23

Ein etwas anderes Weihnachtsfest

„Mama!"

„Mum, Dad!"

Das Licht wurde angeknipst und kleine Kinderfüße tapsten durch den Raum. Mit zu schmalen Schlitzen verengten Augen blinzelte ich in die Helligkeit hinein. Es fühlte sich an, als würde ich direkt in die Sonne sehen.

„Daddy!"

„Aufwachen!"

„Was ist passiert?" Schlaftrunken und einsatzfähig zugleich setzte ich mich im Bett auf, bereit dazu, sofort los zu sprinten, um ein Pflaster auf eine Verletzung zu kleben oder einen bösen Traum zu verscheuchen. Mein Körper funktionierte nachts quasi per Autopilot.

„Wieso soll was passiert sein?" Maddies Gesicht war so nah an meinem, dass ich ihren Atem auf der Haut spüren konnte. Ihre Augen funkelten, ihr Mund war leicht geöffnet und sie zitterte sogar. „Es ist Weihnachten! Ihr müsst aufstehen!"

„Bescherung!", untermalte Elliot Maddies Worte aufgeregt und begann, auf dem Fußende des Bettes herumzuspringen, um uns am Weiterschlafen zu hindern.

„Kekse!“, nuschelte Jackson, der mit seiner Kuscheldecke in der Hand und verschlafenem Blick im Türrahmen stand und sich wohl fragte, was hier gerade geschah. „Kotze! Kekse, Kotze.“

„Seit wann sagt er Kotze?“, fragte Leonard mit vom Schlaf schwerer Stimme.

„Das habe ich ihm beigebracht“, erklärte Maddie stolz.

„Super, Maddie.“ Leonard gähnte. „Wie spät ist es?“

„Schon fast fünf“, antwortete Maddie.

„Und ihr habt Jackson geweckt?“, fragte ich.

Elliot und Maddie nickten einträchtig. Auch die Zwillinge begannen nun, munter vor sich hin zu brabbeln und sich auf den Bauch zu drehen. An Schlaf war nicht mehr zu denken. Leonard und ich tauschten einen übernächtigten Blick miteinander.

„Kommt ihr jetzt endlich?“, drängte Maddie mit vor Ungeduld zitternder Stimme und Elliot riss uns erbarmungslos die Bettdecke vom Leib.

Ich konnte mich nicht erinnern, wann diese Vorgehensweise zur Tradition geworden war, doch jedes Jahr standen wir gemeinsam einen Moment lang vor der verschlossenen Wohnzimmertür und lauschten, ob der Weihnachtsmann vielleicht noch zugange war. Ich liebte diesen Moment. Es war das Schönste am ganzen Fest. Die Vorfreude, der angehaltene Atem und die Erleichterung und pure Freude in den Augen der Kinder ließen mich nicht nur meine Mutterrolle ganz sentimental genießen, sondern heilten auf eine bestimmte Art und Weise auch mein inneres Kind. Mir selbst war der Zauber der Weihnacht schon viel zu früh genommen worden.

Ich erinnerte mich an Feste, an denen ich aufgehübscht wurde wie eine Puppe, ewig still sitzen und Gedichte aufsagen sollte. Schon Wochen vor der Bescherung hatte ich immer wieder zu hören bekommen, dass ich artig sein musste. Elinor, die ich nie Mama oder Mum genannt hatte, hatte mir vorgerechnet, was die Geschenke für mich sie alle gekostet hatten. Dann hatte sie stets aufgezählt, was sie alles für mich tat und wie dankbar ich sein sollte, da es so vielen Kindern auf der Welt schlechter ging. Mein Vater war anders gewesen, doch er hatte sich nie wirklich gegen sie durchsetzen können und war viel zu früh gestorben. Die wenigen Weihnachtsfeste, die ich nach der Trennung der beiden mit ihm verbracht hatte, waren die schönsten, an die ich mich erinnerte. Leider konnte ich an einer Hand abzählen, wie wenige es gewesen waren. Damals hatte ich mir selbst versprochen, dass ich, wenn ich selbst Kinder haben würde, alles dafür tun würde, dass sie sich das ganze Jahr über, aber besonders zu Weihnachten geliebt, wertgeschätzt und beschenkt fühlten.

„Ich glaube, er ist weg", flüsterte Maddie atemlos.

Leonard und ich lächelten einander an. Unsere Kinder waren nicht aufgehübscht worden. Sie waren nicht frisiert, adrett angezogen und duftend. Sie hatten noch nicht einmal ihre Zähne geputzt, trugen allesamt noch ihre Schlafanzüge und hatten ungekämmtes Haar. Selbst Ella auf Leonards Arm und Mina auf meinem schienen aufgeregt, als Elliot seine Hand auf die Klinke legte und sie langsam herunterdrückte.

Kurz schienen sie in Anbetracht des leuchtenden Weihnachtsbaums und der vielen darunter liegenden Geschenke wie erstarrt, dann konnte sie nichts mehr halten. Schneller als man gucken konnte, wurden Papiere aufgerissen, Schleifen durch die Gegend geworfen und begeisterte Ohs und Ahs geraunt. Während das größte Chaos aus Geschenkpapier und neuen Spielsachen bei uns ausbrach, wurde ich von einer ungewohnten Ruhe gepackt. Ich stellte mich neben Leonard, der am Kamin stand und mit seinem Smartphone Fotos schoss.

„Gut gemacht, Josephin." Er steckte das Handy ein, schlang den Arm um meine Schulter und drückte mir einen sanften Kuss auf die Wange.

„Nicht zu viele Geschenke?", fragte ich.

„Oh, es sind eindeutig zu viele Geschenke." Er grinste. „Wir werden anbauen müssen, wenn sie alles behalten wollen."

Mein Lachen wurde davon unterbrochen, dass es an der Tür schellte. Überrascht bedeutete ich Leonard, dass ich gleich zurück sein würde. Die Kinder waren so begeistert von all ihren neuen Spielsachen, dass sie gar nicht bemerkten, dass ich den Raum verließ. Erstaunt musste ich feststellen, dass es der alte Jenkins war, der vor unserer Haustür stand.

„Frohe Weihnachten", sagte ich.

„Ja, ja." Er machte eine wegwerfende Handbewegung. „Dummes Geschwätz. Sagen Sie Ihren Kindern, die sollen die Finger von meinem Auto lassen!"

Einen Moment lang war ich sprachlos, was ihn wohl dazu anstachelte, weiter zu wettern.

„Die haben unanständige Sachen in den Schnee auf der Windschutzscheibe gemalt!"

Genervt sog ich Luft ein. „Ich bin mir ziemlich sicher, dass das nicht meine Kinder waren. Meine sind nicht die einzigen hier im Dorf, wissen Sie? Und selbst, wenn sie es waren ..." Ich verdrehte die Augen. „Ist es so schlimm? Wischen Sie einmal mit der Hand drüber und es ist fort. Haben Sie denn am Weihnachtsmorgen nichts Besseres zu tun, als bei Ihren Nachbarn zu klingeln und Streit zu suchen?"

Der alte Jenkins schien kurz sprachlos, dann antwortete er mit entwaffnender Ehrlichkeit: „Eigentlich nicht."

Meine Ungeduld und das Unverständnis darüber, dass er uns während der Bescherung mit etwas derart Nichtigem störte, verpufften. Plötzlich tat er mir leid. Mein Blick glitt über sein altes, runzliges Gesicht, das an eine zerknitterte Landkarte erinnerte, die unzählige Male entfaltet und wieder zusammengelegt worden war. Jede Falte und jeder Leberfleck zeugten von all den Jahrzehnten, in denen er bereits gelebt hatte. Vielleicht war er kleinlich, vielleicht war er verbittert – aber vor allen Dingen war er eines ... einsam. Seit wir hier wohnten, hatte ich nie gesehen, dass er Besuch bekam. Ich hatte kein Auto vor seinem Haus halten, keine Enkelkinder am Fenster sitzen und keine Freunde nach dem Kaffee und Kuchen am Nachmittag winkend von dannen ziehen sehen.

„Kommen Sie herein und frühstücken Sie mit mir und meiner Familie", sagte ich und stellte überrascht fest, dass es nicht wie eine Bitte oder ein Vorschlag, sondern vielmehr wie ein Befehl klang.

„Ich will nicht mit Ihnen frühstücken!", brummte der alte Jenkins.

„Ich habe nicht gefragt, ob Sie wollen."

„Sie sind genauso frech wie Ihre Kinder!"

„Logisch. Was glauben Sie, woher die das haben?“

Einige Sekunden lang starrte er mich schier ungläubig an, die ohnehin schon zerfurchte Stirn in noch tiefere Falten gelegt, und allmählich schwand die Wut in seinen vom Alter trüb gewordenen Augen.

„Buck“, brachte er schließlich einsilbig hervor.

„Wie bitte?“ Ich legte den Kopf schief.

„Mein Name ist Buck“, erklärte er ganz langsam, so, als hätte er diesen Satz nie zuvor ausgesprochen und müsste erst einmal prüfen, ob sich jedes Wort an der richtigen Stelle befand. „Ich weiß, ganz Oldmallow nennt mich *den alten Jenkins*. Aber so heiße ich nicht.“

„Sicher.“ Ich schluckte ein paar sentimentale Tränen herunter, die plötzlich in mir aufstiegen und mir die Kehle zusammenzurrten. „Kommen Sie herein, Buck.“

Wir saßen gerade am Tisch, als es erneut an der Tür klingelte. Dieses Mal fand ich Naomi nebst Eddi und vollzähliger Kinderschar vor. Jeder von ihnen hielt etwas Essbares in der Hand, der eine einen Laib Brot, der andere ein Glas selbstgemachte Marmelade, einer eine Schale voller Äpfel. Peter und Parker hatten die Hände voller Mandarinen.

„Der erste Weihnachtstag?“, half Naomi mir auf die Sprünge, da ich offensichtlich erstaunt dreinblickte, während die jüngeren ihrer Kinder sich bereits wie selbstverständlich an mir vorbeidrängten und ihre Schuhe im Flur auszogen. „Das gemeinsame Weihnachtsfrühstück, das immer derjenige ausrichtet, der zuletzt nach Oldmallow gezogen ist?“ Sie wandte sich an ihren Mann. „Das hatten wir ihr doch gesagt, oder?“

„Jep“, nickte Eddi.

„Das habt ihr euch gerade ausgedacht, richtig?“, vermutete ich.

„Yes“, bestätigte Eddi, reichte mir ein Pfund Kaffeebohnen und trat ebenfalls ein.

„Lass uns schnell rein, bevor Becca Wind davon bekommt“, verlangte Naomi.

„Zu spät!“, ertönte Beccas Stimme aus dem Hintergrund. „Und bevor du dich zu früh freust – Prija und Claire habe ich auch schon informiert.“

Naomi verdrehte die Augen, dann zuckte sie mit den Schultern. „Ich habe übrigens Penisse in den Schnee aufs Auto vom alten Jenkins gemalt“, kicherte sie, während sie aus ihren Stiefeln schlüpfte.

„Das kannst du ihm gleich selbst erzählen“, konnte ich mir nicht verkneifen zu sagen.

Es wurde ein buntes Weihnachtsfest. Laut und turbulent. Anders, als wir es je erlebt hatten und anders, als ich es mir eigentlich gewünscht hätte. Doch tatsächlich wurde es das schönste Weihnachten, das ich je gefeiert hatte. Als ich am Abend die Tür nach dem letzten Gast – Becca, wer sonst? – schloss, streckte und reckte ich mich erst einmal, bevor ich gähnend ins Wohnzimmer ging. Die Kinder schliefen seit Stunden. Die meisten Geschenke, die sie bekommen hatten, hatten sie mit ins Bett genommen, nur einige wenige lagen vereinzelt auf dem Boden. Sowieso lag überall etwas herum. Glitzerkonfetti hier, Geschenkpapier dort. Auf dem Sofa fand sich neben einigen Schleifen und Kartons eine Schere, die wir benutzt hatten, um die Spielsachen aus ihren Plastikbefestigungen zu lösen. Kurz musste ich dem Reflex widerstehen, in die Knie zu gehen und alles aufzusammeln, als ich Leonard erblickte, der mit zwei gut gefüllten Gläsern in der einen und einer Decke in der anderen Hand auf mich zukam.

„Komm", sagte er knapp und nickte in Richtung Kamin.

Das ließ ich mir nicht zweimal sagen. Wir kuschelten uns auf den Teppich, betrachteten das knisternde Feuer und stießen mit Traubensaft auf einen gelungenen ersten Weihnachtstag an.

Eine gemütliche, schwere Müdigkeit legte sich über uns, als Leonard die Decke ausbreitete. Ich schmiegte mich an ihn. Seine Hand ruhte auf meiner Schulter und sanft, ganz sanft, strich sein Daumen über meinen Hals. Schließlich hob er mein Kinn an, führte sein Gesicht an meines und küsste mich. Es war kein vertrauter Kuss, kein typischer Kuss unter Ehepartnern, die sich tagein, tagaus küssten. Im Gegenteil – es fühlte sich neu an, anders, und irgendwie ein wenig fremd. Wie der allererste Kuss. Leonard lehnte sich ein wenig zurück, um mich ansehen zu können, ohne die Hand von meinem Gesicht zu nehmen.

„Ein merkwürdiges Gefühl, zu wissen, dass jemand anderer diese Lippen geküsst hat", murmelte er.

„Ein merkwürdiges Gefühl, zu wissen, dass deine Lippen niemand anderer geküsst hat, obwohl ich die ganze Zeit über dieser Meinung war", entgegnete ich.

Einen Augenblick lang sahen wir einander nur an. Ohne Vorwurf, bloß ein wenig nachdenklich.

„Lass es uns noch mal tun", verlangte Leonard dann mit rauer Stimme. Sein Daumen glitt über meinen Mund, öffnete meine Lippen und ich nahm die seinen entgegen, die sich warm und weich drauflegten. Ich schloss die Augen. Meine Finger verschränkten sich in seinem Nacken. So saßen wir eine ganze Weile lang da, lauschten dem Prasseln des Kaminfeuers, tranken unseren alkoholfreien Weinersatz und küssten einander immer wieder. Ich hätte ewig so dasitzen können. Es hatte selten einen perfekteren Moment gegeben als diesen.

„Und was machen wir jetzt?", fragte Leonard nach einer Weile leise. Sein Atem kitzelte warm mein Ohrläppchen.

„Was meinst du?"

„Mit dir. Du bist nicht glücklich. Dir fehlt etwas."

„Mir fehlt nichts." Ich schüttelte sachte den Kopf. „Ich habe nur manchmal das Gefühl, nicht mehr ich selbst zu sein – nur noch Mama, Putzfrau, Fahrdienst, Köchin. Manchmal vermisse ich die alte Jo Carter, die alles im Griff hatte."

„Dann helfe ich dir, sie wiederzufinden", versprach Leonard ernst. „Nicht die ganze Jo, die war wirklich anstrengend." Er schnaubte Luft durch die Nase. „Aber so viel von ihr, wie du brauchst, um dich wieder wie du selbst zu fühlen. Egal was dafür nötig ist. Wenn du einen Job haben möchtest, suchen wir dir einen ... oder ein Hobby. Was auch immer es kostet. Ich will, dass du glücklich bist, Josephin ... nicht nur mit uns als Familie, sondern auch mit dir selbst."

Ich atmete tief ein und wieder aus. „Danke", war alles, was ich dazu sagen konnte.

Es eilte nicht, etwas in meinem Leben zu verändern, denn gerade in diesem Moment fühlte ich mich mehr als glücklich und geerdet. Doch dass Leonard mich dabei unterstützen würde, ganz gleich, was ich in naher

Zukunft würde tun wollen, ließ eine tiefe Ruhe in mir wachsen.

„Und was machen wir abgesehen davon?", fragte er nach einer Weile des einvernehmlichen Schweigens.

Ich warf ihm einen fragenden Blick zu.

„Mit unseren Häusern." Seine Lippen streiften meinen Hals und drückten einen sanften Kuss darauf. „Wir können sie nicht alle beide behalten."

Er hatte recht. Daran hatte ich bei all dem Trubel der letzten Tage gar nicht gedacht. Beim Gedanken an unser altes Haus, in dem so viele Erinnerungen steckten, setzte ein wohliges Kribbeln in meinem Bauch ein, das mich entfernt an Verliebtsein erinnerte. Ich lehnte den Kopf an Leonards Schulter.

„Was denkst *du* denn, was wir tun sollten?", fragte ich leise.

Leonard drückte mir einen Kuss auf die Schläfe. „Du wählst", sagte er entschieden.

„Aber ich dachte, du würdest dich hier so zu Hause fühlen", merkte ich an.

„Oldmallow ist nicht mein Zuhause, Josephin, wieso verstehst du das nicht?" Leonard blickte mir ernst in die Augen und strich mir eine wirre Haarsträhne hinter das Ohr, die sich aus meinem Dutt gelöst hatte. „Der einzige Ort, an dem ich immer sein will, an den ich immer zurückkehren werde, ist der an deiner Seite. Es ist mir gleich, wie du entscheidest – ob wir zurückgehen, bleiben oder sogar eine Weltreise machen. Es ist mir gleich, weil mein Zuhause mich immer begleiten wird … auf jedem langen Weg, jede einzelne Straße entlang, in jedes Haus hinein und an jeden noch so weit

entfernten Ort dieser Welt. Du, Josephin McEvans, bist
mein Zuhause."

Epilog

Weihnachten, ein Jahr später

You better watch out,
you better not cry,
you better not pout,
I'm telling you why,

drang es lautstark aus den Boxen und aus aller Munde. Gefühlt ganz Oldmallow hatte sich bei uns im Wohnzimmer eingenistet. Im Eingangsbereich standen Dutzende von vor Schnee triefenden Winterschuhen, unter denen sich dank der Heizungsluft allmählich Pfützen bildeten. Pflanzen und Möbel waren an die Seite gerückt worden, damit alle Platz fanden, und irgendjemand hatte damit begonnen, heiße Schokolade auszuschenken.

Santa Claus is comin' to town,
Santa Claus is comin' to town,
Santa Claus is comin' to town

Naomi hatte sich links, Annabel rechts von mir eingehakt und beide sangen sowohl laut und falsch, als auch absolut inbrünstig mit. Es war wieder Weihnachten – unser zweites Weihnachten in Oldmallow, ein Jahr, nachdem Leonard und ich uns verloren und wiedergefunden hatten.

Buck, dem Eddi einen Stuhl herangerückt hatte, saß mitten im Getümmel und lächelte vor sich hin, während er ein Glas von Naomis Adventsmarmelade so festhielt, als würde es nicht Kürbis, Äpfel, Zimt und Marzipan enthalten, sondern pures Gold. Es war das erste Weihnachtsfest, bei dem er eines erhalten hatte, dessen war ich mir ziemlich sicher. Schließlich hatte Naomi mehrfach erwähnt, dass nur jene Personen, die sie sehr mochte, ein Glas davon geschenkt bekamen. Es war mehr als offensichtlich, dass diese Geste für Buck so viel mehr war als einfach nur ein süßer Brotaufstrich. Es bedeutete Zugehörigkeit. Es bedeutete Frieden. Es bedeutete Liebe.

He's making a list
He's checking it twice
He's gonna find out
Who's naughty and nice

Leonard tanzte mit Mina und Ella auf dem Arm übertrieben albern auf dem Wohnzimmerteppich umher, sodass die beiden sich beinahe schlapp lachten. Sie sahen in ihren grün-roten Kleidern und mit den kleinen Zöpfen, die ich ihnen gemacht hatte, so niedlich aus. Es war kaum vorstellbar, dass diese beiden fröhlichen Mädchen, die seit zwei Monaten liefen und das ganze Haus unsicher machten, letztes Jahr zu Weihnachten noch Babys gewesen waren.

Santa Claus is comin' to town

Jackson saß mit Peter und Parker mitten im Getümmel. Die drei spielten mit der Holzeisenbahn, die Jackson unter dem Weihnachtsbaum vorgefunden hatte. In wenigen Tagen würde dieser kleine Wirbelwind drei Jahre alt werden. Elliot, der vor Kurzem zum Klassensprecher gewählt worden war, erzählte Marten etwas, das ich wegen der lauten Musik nicht verstehen konnte, aber er wirkte ziemlich fröhlich dabei. Marten, der einen Zuckerstange essenden Oggy auf dem Arm hielt, nickte hin und wieder konzentriert. Als unsere Blicke sich trafen, lächelten wir uns freundschaftlich zu. Die romantischen Gefühle, die ich einst über Jahre hinweg für diesen Mann empfunden hatte, konnte ich längst nicht mehr nachfühlen – doch ohne ihn hätte ich Elliot nie geboren, Leonard mit Maddie nicht kennengelernt und demnach nie die wunderbare Familie bekommen, die ich nun hatte.

Maddie trank warmen Kakao aus ihrer Lieblingstasse und blickte zufrieden aus dem Fenster. Sie wartete auf ihre Großeltern, Cassidys Eltern, die bald ankommen würden, um das Fest der Liebe mit ihrer Enkelin zu verbringen, dem einzigen Teil, der ihnen von ihrer verstorbenen Tochter geblieben war. Das Leuchten der

Lichterketten im Rahmen brach sich in Maddies großen Augen. Wie Elliot war auch sie nach einigen wenigen Startschwierigkeiten gut in der neuen Schule angekommen und konnte sich nun, nach dem ersten Jahr, ein Leben ohne ihre neuen Freunde und den neuen Fußballverein nicht mehr vorstellen. Als hätte sie gespürt, dass ich sie beobachtete, grinste sie mir zu, leckte sich genüsslich den Rest Kakao von den Lippen und stürzte sich anschließend fröhlich zwischen eine Handvoll von Naomis Kindern, die unter dem Weihnachtsbaum Armdrücken spielten.

William stand neben der Anlage und nickte rhythmisch mit dem Kopf, eine Tasse heiße Schokolade in der Hand und eine alberne Nikolausmütze auf dem Kopf. Ich folgte seinem Blick und erkannte, dass er das Bild seiner verstorbenen Frau, Leonards Mutter, ansah, das zwischen Hochzeitsfotos, Babybildern und Fotografien Grimassen schneidender, immer größer werdender Kinder in einem schwarzen Rahmen an der Wand hing. Trotz seiner nach oben gezogenen Mundwinkel lag Wehmut in seinem Blick. Nun tanzte Leonard mit albernen Gesten auf ihn zu, reichte ihm Ella und zauberte ihm so ein echtes Lächeln ins Gesicht.

So you better watch out
You better not cry
You better not pout
I'm telling you why

Claire stand etwas abseits und besah sich das wilde Treiben mit unergründlicher Miene. Vielleicht betete sie auch innerlich um Frommheit für uns alle. Als es an der Tür klingelte, was man dank der lauten Musik kaum hören konnte, schien sie froh, einen Grund zu haben, um sich von allen abzuwenden. Kurz darauf kam sie mit Hao und Prija zurück ins Wohnzimmer, die wie immer todschick gekleidet waren. Sie trug einen zeitlosen, roséfarbenen Hosenanzug mit passendem Haarband und makellosem Make-up, er ein weißes Hemd zu einer schwarzen Stoffhose, stilvoll zum Seitenscheitel gegeltes Haar und eine Fliege. Im Gegensatz zu ihnen sah jeder von uns wie ein Obdachloser aus.

Santa Claus is comin' to town
Santa Claus is comin' to town
Santa Claus is comin' to town

„Können wir die Musik kurz ausmachen?", bat Prija laut.

Logan tat, was sie verlangte. Das plötzliche Fehlen des weihnachtlichen Klassikers fühlte sich seltsam an. Plötzlich war es sehr still. Prija nahm ein leer getrunkenes Glas von der Fensterbank, das jemand dort abgestellt hatte, und klopfte mit dem Löffel, der darin stand, dagegen.

„Wir haben etwas anzukündigen." Prija sah sich nach Hao um und verschränkte die Finger ihrer rechten Hand mit seinen. „Es war ganz schön hart, bis heute zu warten, aber wir wollten es euch unbedingt zu Weihnachten sagen."

Hao nickte zustimmend. Nach einer bedeutungsschweren Pause räusperte Prija sich und warf ihr perfektes, glänzendes Haar über die Schulter.

„Wir sind schwanger!", platzte es dann aus ihr heraus und das Strahlen, das folgte, ließ sie noch schöner aussehen, als sie sowieso schon war.

Eine absolut stille Sekunde, so still, dass man eine Stecknadel hätte fallen hören können, später brachen wir allesamt in laute Jubelrufe aus. So laut, dass Ella und Mina zusammenfuhren und zu weinen begannen. Nachdem Prija ihren unerfüllten Kinderwunsch am Ende des Vorjahres mit allen geteilt hatte, freute sich ganz Oldmallow mit ihr. Wie ein Erdbeben ging eine laute und große Anzahl an Gratulationen, Freudenschreien und Fragen durch den Raum. Hao wurde auf die Schulter geklopft, Prija in die Arme geschlossen. Glückstränen in immenser Anzahl flossen ihr über das Gesicht.

„Ein Weihnachtswunder!", rief Claire durch den Lärm hindurch und richtete den Blick nach oben, als könnte sie Gott höchstpersönlich durch unsere Wohnzimmerdecke hindurch sehen. „Ein Geschenk des Herren!"

„Wohl eher ein Geschenk aus Haos Hoden", meinte Naomi trocken, und fügte nach einem tadelnden Blick ihres ältesten Sohnes hinzu: „Ich meine ja nur. Gott hat damit recht wenig zu tun."

„Ungläubige." Claire schnalzte mit der Zunge. „Eines Tages werde ich dich bekehren."

„Vielleicht werde ich dich eines Tages bekehren", entgegnete Naomi. „Sex, Drugs und Rock'n'Roll."

„Musik wieder an!", rief Prija, ehe die Diskussion der beiden eskalieren konnte, und sofort drang *Santa Claus is comin' to town* wieder durch das gesamte Haus.

The kids in girl and boyland

Will have a jubilee
They're gonna build a toyland
All around the Christmas tree

William hatte sich vom Anblick seiner verstorbenen Frau losgerissen und zupfte Ella eine Zuckerstange vom Weihnachtsbaum. Leonard und Mina kamen auf uns zu getanzt und deren dunkle Zöpfe wirbelten bei jedem Schritt in die Höhe. Zuerst dachte ich, Leonard würde sie mir auf den Arm geben wollen, doch nach einer rasanten Drehung reichte er sie an Annabel weiter. Lächelnd betrachtete ich seine Teenagertochter, die so selbstverständlich und liebevoll ihre kleine Halbschwester auf dem Arm hielt und mit ihr tanzte. Ich erinnerte mich unwillkürlich an unser erstes Aufeinandertreffen. Jung hatte sie ausgesehen, so ganz aus der Nähe, viel jünger, als es im Einkaufszentrum aus der Ferne den Eindruck gemacht hatte. Ihre Aufregung hatte ich beinahe spüren können.

„Wie schön, endlich die Frau kennenzulernen, die meinen Pa so glücklich macht", hatte sie gesagt und sich eine lange Haarsträhne hinter das Ohr geschoben. „Ich nenne ihn Pa, denn einen Dad habe ich schon", hatte sie erklärend hinzugefügt. „Auch wenn ich immer wusste, dass er nicht mein leiblicher Vater ist, so wird er für mich doch immer mein Dad bleiben, verstehst du?"

„Und wie ich das verstehe." Mein Blick hatte den von Maddie gefunden und kurz dort verweilt. Daraufhin hatte ich Annabel die Hand in den Rücken gelegt, sie ins Haus geführt und Kaffee aufgesetzt.

Fast ein Jahr und inzwischen sechs Meerschweinchen, die sie ihren jüngeren Halbgeschwistern geschenkt hatte, später, ging die selbstbewusste junge Frau bei uns ein und aus. Ich mochte ihren Humor und schätzte ihr Talent, wirklich zuhören zu können. Es war verrückt – obwohl er sie nicht mit erzogen hatte, nie ein Teil ihrer Kindheit gewesen war, hatte Annabel doch viel von Leonard: seine grau-grünen Augen, sein Schmunzeln und den Hang dazu, bei Stress übertrieben penibel die Küche aufzuräumen. Was als schreckliches Missverständnis, das beinahe unsere Ehe zerstört hätte, begonnen hatte, wollte ich nun in unserem Leben nicht mehr missen.

Leonard holte mich just aus der Vergangenheit zurück in die Gegenwart. Er deutete eine kleine Verneigung vor mir an, umfasste mein Handgelenk und zog mich unerwartet an sich heran.

So you better watch out
You better not cry
You better not prout
I'm telling you why

„Ich mag nicht tanzen, das weißt du doch", wehrte ich mich lachend, als Leonard mich eine ungewollte Pirouette drehen ließ.

Anstatt zu antworten, zog er mich eng an sich heran, eine Hand in meinem Rücken, die andere auf meiner Hüfte ruhend. Sanft bewegten wir uns zum Takt der Musik, während um uns herum alles nichtig wurde. Für einen endlosen Augenblick gab es nur uns beide.

Kurz bevor seine Lippen die meinen trafen, flüsterte ich: „Mitbewohner küsst man nicht."

„Ich schon", wisperte er zurück. „Ich bin nämlich Mitbewohner des Jahres und habe eine Sondergenehmigung."

Ich musste kichern.

„Wer sagt das?"

„Das heilige WG-Oberkomitee."

Santa Claus is comin' to town
Santa Claus is comin' to town
Santa Claus is comin'
Santa Claus is comin'
Santa Claus is comin'
To town.

Ein helles Lachen entfuhr mir, bevor Leonard mich küsste. Ich schloss die Augen und stellte zu meiner eigenen Verwunderung fest, dass ich zum ersten Mal seit Ewigkeiten keine Wünsche hatte. Es gab in diesem einen perfekten Augenblick rein gar nichts, das meine Sehnsucht weckte, nichts, das mir fehlte, nichts, das ich glaubte noch erleben, besser machen oder besitzen zu müssen. Es gab nur uns: Leonard, unsere wundervollen lauten, klugen fünf Kinder, diese riesige laute, verrückte Nachbarschaft um uns herum und dieses Haus. Und ich wusste, dass alles in mir, das je zerbrochen gewesen war, heilen würde.